悪夢への変貌

——作家たちの見たアメリカ——

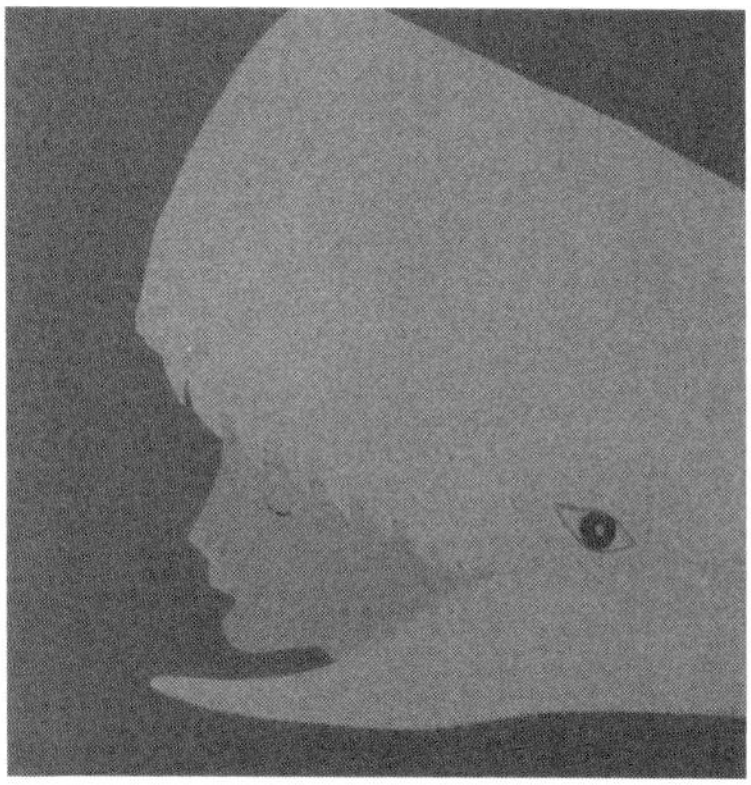

福岡和子・高野泰志——［編著］

丹羽隆昭・中西佳世子・竹井智子・杉森雅美・
山内玲・島貫香代子・吉田恭子・伊藤聡子——［著］

松籟社

はじめに

本書は、アメリカ史上初めての黒人大統領が誕生した画期的な年に合わせ、アメリカ文学を通して「アメリカ」という国家を再考しようと企画されたものである。そもそも理念の国であるアメリカは、歴史は短いながら、初めに自ら掲げた理念からの逸脱に繰り返し警鐘を鳴らし、そこに立ち返ることを説いてきた。喪失した地位と威厳を取り戻そうとしている現在も、創生時に独立宣言のなかで高らかに掲げた理念（「人はすべて平等に造られている。人はすべて創造主によって誰にも譲ることのできない一定の権利を与えられており、その権利の中には、生命、自由、そして幸福の追求が含まれている」）が、果たしてこれまでアメリカ社会において実現されてきたのか、新たに問われなければならないはずである。アメリカ作家の想像力も、個人の問題を追及するにせよ、それぞれが生きた時代固有の問題を追及するにせよ、これまで常に「アメリカ」そのものをテーマとしてきたと言っても過言ではない。そしてその結果は、残念なことに、民主主義国家の発展を自負することからは程遠く、むしろアメリカの暗部、即ち理想の挫折・崩壊を彼ら独自の手法でもって執拗に描き続けることであった。言い換えるなら、作家たちが繰り返し描き出してきたものは、ユートピアではなく、むしろディストピアのアメリカであったと言ってもよい。

また、今回の論集は、時代も資質も異なる作家それぞれが提示したものが、アメリカ国民が今なお正面から取り組まなければならない諸問題と密接に関わっていることをあらためて明らかにすることとなった。アメリカ社会において根絶されるどころか、ますます陰湿になっている人種問題、暴力の恐怖、開いていく一方の階級や貧富の格差、世界の覇者としてのアメリカが他者（他文明）に対して示すべき姿勢の模索、オバマ自身を代表例とするアメリカ国民のアイデンティティの問題、宗教的ヴィジョンと政治的ヴィジョンの関連性、人種の違いを問わず深刻化する家庭の崩壊などなど。それらは、アメリカという国家が、その歴史がたかだか三百年に満たないにもかかわらず、同じ轍のなかで常にもがき続けてきたということを示すものなのかもしれない。その一方で、それぞれの作家が勇気を持ってアメリカの裏面を暴き、国民に直視するように促してきたことは、「改革」に向けた彼らなりの意欲と意志の表出と受け止めてよいのではないか。

文学は作家の頭の中で想像された絵空事でしかなく、事実に基づいたものでないと軽視されることがある。アメリカ文学を学んだものなら誰でも知っている通り、代表的作家ホーソーンですら判事など歴史的・社会的に業績を残した祖先とは異なり、自らが文学を選択したことに対して、忸怩たる思いからなかなか抜け出せなかったようだ。しかし、そのホーソーンも含めて彼らの残した各作品いずれもが、鈍った日常の感覚では決して捉えられることのない「真実」

の直視、ともすれば隠蔽・封印されてしまいがちな「真実」への対峙を読者に迫ってくる。作家の想像力という光線を照射されることによって、豊かさと平等を標榜するはずの民主主義国家は、その陰の部分を露呈させられ、そこに潜む根深い諸問題の複雑性、多面性が、時にはグロテスクな様相を帯び、より具体性をもって前景化されてくるのである。

周知の通り、昨今の文学批評は議論を作品内部に限定する新批評の時代とは大きく様変わりし、テキストに関わる諸要素、イデオロギー性、政治、経済、歴史、宗教、人種、ジェンダー、階級など、様々な問題が作品を解釈する上での重要な視座を提供するようになった。以下に収録した諸論文もまた、議論をテキスト内部に限ることなく、テキストを編み上げる様々な織糸を、テキストを生み出した時代や場所との関連で自在に解きほぐしている。言い換えるなら、それぞれの執筆者はいずれも、テキストを綿密に読むという作業を通じて、「アメリカ」という、より大きなテキストを丹念に探求する企てに参画したのである。

時代区分としては、第一章から第三章は十九世紀、第四章から第十章までは二十世紀となるが、以下に各章の内容を簡単に紹介しておく。

第一章は、家庭の不在をナサニエル・ホーソーン文学の原風景とし、家庭を空しく追い続ける人間たちの姿を追う『七破風の家』について、反ディストピア小説を目指したにもかかわらず、「家庭」を描きえなかったディストピア小説の一例であると論じる。

第二章は、同じくホーソーンの『大理石の牧神』を扱い、そこにアメリカ民主主義国家の実現というナショナリスティックな理想を支えたプロヴィデンス言説の綻びと、作家のアイデンティティの危機を読み取ろうとする。

第三章は、ハーマン・メルヴィルの貧困テーマを扱い、メルヴィルはリアリズム作家や自然主義作家たちを先取りする形で、十九世紀前半すでに深刻な問題を孕み始めた階級格差や貧富の格差にいち早く着目し、そうした問題に独自の表現形態を与えたと論じる。

第四章は、ヘンリー・ジェイムズの『大使たち』を扱い、産業的に大きな発展を遂げたアメリカ社会に対する作家の不信感や劣等感といった複雑な思いを、主人公ストレザーの「ニューサム夫人殺し」に読み取ろうとする。

第五章は、ハーレム・ルネッサンスにおいて唱えられた「新しいニグロ」像と「白人なりすまし小説」というジャンルとの相関関係を論じ、ハーレム・ルネッサンスの理想は白人至上主義イデオロギーへの挑戦であると同時に、それとの交渉の産物であったことを指摘する。

第六章は、『八月の光』を中心とするウィリアム・フォークナーのリンチを扱った小説群を論じ、そこにはアメリカ南部の歴史として記憶されるべき暴力の光景が描かれていることを論じる。

第七章は、同じくリンチを扱ったフォークナーの「ドライ・セプテンバー」を、「ドライ」の意味に着目し、当時施行されていた禁酒法との関連で論じる。そこから禁酒法を盾にリンチを正当化しようとする一九三〇年代のアメリカ南部が抱える矛盾が浮き彫りにされる。

第八章は、アーネスト・ヘミングウェイの未刊の作「最後のすばらしい場所」を取り上げ、そこには従来解釈されてきたような「荒野のエデン」ではなく、カトリック作家ヘミングウェイによるピューリタニズムの悪夢が描き出されているとする。

第九章は、アメリカの創作科の教授理論を共和国の民主主義的理想とするイデオロギーとみなし、ホークスによる実験的作文授業「音声計画」と、バースによる自作の朗読パフォーマンスに着目し、他者の差異化という観点から両者の潜在的反動性を指摘する。

第十章では、リチャード・パワーズの『ガラテイア2.2』を取り上げ、人工知能の開発とアイデンティティに悩むアメリカ移民という二つのプロットが展開するなかで、虚構は現実からの退避と同時に現実への関与を生みだすという考えが示されていることを指摘した。

本書で論じた代表的アメリカ作家とその作品のいずれもが、アメリカの夢が悪夢へと変貌していく過程を描いている。その過程を読む作業というものは必ずしも心地よいものではなく、ときには苦い経験ともなったが、アメリカ社会にメスをいれ警鐘を鳴らし続けたアメリカ文学が果たしてきた役割の一端が、ここで再確認されたのは確かである。もちろんこれらの作品のみでアメリカが抱えた諸問題の全体像を浮き彫りにすることは望むべくもない。しかし、アメリカの将来に向けて何らかの示唆になれば、編者としてはこれ以上の喜びはない。

二〇〇九年九月

福岡　和子

目次

悪夢への変貌——作家たちの見たアメリカ

第一章 「家庭」なき「家」の「日常」

――『七破風の家』随想

丹羽 隆昭

1 はじめに

ホーソーン（Nathaniel Hawthorne, 1804-1864）の『七破風の家』（*The House of the Seven Gables*, 1851）は、「めでたし、めでたし」の結末に加え、出版当時のアメリカ社会の「日常」が、語り手の辛口ながらユーモラスなコメント付きで語られることもあって、その前年に発表された『緋文字』（*The Scarlet Letter*, 1850）とは対照的な、明るい物語という印象を与えるに相違ない。しかし、標題が示すように「家」を描くにもかかわらず、そこに「家庭（home）」が見えないという意味では、中心部分に空洞のある寂しい物語とも言えるであろう。

物語は、基本的には、作家にとってまったき現代、つまり十九世紀中葉のセイラムが舞台になっており、その舞台に登場する主な人物は、ピンチョン旧家の末裔で「二羽の梟」同然のクリフォードとヘプジバーの老兄妹、彼らのいとこで強欲な「判事」ジャフリー、破風のひとつに寄宿する銀板写真師ホールグレイヴ、ピンチョンの分家の田舎娘フィービー、それに近郷に住む知恵者ヴェナー爺さんの六人である。しかしフィービー以外はおよそ「家庭」に縁がなく、そのフィービーも、「平民階級」出身の母親から実際的な家政の才を譲り受けたという以上のことは分からない。ピンチョン、モール両家の歴史を一世紀半以上過去に遡ってみても事情は同じで、どちらの家にもおよそまっとうな「家庭」は見当たらない。いや、その片鱗すら認め得ないと言うべきか。さらに、様々な形で「人物」との照応関係が語られる「七破風の家」そのものも登場人物のうちに含めるとすれば、結局この「家」も「家庭」とは縁遠い存在と言えよう。

『七破風の家』は、過去の遺恨から長年仇同士の関係にあった二つの家が、それぞれの若い末裔同士の結婚によって和解するという物語である。その和解は少々唐突に訪れる。悪者のジャフリーが持病の発作で突然死ぬと、対立してきたピンチョン、モール両家の末裔、フィービーとホールグレイヴが愛を告白し合うに至り、二人はジャフリーの遺産を獲得して結婚し、同じく遺産継承で豊かになったクリフォードとヘプジバーの老兄妹、それにヴェナー老人をも帯同して、死んだ「判事」が住んでいた郊外の邸宅で新しい生活に入るべく、「七破風の家」を馬車で去ってゆく。

この「めでたし、めでたし」のお伽噺的とも大衆小説的[1]とも言える少々嘘っぽいエンディングは、「判事」の遺産が転がり込んで突然豊かになった奇妙な一団が、今やひとつ屋根の下で共に暮らすべく、呪われた「七破風の家」はそのままに、遺産の一部を成す郊外の館へと赴く場面なのであるが、この一見幸せそうな一団とて、寄り合い所帯の擬似家族ではあっても、本来の普通の家族とは異なる性格のものでしかない。親子関係を基本とする本当の意味での家族、そしてそれが形成する本当の「家庭」は、物語終結後に、若い二人が築いてゆかねばならぬ未来形の存在なのである。

しかも、この作品が内包する自己矛盾に鑑みれば、二人の未来には暗雲すら漂っている。「序文」において作家は、不正手段で築いた黄金や地所の子孫への移譲は末代まで計り知れぬ害をなす、という趣旨の教訓（CE II: 2）を垂れ、警告しているが、物語の結末では若い二人をはじめとする例の一団が、文字どおり邪悪な手段で獲得されたジャフリーの財産をそっくりそのまま継承してしまう。また全編に横溢する「人」と「家」との相互影響関係に鑑みれば、一団が「判事」の欲望と罪悪の具現物たる屋敷に移り住んで、果たしてその悪しき影響力から自由たり得るのかも懸念される。さらには、フィービーとの結婚に際して、ボヘミアンで急進思想を開陳してきたホールグレイヴが、突然その思想を捨て、保守主義へと百八十度変節してしまうのも、この青年の少々安易な妥協的姿勢を際立たせ、彼がこれから築いていく「家庭」の未来には一抹の不安が漂う。

2　ディストピアの症例集成たるホーソーン文学

「家庭」の不在は、『七破風の家』のみならず、およそホーソーンの作品世界全体に通底する原風景と言ってもよい。彼の文学が直接、間接に伝えてくるものは、不全な、崩壊した「家庭」の症例と、まっとうな「家庭」を空しく求め続ける人間たちの姿である。(2)

ホーソーンにおける「家庭」の不在は、「ここが僕のうち（my home）なんだよ」（CE IX: 72）と、処刑された父親の墓を涙ながらに指さす子供が主人公になっている最初期の短編「優しい少年」（“The Gentle Boy,” 1831）に端を発し、妻への愛よりも科学への愛を優先させた若い科学者が、己の知的好奇心から妻を実験の具に供して殺してしまう「家庭」以前の物語「あざ」（“The Birth-mark,” 1843）や、これも科学者の父親が娘を人体改造実験のため「毒の庭園」なる「家庭」に幽閉し、同僚教授の策謀ならびに訪れた青年の懐疑心の犠牲にしてしまう「ラパチニの娘」（“Rappaccini's Daughter,” 1844）を経て、およそ「家庭」の体を成さぬ二つの「家族」による地獄絵的物語としての『緋文字』、独身生活にケリを付けようと、結婚相手を探すべく実験共同体に参加したものの、己の猜疑心と「覗き見根性」から女性たちに疎んぜられ、「家庭」建設に失敗する二流詩人の不毛の人生を描く『ブライズデイル・ロマンス』（*The Blithedale Romance*, 1852）や、底知れぬ罪悪と腐敗の巷たるイタリアを後に、自分たちなりの「家庭」を築くべくアメリカへと戻る若い二人の芸術家の姿で幕を閉じる最後の長編『大理石の牧神』（*The Marble Faun*, 1860）に至るまで、途切れることなく続いている。(3) 小説が「家庭」の不在を取り上げること自体は何ら珍しくない。しかしホーソーンのように、それが作家の全経歴にわたってその作品テキストに取り憑いた事例は、きわめて稀だと言ってよいのではあるまいか。

いつの時代、いかなる国でも基本は同じとはいえ、移民たちが機会と成功を求め、故郷を遠く離れた新世界に決死の思いで渡り、そこに自分たちの「ユートピア」(「どこにもない場所」と考えられるほどの理想郷)を築くべくスタートしたアメリカにあっては、「家庭」への愛着がことさら強いように思われる。「ユートピア」建設が現実に困難であればあるほど、社会の最小構成単位たる「家庭」がマイクロコズム版「ユートピア」として重要性を帯びたかのようである。「家庭」は、予想を超えた厳しい自然の猛威、それに先住民や野獣などの外敵と対峙するための砦であり、共に寝起きして働く家族が互いの愛と絆を確かめ合う憩いの場であって、強力な求心力を持つ人生の原点であり続けてきた。「家庭」は、その中心にいつも赤々と燃える「暖炉」を備え、その傍らに一家の主たる父親がどっかり腰を下ろし、そのまた傍らでは母親が編み物に精を出し、さらにその母親が時々投げかける視線の先では子供たちが無邪気に遊び回る、という構図が象徴するように、家族にとってそれは庇護、安らぎ、暖かさ、幸福を意味した。植民地時代から西部開拓時代、さらには南北戦争や二つの世界大戦を経て現在もなお変わらぬアメリカ人の「家庭」への強い愛着は、感謝祭やクリスマス時における一斉帰郷と一家団欒に凝縮していると言えよう。ホーソーンと同時代を生きた戯曲家ペイン(John H. Payne)の作とされる名曲、「楽しき我が家」(“Home, Sweet Home,” 1823)[4]で歌われるように、「いかに粗末であろうとも、家庭ほど素晴らしい場所はどこにもない！」(Be it ever so humble, there’s no place like home!)」というのが、信条の違いや貧富の差を超えた彼らの共通認識となってきた。

物心もつかぬ時期に父親が南米で客死したため「父なし子」となり、女系大家族を成す母の実家に引き取られて、その一族の当主による監督の下、窮屈な居候的環境で成長したホーソーンが、初めは子供として、次には親として、十全で暖かい「家庭」を強く希求し続けたであろうこと、また幼い心に深く植え付けられた「父親不在」のトラウマ(Miller 25-26)が、彼の心の隅に口を開けた不気味なブラックホールとも言うべく、その後の作家の人生に抗しがたい負の作用を及ぼし続けたであろうことは、何よりも彼の文学の総体が雄弁に物語る。それは、ホーソーンの実生活とはかなり乖離し、彼の分身とも言うべき人間たちが、この世のどこにもない「ユートピア」たる「家庭」を空しく求め続ける一種の無間地獄絵、すなわち「ディストピア(dystopia = 暗黒郷)」の症例集という様相を帯びているからである。[5]

そもそも代表作『緋文字』が典型的なディストピア小説に他ならない。これは、本来きわめて有能な三人の成人男女と一人の幼な子が関わる二つの欠陥家庭の悲劇と見なし得る。姦夫と間男の関係にあった二人の男たち――いずれも、実の父親を知らぬ作家自身の不安や恐れの反映であるかのごとく、まともな「父親」たり得ない男たち――が死んで、女とその娘があとに残されるが、娘はアメリカを永遠に去り、女だけが悲劇を背負って償いの余生を送る。しかし彼女が求め続けたものは未来永劫得られそうにない。最高度の知識と技術を体得した医者(科学者)、共同体の誰からも将来を嘱望された名門大学出の有能な牧師、高貴な身分の出で高度な刺繍の技を持つ大柄で官能的な黒髪の美女、というエリート移民トリオが彼らの「ユートピア」たるべきアメリカに残したものは、結局、陰鬱な三つの墓と謎めいた墓碑銘のみであった。才能の浪費の極み、不毛の極みと言うべき事態であろう。

その『緋文字』の第一章「監獄の扉（The Prison Door）」には、うっかりすると見過ごしてしまう奇妙な表現がある。大きな鋲を打ちつけた頑丈な樫の扉によって世間と隔絶された監獄に言及しながら、語り手はそれが「一度も青春時代を知らなかったように思えた（seemed never to have known *the youthful era*）」（CE I: 48, 傍点と斜字体引用者）と言う。語り手はまた「監獄」と「墓地」が「人間的な美徳や幸福のユートピア（Utopia of *human* virtue and happiness）」（CE I: 47, 斜字体引用者）を目指した植民地にとっての必要悪だったとも述べている。おそらくは木造の監獄の荒廃した佇まいや、錆びた鋲が「老い」の連想を呼び、そこから発した表現なのではあろうが、植民地の「監獄」をいきなり「青春時代」と結びつける思考はやはり尋常とは言えまい。また「墓地」は物語の最後に置かれる「墓」や「墓碑銘」への伏線かとも思われるが、前後の事情からして、それがここで言及される必然性はあまり大きくない。また十七世紀ボストンが「人間的な美徳や幸福のユートピア」だというが、これはそもそも史実に照らせばアナクロニズムではなかろうか。「片手に聖書、片手に剣」（CE I: 9）を持った清教徒が象徴する「神権政体」ボストンは、およそ「人間的」とは逆の世界であって、それが普通の意味で「人間的」となるには少なくとも次の十八世紀を俟たねばなるまい。実際『緋文字』の悲劇も、最後の「墓碑銘（黒き地に赤きAなる文字）」（CE I: 264）の「黒（sable）」が象徴するように、ボストンの恐るべき非人間性を背景にしたものだったはずである（Fogle 133）。

読者に少々違和感を与えるこれらの表現は、執筆時におけるホーソーン自身の心理的コンテクストから生まれたものと推定し得よう。自分の「青春時代」が「監獄」にも等しく、人間誰しもふつうに享受している「家庭」が、自分にとっては文字どおり「人間的な美徳や幸福のユートピア」、つまり「どこにもない場所」でしかないという、幼い時分から堆積させてきた、恨みにも似た思いが、物語を執筆する作家の胸中でふと頭をもたげたことが原因だったのではなかろうか。「父なし子」たる自分の運命への複雑な思いの中心は、恐らく異国の荒野で客死した父親の、想像するのみで（仮に現地に出かけて行ったとしても目印がないために）確認できぬ墓（Wineapple 16）が占めていたであろう。ある意味で「優しい少年」の主人公同様、「父なし子」ホーソーンにとっての「家庭」は、荒野の中の父の「墓」[6]だったとも言える。

3　「ロマンス」から「ノヴェル」へ

ここで再び話題を『七破風の家』に移すこととしよう。『緋文字』の一年後に発表されたこの小説を、作家は「序文」でわざわざ「ロマンス（空想小説）」だと断っている。つまり、ある程度の「自由裁量」を許容しても「非日常」――通例それはホーソーンが「人間の心の真実（the *truth* of the human heart）」（CE II: 1，傍点と斜字体引用者）を描く必須の背景である――を扱うタイプの小説だと言明している。ところが「序文」に続く物語本体は、それとは裏腹に、「非日常」部分より「日常」部分の描写のほうが明らかに読者の目を引く。舞台は「ロマンス」が常とする遠い過去、遠い国ではなく、（過去と繋がってはいるものの）十九世紀中頃のセイラムという、作家が幼い頃から熟知した極めて具体性を帯びた時空となっており、作家が実際にいつもその目で眺めていた身近な風景や事物――セイラムの町や市民生活、それに当時登場して間もない鉄道など――の描出はこの小説の魅力であり存在意義でもある。[7] それらは、「判事」ジャフリーが極端な形で体現するように、「法律」が「カネ」と権力に直結する世相であり、拝金主義や技術革新に翻弄されるに至った古く静かな港町の姿と言ってよい。また、それまでホーソーンが作品中[8]ではほとんど言及することのなかった「カネ」や「食事」という卑近、卑俗な話題も目立つ。つまり、作者による断り書きにもかかわらず、『七破風の家』は、こうした「日常」的な事実を写す「ノヴェル（写実小説）」の様相を明確に呈しており、それ自体矛盾を孕んだ作品となっているのである。

こうした平凡かつ散文的な「日常」の活写は、問題含みのハッピー・エンディングとともに、四半世紀の後にハウエルズ（William Dean Howells, 1837-1920）が唱道することになるリアリズムを想起させないであろうか。なぜかホーソーンは姉エリザベス（Elizabeth Hawthorne）に向かって、この小説は「『緋文字』よりも価値がある（[it has] more merit than *The Scarlet Letter*）」と言い、友人ブリッジ（Horatio Bridge）に対しては「自分の精神の特性をよく表しており、自分が書くのに相応しく、自然でもある（more characteristic [of his mind] and more proper and natural [for him to write]）」（Stewart 112）と述べてもいる。

然り、『七破風の家』の彼は、「アメリカ作家は〔中略〕それがよりアメリカ的なるがゆえに、人生のより微笑ましい側面に関心を抱く（Our novelists. . . concern themselves with the more smiling aspects of life, which are the more American）」（Howells 128）と述べたハウエルズさながら、自分が健全なるアメリカ作家なのだというイメージを当時の読者社会に強く印象づけようとしたふしがある。

しかし一個の小説としての『七破風の家』が、先に述べたごとく「序文」と本体との矛盾を元々抱えていたことからも想像できるように、「ロマンス」としても「ノヴェル」としても中途半端で、全体の均衡や纏まり、作品としての完成度を欠く事実は否定できない。この中途半端さを生み出した大きな原因のひとつは、やはり、作家ホーソーンの「対市場戦略」と考えられる。[9]『七破風の家』のホーソーンは、結婚のため敢えて持論を撤回して変節する作中人物ホールグレイヴにも似て、読者社会を見据え、それまでの陰鬱な作風からの方向転換を敢行して、読者社会との「妥協」を試みている。むろんそれは自らの生活のために他ならない。前作『緋文字』によってピークに達した彼の「ロマンス」徹底の姿勢は、この『七破風の家』において揺らぎ、「ノヴェル」の方向へ大きく傾いている。『緋文字』の成功は彼にアメリカを代表する作家という「名声」をもたらした。その作家が次に、しかも緊急に欲したものは、家庭経済の安定であった。二年前の政変時、ホイッグの地元有力者の策謀によって税関の輸入品検査官のポストを失ったホーソーンは、文筆だけで生計を立てざるを得ず、すでに長らく手元不如意の状況にあった。売り手としての作家、買い手としての読者が生み出す需給バランスに依存する市場社会で生き残ろうとすれば、多少自分を曲げ、妥協してでも、読者のニーズに応えるしかない。何しろ市場は彼が「いまいましい物書き女ども（a d–d mob of scribbling women)」（CE XVII: 304）と呼んだ女流大衆小説家たちに支配されていたのである。そこで彼は『七破風の家』を書くに当たっては、これまで以上に強く読者大衆の存在を意識した。「市場」における「商品」としての自分の作品は、いくら「人間の心の真実」が書かれていて、芸術家としての自分は満足だとしても、それが「市場」で売れなければ意味がなく、無に等しい。前作で「名声」は高まったが、暗く不健全な作家というイメージもまた広く知れ渡った。今度は買い手たる読者大衆の歓迎する自己イメージを早急に構築することが不可欠となった。『七破風の家』についての前述の彼自身によるコメントは、自分を陰鬱な「ロマンス」――『緋文字』――の作家としてではなく、明るく健全な「ノヴェル」――『七破風の家』――の作家として世間に印象づけようとする思惑がはっきり窺える。駆け出しの頃から、ホーソーンは、アメリカの読者大衆が恐ろしく実利的で、「非日常」を扱う「ロマンス」などは人心を惑わす有害無益なものとして排斥する実態をまさに肌身で熟知していた。[10] 読者大衆（およびその端末としての編集人）の無理解に怒り、命より大切な作品を一度ならず焼却してしまったりもしている（Turner 48-50）。『七破風の家』の出版直前に、メルヴィル（Herman Melville, 1819-1891）が、ホーソーン文学の「暗黒の力（power of blackness)」に触れ、シェイクスピアに比肩し得るアメリカの天才と称えてくれたの[11]も、『緋文字』の陰鬱なイメージを払拭しようと躍起だったホーソーンには有難迷惑であった。「ロマンス」を活動の舞台とし、「ロマンス」によって地位を固めたホーソーンも、「名声」だけでは食えない以上、「ロマンス」を敵視する読者市場の要請に合わせ、卑俗で散文的な「日常」

を写す「ノヴェル」にも手を染めねばならない。共和国では貴族など無意味、カネがなければ人は無に等しい、と語り手の口を借りてホーソーンは言う（CE II 38）が、誇り高いヘプジバーが「カネ」のため、渋々「セント・ショップ」の運営に手を染め、口うるさい客たちの要求に跪かねばならないのと同様、健全なアメリカ作家、民衆の側に立つ作家、「民主主義」を支持する作家というイメージを売り込むためには、ホーソーンも今や大衆の声や嗜好に応じた「品揃え」に踏み出さねばならなくなったのである。

この小説において、複数の登場人物に関連して頻出する「微笑（smile）」という語は、そうした作家の戦略をよく反映している。「不調和と過剰」（Fogle 158-59）の見本のごとき偽善者ジャフリーが、その邪悪な内面を隠したまま、世間に向けて文字通り過剰なほどに振りまく「微笑」、「渋面（scowl）」が癖となった老嬢ヘプジバーがどうしても顔に浮かべられぬ「微笑」、実践的なフィービーがいとも自然に人々に向ける「微笑」――これらの「微笑」はいずれも、その対象が町に住む、産業資本主義の洗礼を受けた、「カネ」に跪く卑俗な大衆であることに注意せねばなるまい。その極限の形は、町の表通りの一角で大衆相手に興業をするイタリア人が連れた、見物人にペコペコお辞儀をしながら投げ銭を掻き集める「猿」（CE II: 162-64）であろう。これらは、そのまま作家と当時の読者の関係を、いくつかのレベルで象徴しているのである。また、人は好いが近眼で「渋面」を湛え続けるヘプジバーに、智恵者のヴェナー親爺が与える次の忠告には、彼女の「セント・ショップ」運営へのヒント以上のものがある。

店のお得意さんのために晴れやかな顔をお見せなさいよ。お客さんが欲しいという品を手渡すときには、愛想よくニコニコしなされ！ 古くなってかび臭い品だって、優しく暖かく朗らかな微笑に浸せば、しかめつらして売る新品よりは、売れ行きがよくなるものじゃて。（CE II: 66）

商売上の秘訣であるこの「微笑」こそ、資本主義がもたらした市場社会において、買い手たる一般大衆——どんなに粗野で未熟でも、アメリカが国是として選択した民主主義の下では王様——相手に、現代の芸術家ホーソーンが実行すべき戦術を象徴している。同じ場面でヴェナー親爺は、商売人は「微笑」とともに、客から悪銭を受け取らぬ警戒心が肝要だとも言っている。この老人の世俗的な智恵は、庶民社会へ嫌々ながら降りてゆかねばならぬ貴婦人ヘプジバーにはもちろん、市場で勝負を余儀なくされた作家自身にも当て嵌まる。自分を貶めぬ範囲内で、相手に絡め取られぬよう注意を払った上で、ある程度の妥協は厭うべからずという、作家の戦略上の極意、バランス感覚の重要性をも、ヴェナーは説く。いや、ホーソーンはヴェナーの口を借りて、自らに言い聞かせているのである。

4　反ディストピア小説の不成功

「ロマンス」色を弱め、「ノヴェル」方向へ実質上舵を切った『七破風の家』は、いわば読者に「微笑」を見せ、自分はあなた方にとって好ましいアメリカ作家であり、人生の「微笑ましい」側面に関心を払うタイプの作家なのだという印象を振りまいて、市場における自分の「かび臭い」作品の売上げ増加を目論んだ作品であった。そしてその目論見は一応当たり、出版後六ヶ月で約七千部を売り上げたという（Turner 229）。『緋文字』が当初五千五百部程度（Turner 194）だったので、それを凌ぐ売れ行きであった。陰鬱で悲劇的なディストピア小説の作者というイメージの一大転換を図ったホーソーン初の反ディストピア小説は成功したかに見える。但し、『緋文字』出版時点とは彼の文名が大きく異なっており、『七破風の家』出版に際しては出版人がそれを最大限利用したことを考慮すると、必ずしも成功とまではいかなかったと言うほうがよいかもしれない。またもとよりウォーナー（Susan Warner, 1819-1885）など女流小説家たちが手がける大衆小説の万単位での売り上げとは比べるべくもなかった。

出版当初、ロウエル（James R. Lowell）、ウィップル（E. P. Whipple）、グリズウォルド（Rufus W. Griswold）らをはじめ、批評家たちは概ねこの作品を好ましいものと受け止めた（Crowley 191-210）。しかし、大衆を意識して「ノヴェル」側へ傾いたことから生じたと思しき『七破風の家』の小説モードの不徹底、つまり「ロマンス」と「ノヴェル」の調和を欠いた混在、およびそれに起因する諸問題はやはりマイナスである。起承転結のはっきりしたプロットらしいプロットを欠くこと、全体が紙芝居のごとく静止画の連続と映り、動きやドラマに乏しいこと、語りが往々にして一方的で説得性が十分でないこと、全編に「毒抜き」が施されているためか、刺激や深みや緊迫感があまり感じられないこと、などなど不満は多い。極めつけはマシーセンの「和解の仕方がどうもちょっと安易過ぎる（the reconciliation is somewhat too lightly made)」（Matthiessen 332）という評言に代表されるエンディングの不自然さであろう。これはあまりにも見え透いた、読者への過剰な「微笑」に他ならない。

また、明るさや健全性をアピールしようとしたこの反ディストピア小説でも、作家のディストピア的原風景がしっかり顔を見せるのが注目される。ディストピア小説からの脱却を図るべく試みた作家の対市場戦略そのものも、その意味では徹底しなかった。「愛」と「カネ」が出揃って、最後には「めでたし、めでたし」になるものの、そこに至るプロットが熟成を欠くため、その現実味は乏しい。その反面、全編にわたって実際に語られるものは「家庭不在」の風景なのである。クリフォード、ヘプジバーの老兄妹は、三十年という時間を不当に奪い取られた。かのリップ・ヴァン・ウィンクルですら、失った時間は二十年である。[12] 今さら遺産を手にし、親切な若い二人と共同生活したところで、彼らにはもう自分たちの「家庭」を実現する機会はない。奪われた「青春時代」は「監獄」から解放されても戻っては来ない。彼らの意識から喪失感は絶対に消えないのだ。法律知識を悪用して世襲財産の独占を図り、従弟と従妹の人生を踏みにじった「許されざる罪人」ジャフリー[13]も、物語の時点では「家庭」がなく、後継ぎの息子も客死してしまう。彼にしても「カネ」はあるが「家庭」はない。若いホールグレイヴとフィービーが「家庭」を持つのは、繰り返すが、未来形での話であり、人生のあまりに早い時点で「カネ」に恵まれてしまう二人は、このちいかなる「家庭」を作ってゆくのであろうか。それまでの人生が「家庭」と無縁であったホールグレイヴが父親となる時、「家庭」建設に関してある種の不安が現出するのではなかろうか。

この小説が「カネ」とともに描くもうひとつの卑近、卑俗な「日常」は「食事」であり、詳細な記述を伴って作中何度も現れる。ある意味で『七破風の家』がホーソーン文学にあってひときわ異彩を放つ特性と言えよう。冒頭章では、「七破風の家」の落成式に集まる来賓たちのために初代ピンチョン大佐が用意する振舞い料理の数々が、また終わりに近い第十八章では、知事選を前に支持固めを狙った「判事」ジャフリーが、死の当日町の有力者たちと共にすることになっていた「私的午餐会」の豪華メニューが、それぞれ記述される。いずれも直後にホストとしての彼らが突然死を遂げることで無駄になってしまうが、いずれもホストの権勢欲、したたかな計算、金回りのよさを表すもので、贅沢さ、華美さ、それに過剰さが際立つ。また「食事」絡みでは、ヘプジバーの「セント・ショップ」を訪れる「正真正銘のヤンキー」で「人食い」の悪戯小僧ヒギンズが「黒ん坊菓子」を貪り食う気色の悪い場面もあり、こちらは少年（にまで伝染した産業資本主義）の非情さ、狡猾さをうまく映し出している。

これらとは対照的に、「食事」は「家庭」の「団欒」の基本要素であることを思い出させるのが、第七章「客人（The Guest）」に現れる「朝食」である。これはクリフォード、ヘプジバー、フィービーの三人が揃って「七破風の屋敷」の客間の、ピンチョン大佐の肖像画の下で、「朝食」の食卓につく場面であり、ある意味では『七破風の家』の中で最も印象に残る活人画（タブロー）の一枚となっている。クリフォードが三十年ぶりに釈放されて「七破風の家」へ戻った翌朝、兄の帰りを喜んだ妹ヘプジバーが朝早くから起き出し、いかにも不器用な動きながらも真心を込め、遅れて起き出してきたフィービーの助力も得て「朝食」を用意する。最初ヘプジバーは卵料理を考え、中庭に棲みついた雌鳥が卵を生んでいないかフィービーに確認させるが、答えは「否」である。屋敷の不毛の呪いが鶏にも及んでいるのだ。たまたまそこへ屋敷の外を魚屋が通りかかり、ヘプジバーは新鮮で立派な「サバ（mackerel）」を手に入れる。彼女はサバを焼き、フィービーは館に保存されていた上等な「モカ・コーヒー」を煎り、さらには母親から学んだレシピーに従って「インディアン・ケーキ」（トウモロコシで作るパン）をこしらえる。この「サバ」と「インディアン・ケーキ」と「モカ・コーヒー」という三点――これにフィービーが田舎から持参した「バター」も加わる――が、「客人」を迎える「七破風の家」の「朝食」メニューなのだが、語り手はここで次のように述べる。

室内の生活で、整然と並べられ、たっぷりと用意された朝の食事ほど、見て気持ちのよいものはまずない。一日のみずみずしい青春の時、精神的で感覚的なものが最もみごとに調和を保っているその時に、我々は新鮮な気持ちでそれに向かうのだ。［中略］細い優美な脚に支えられ、最高に贅沢なダマスク織の布でカバーが施されたヘプジバーの小さく古めかしい食卓は、この上なく晴れやかな社交パーティーの中心場面となるに相応しいように思えた。焼魚の煙が、まるで未開人の偶像を祀る社から出る芳香のように立ちのぼる一方で、モカ・コーヒーのかぐわしい香りは、古代ローマの竈の守護神ラーや、現代の朝の食卓を支配するいかなる権力者の鼻孔をも満足させるほどであった。とりわけフィービーが作ったインディアン・ケーキは——汚れなき黄金時代の素朴な祭壇に相応しい色合いを帯びて——いかなる物にも勝っておいしい供え物であった。いや、あまりに明るい黄色を湛えているので、マイダス王が食べようとすると光り輝く黄金に変わったあのパンに似ていたと言えよう。バターも忘れてはいけない——他ならぬフィービーが田舎の自分の家で作り、ご機嫌伺いの贈り物として従姉の所に持参したバター——クローバーの花の匂いがし、黒い羽目板がはまった客間いっぱいに牧歌的風景を思わす魅力を撒き散らしているバターだ。こうしたご馳走に加え、古風な壮麗さを誇る古い時代の茶碗と受け皿、家紋を刻んだスプーン、そして銀のクリーム入れ（これはヘプジバー所有のもうひとつの銀食器で、極めて粗けずりな造りの深皿のような形をしていた）などが食卓に並べられていて、昔のピンチョン大佐の最も威厳ある客人とても陪席を嫌がることはなかったであろう。（CE II:100-101）

クリフォード、ヘプジバー、フィービーという、ピンチョンの末裔三人が、揃って「七破風の家」で「朝食」を取るこの場面は、重要な象徴性を孕んでいる。兄妹にとっては三十年ぶりの、この質素でいかにも奇妙なメニューの食事が、いかにも旨そうな最高のご馳走として活写され、古い館の陰鬱な黒い客間も、この時ばかりはまるで王侯貴族の金色の客間に変わったかのごとく精彩を帯びる。死の館が心の籠った食事によって生命を与えられたのである。初代ピンチョン大佐の肖像画が「食卓上のものなどどれひとつ彼の食欲を満たすことはないと言わんばかりに渋面を作りながら見下ろす」中でのことだと言う。

主たちの死と結びつき、過剰、華美、贅沢の印象が際立つ二つの豪勢な食事——滅び行く「貴族階級」の象徴か——に挟まれた、三人のいわば擬似家族による誠に簡素な「朝食」——台頭する「庶民階級」の象徴か——の場面は、「愛」と「生命」を感じさせる。「客人」クリフォードは、長年の餓えと渇きを一気に癒そうとするかのように、提供された質素ながらも旨そうで心の籠った「朝食」を満足して平らげる。本来散文的な「日常」の一部分たる「朝食」が、ここではあたかも王侯貴族が繰り広げる豪華なディナーさながら、「非日常」的色彩、詩的色彩さえも漂わせる。黄色く輝く「インディアン・ケーキ」は「マイダス王の黄金」に、薫り高い「モカ・コーヒー」は古代ローマの豊饒神やアラビアン・ナイトにも繋がる。『ウォールデン』(*Walden*, 1854) が説く「簡素な生活」とまではゆかないが、ひょっとするとあの「家庭」に恵まれることのなかったソロー (Henry D. Thoreau, 1817-1862) すら——たぶんコーヒーは断るであろうが、何しろ「朝」の好きな青年ゆえ——喜んでお相伴に与ったかもしれない類の「朝食」の食卓ではある。この「朝食」場面は、「ノヴェル」の卑俗性、現実味と、「ロマンス」の詩的な奥行きとを併せ持つ。二つの小説モードがうまく調和したものと言えよう。貴族の血が庶民の血と融合し、調和する時、小さな「ユートピア」が顕現するという示唆がここにはあるように思われる。

ところで、ヘプジバーが「卵」代わりに、たまたま外を通りかかった魚屋から買い求める「サバ」は、どうみても朝食に通常顔を出すような素材ではない。出来上がったメニューも奇妙なもので、料理が不得手な貴婦人ヘプジバーの不器用さ、非常識さを象徴するようにも思える。しかし魚屋から買い求めたこの「サバ」こそは、神が与える「マナ（manna）」さながら、「七破風の家」の「日常」に突然差し込んできた啓示のごとき「非日常」である。「サバ」は紋章学では「聖なる魚（holy fish）」とされ、キリスト教の「三位一体」を表すという。(14) 彼ら三人が三品から成る「朝食」を揃って味わうその時、三人の「擬似家族」による「三位一体」が成就しているようにもみえる。

しかしながら、「団欒」に近いものがフェルメール（Jan Vermeer van Delft）を思わす手法でここに描かれてはいるとはいえ、やはりこれも「家庭」の幻影に過ぎない。この「三位一体」は、それを形成する三要素、つまり「位格（persona）」が正常な「家庭」の構成員たる親子（父、母、子供）ではないため、却ってその奇妙な組み合わせ——老いた兄妹と分家の若い娘——が本来あるべきものの不在を印象づける。作家がこの質素な「ノヴェル」風「朝食」の場面を、すばらしいものとして「ロマンス」風に描けば描くほど、読者はディストピア的原風景である「家庭不在」を逆に意識させられてしまうのだ。反ディストピア小説としてウリの場面からもホーソーン的「原風景」が払拭できぬところに、この作家における「家庭」不在の深刻さがある。

5 『七破風の家』以降

『七破風の家』に続き、ホーソーンが世に送り出した二つの長編『ブライズデイル・ロマンス』と『大理石の牧神』は、いずれも現代劇だが、明るい色調の物語ではなく、ハッピー・エンディングももはやない。ただ、小説モードの混乱と「家庭不在」の遍在ぶりでは相変わらずと言ってよい。これらは、市場を意識したホーソーンが『七破風の家』を皮切りに創作上の迷路に嵌り込んだこと、それに彼の心象風景としての「家庭不在」が根強いことを物語る。

『ブライズデイル・ロマンス』のカヴァデイルは独身の二流詩人という以外ほとんど情報がない。彼の家族も「家庭」もまったく不明である。この物語では理想主義農業共同体ブライズデイルが実在のブルック・ファームをモデルにしていること――「序文」で作家は「昔日の、愛情込めて思い出すブルック・ファームの家庭」こそは「彼の人生で最もロマンティックな出来事」だったと言う（CE III: 2. 傍点引用者）――をはじめ、共同体への幻滅とそれからの脱退など諸々の状況から、カヴァデイルがホーソーンの戯画的ペルソナであるのは間違いない。作家自身は生涯独身だったわけでなく、そこが「事実」とは異なるとはいえ、彼がいつも問題にする「(心の）真実」としては、カヴァデイルの運命にはホーソーンにとっての不快な「真実」が反映している。つまり、作家自身も語り手カヴァデイルも、絶えず暖炉に赤々と火が燃え、親子がそこに集うまっとうな「家庭」を強く希求する点では同一なのである。カヴァデイルの人物設定が「独身」の「二流詩人」であるのも、社会においてであるべきものになりきれぬ中途半端な存在ということの表れであり、それゆえにこそ、その状況が不安で落ち着かず、カヴァデイルは現状と彼のビジョンの間を絶えず揺れ動くのだが、元々そのビジョンには自信がなく、懐疑的なるがゆえに何事も完遂できず、気がつけばいつも元の黙阿弥に戻るということの繰り返しなのである。これは「家庭不在」ゆえにホーソーンが絶えず立ち至る一種の無間地獄と対応しているが、『七破風の家』執筆に際して試みた読者社会への「微笑」はすっかり影を潜めた形である。彼の読者がこの作品に求めたものは、当時の状況を考えれば、高名な作家によるブルック・ファーム体験記であったにちがいない。それは作家自身が承知してもいた（CE III: 2）。そうした現実的要求を見事に裏切り、ふたたび「ロマンス」側へ舵を切った『ブライズデイル・ロマンス』は、『緋文字』の自己イメージを復活させてしまうに十分であった。近年この作品の一人称視点の設定に着目し、語り手カヴァデイルの意識に何とか意味の中心軸を見出そうとするメタ・フィクション的読みが盛んに行われて、作品の「ノヴェル」的側面の見直しが図られたのは事実だが、全体が「白昼夢」としてしか眺められないほどに非現実的な物語であると言えば、それもまた然りである。

『大理石の牧神』は前作『ブライズデイル・ロマンス』から八年、その間、領事を務めたイギリスはじめ、フランス、イタリアなどヨーロッパ各国での滞在体験を経ての作品である。登場人物は四人いるが、やはり見事なまでに「家族」にも「家庭」にも縁がなく、ほとんど全員が孤児同然と言ってよいくらいである。ミリアムについては、陵辱した父親を殺したチェンチ（Beatrice Cenci）を連想させる陰惨な過去が暗示されるが、実態はよく分からず、明らかなのは彼女が孤独でひねくれ者だが、やはりどこかで真の愛情を求めていることであろう。ドナテロは伯爵ながらその家族の姿はまったくどこにも見えない。ヒルダは天涯孤独なピューリタンの娘であり、ケニヨンもどこかホールグレイヴを思わせる孤独な芸術家である。物語はヒルダとケニヨンが愛を告白し合い、ケニヨンが「ヒルダ、家路を辿る僕の案内役を務めてくれ（Oh, Hilda, guide me *home!*）」（CE IV: 461, 斜字体引用者）という「故郷アメリカ」と「家庭」との両方を示す言葉で事実上幕を閉じる。

この作品でもまた作家は「序文」で物語の「ロマンス」性を謳う。確かにこれは無垢な若者ドナテロというアダムと、ミリアムというイヴの二人を巡る現代版「楽園喪失」が中心テーマになっており、きわめて寓話性濃厚な物語ゆえ「ロマンス」と位置付けるのは容易である。しかし途中からもうひと組のカップル、ケニヨンとヒルダにおけるアメリカン・アイデンティティの確認というサブ・プロットも大きな意味を帯びてきて、プロット上の混乱、破綻が見受けられる。総体的には複雑な「ロマンス」だと言えよう。

この分かりにくい『大理石の牧神』に何とも多くのアメリカ人読者が飛び付いた。皮肉なことに、それはこの物語が彼らを満足させる「ロマンス」だったからではない。それは作者自身の思いもよらぬ特性ゆえであった。なんと彼らは、ローマの名所巡りのための「ベデカー（ガイドブック）」として飛び付いたのである。「ローマを訪れるアングロ・サクソン人の知的装備品」であり、ローマに来る「英語を話す全ての旅行者に読まれている」と、評伝『ホーソーン』（*Hawthorne*, 1879）の中でジェイムズ（Henry James, 1843-1916）はコメントする（James 131）。なるほどこの物語では、プロットが四人の人物の名所巡りを追う形で進行する。名所の記述も「事実」に即し、詳しく正確である。当時の読者市場の恐るべき実利性がはからずも証明された形だが、これを見れば『七破風の家』におけるホーソーンの市場戦略はまだまだ甘過ぎたようである。またそのような実利主義一辺倒の「故郷（home）」へ、ケニヨンとヒルダを戻すことにした作家の心中も複雑だったに相違ない。

注

（1）『緋文字』や『七破風の家』が世に出た時代、アメリカでは女流作家たちによる感傷的大衆小説が流行していた。ウォーナーの『広い、広い世界』（*The Wide, Wide World*, 1850）はその代表的存在である。

（2）「家庭」の不在は、その中心をなす「父親」（不在）の問題とも密接に関わり合うため、ホーソーンの世界は「父親」探求の世界というもうひとつの面も有する。これについては拙論「ホーソーンと『父親』」を参照されたい。

（3）唯一例外と言えるのは、一連の子供向けの物語で、物語の額縁を形成する部分に出てくる「家族」が表す「家庭」であろう。しかしこれをもってホーソーンが「家庭」を描いたとは到底言えない。

（4）我が国では「楽しき我が家」として親しまれている。引用部分は歌詞の四番より。

（5）母エリザベスの実家マニング家（the Manning family）のこと。当主は母の弟に当たるロバート（Robert Manning）で、セイラムの成功した実業家だった。Erlich 参照。

（6）この意味で『七破風の家』の芸術家で作家のペルソナとも解し得るホールグレイヴ（Holgrave）の名は Holy-grave であるとともに Hollow-grave とも読めるであろう。

（7）第十七章「二羽の梟の逃亡」には、妹へプジバーを連れて汽車に飛び乗ったクリフォードが「客車の通路を挟んだ反対側の目つきの鋭い老紳士」と議論し合う場面があるが、この表現から、この時代のアメリカの客車はイギリスのそれと異なり、中央部に通路がある今日我々が普通に知るタイプの構造だったことが分かる。『七破風の家』が貴重な風俗資料として使える一例である。

（8）但し、作品中とは逆に、出版社宛の書簡では（ある程度当然ながら）彼が「カネ」には大変うるさく言及しているのも事実である。

（9）ホーソーンと市場社会の関連については Gilmore, Chapts. 3-5 を参照。

（10）これについては Bell, Part One, "Out with the Romance" を参照。

（11）メルヴィルは一八五〇年八月十七、二十四日の *Literary World* 誌に「ホーソーンとその苔（"Hawthorne and His Mosses"）」と題するエッセイを寄せ、ホーソーンを称えた。

（12）アーヴィング不朽の名作の主人公は、山で一晩寝ていたと思っていたら、実際には二十年の時間が経過し、植民地時代から独立後の共和国時代へと社会が変わっていた。

（13）これについては拙著『恐怖の自画像』第六章、一七〇－七九頁を参照。

（14）サバが三位一体を象徴することについては ARMORIAL GOLD HERALDRY SYMBOLISM LIBRARY の Mackerel の項目を参照。

引用文献

Bell, Michael Davitt. *The Development of American Romance: The Sacrifice of Relation.* Chicago: U of Chicago P, 1980.

Crowley, J. Donald.(ed.) *Nathaniel Hawthorne: The Critical Heritage.* London and New York: Routledge, 1970.

Erlich, Gloria C. *Family Themes and Hawthorne's Fiction: The Tenacious Web.* New Brunswick: Rutgers UP, 1986.

Fogle, Richard H. *Hawthorne's Fiction: The Light and the Dark.* (rev. ed.) Norman: U of Oklahoma P, 1964.

Gilmore, Michael T. *American Romanticism and the Marketplace.* Chicago and London: U of Chicago P, 1985.

Hawthorne, Nathaniel. *The Centenary Edition of the Works of Nathaniel Hawthorne.* William Charvat, Roy Harvey Pearce, and Claude M. Simpson, general editors. Columbus: Ohio State UP, 1962-96. I-XXIII. この標準版全集を CE と略し、本文中での引証は巻号および頁数を添えて示す。

Howells, William D. *Criticism and Fiction.* New York: Hill and Wang, 1963.

James, Henry. *Hawthorne.* Ithaca: Cornell UP. 1966.

Matthiessen, F. O. *American Renaissance: Art and Expression in the Age of Emerson and Whitman.* New York: Oxford UP, 1941.

Miller, Edwin H. *Salem Is My Dwelling Place: A Life of Nathaniel Hawthorne.* Iowa City: U of Iowa P, 1991.

Stewart, Randall. *Nathaniel Hawthorne: A Biography.* New Haven: Yale UP, 1948.

Turner, Arlin. *Nathaniel Hawthorne: A Biography.* New York: Oxford UP, 1980.

Wineapple, Brenda. *Hawthorne: A Life.* New York: Alfred A. Knopf, 2003.

ARMORIAL GOLD HERALDRY SYMBOLISM LIBRARY (www.heraldryclipart.com/symbolism.html)

丹羽隆昭　『恐怖の自画像』（英宝社、二〇〇〇年）。

——　「ホーソーンと『父親』」、『アルビオン』復刊五十四号（京大英文学会、二〇〇八年）。

第二章　『大理石の牧神』の「幸運な堕落」をめぐる二重のプロット
――十九世紀アメリカのデモクラシーとプロヴィデンス

中西　佳世子

1　デモクラシーとプロヴィデンス言説

ナサニエル・ホーソーン（Nathaniel Hawthorne, 1804-1864）は、一八五二年に友人ピアスの大統領選挙用の伝記『フランクリン・ピアス伝』（*Life of Franklin Pierce*, 1852）を手がけ、その報酬としてピアス大統領から駐英アメリカ領事を任命される。一八五七年に領事の任務を終えたホーソーンは一八五八年から五九年にかけてフランスとイタリアを周遊し、その後、ローマを舞台にした『大理石の牧神』（*The Marble Faun*, 1860）を出版する。

ホーソーンは多くの作品で頻繁にプロヴィデンスという言葉あるいは概念を用いている。特にカトリックの総本山ローマを舞台とする『大理石の牧神』では、「幸運な堕落」という宗教的主題が提示されることも関連して、作中におけるプロヴィデンスへの直接言及は二十か所以上に及んでおり、その示唆的な表現も含めるとプロヴィデンスという言葉と概念は物語に遍在している。しかし、それぞれの登場人物や語り手の異なる宗教観や道徳観が反映されるこれらのプロヴィデンスは矛盾に満ちており、そこに全体的な構造に関わる重要な機能や一貫性のある意味を探ろうとすると、その試みは暗礁に乗り上げてしまう。『大理石の牧神』にはプロヴィデンスが多用されているにも関わらず、その総合的な議論がほとんどなされてこなかったのはこうした理由によるものであろう。

しかし、物語の第二十三章で語り手によって言及される「幸運な堕落」の文脈に注目するとき、作品の一連のプロヴィデンスの記述がそこに集約しており、十九世紀アメリカの「プロヴィデンスに導かれるアメリカのデモクラシー」という政治的言説をインターテキストとする、表面とは異なるプロットが構築されていることが分かる。本論は、プロヴィデンスを用いたこのホーソーンの精巧な手法を明らかにし、その表面下のプロットに提示されるアメリカ人の他者性という問題に、十九世紀アメリカにおける「民主主義共和国の実現」という理想を支えたプロヴィデンス言説の崩壊と、作家のアイデンティティの危機というテーマを読み取るものである。

そこでまず、本論で重要な鍵となるプロヴィデンスについて、その概念が持つ宗教的属性と、この概念によって構築されていた十九世紀の政治的言説について確認しておきたい。

プロヴィデンスという概念はギリシアにその起源を持ち、「予見する」という意味を有していた。やがてローマでキリスト教に取り入れられたプロヴィデンスは、「神が創造物に対して向ける予見的配慮」または「神」そのものを意味するようになる。キリスト教では、邪悪の存在や人間の自由意志とプロヴィデンスの関係をどう解釈するかなどが問題とされ、また、特にプロテスタントでは、共同体と個人の運命におけるプロヴィデンスの矛盾や予定説との関係も問題とされてきた。そして、その歴史的経緯から、プロヴィデンスには異教的要素も含まれており、この概念は常に矛盾や多義性を孕んできたといえる。(1)

また十九世紀のアメリカでは、「見えざるプロヴィデンスの手によって進歩する民主主義(2)」というプロヴィデンスをデモクラシーと結びつける政治言説が唱えられており、「神に導かれるアメリカが世界でも際立った成功をおさめている」という「お馴染みの物語」(Guyatt 214) が広められていた。民主主義共和国を実現して世界に範を示すという理想は、例えば一八三〇年代に編纂が始められた『アメリカ合衆国の歴史』(*History of the United States of America*, 1834-74) にも強く反映されており、その序文には、「アメリカを優遇するプロヴィデンス」の導きに未来も従っていくことが宣言されている (Bancroft 3)。そして「毎年倍増する何百万という我が国民の自由な発展の為にプロヴィデンスによって委ねられた大陸に広まり行く我々の明白な運命(3)」の成就を唱えるオサリバンのスローガンは、十九世紀の未曾有の拡大主義に妥当性を与えるものでもあった。

こうした宗教的、歴史的背景に加えて、基本的に「予見する」という意味を有するプロヴィデンスという概念は、それが創作に用いられるときには、予言された出来事が成就するにせよ、あるいは予言が外れてアイロニーという形になるにせよ、何らかのプロットを作中に展開させる機能を持つ。そして、表面のプロットにおいては矛盾に満ちて脈絡がないかに思えるプロヴィデンスへの言及も、それを巧みに配置させることによって点が線となり、別の一貫したプロットを表面下に展開させることが可能になる。

『大理石の牧神』では、プロヴィデンスが内包してきたカトリック性、異教性、邪悪と罪の存在意義、運命論との関係といった宗教的な問題が「幸運な堕落」を通して提起されると同時に、カトリックの総本山ローマでピューリタンのプロヴィデンスの優位性を信じて疑わないケニヨンやヒルダの言動には、十九世紀のアメリカのナショナリズムが反映されている。ホーソーンはプロヴィデンスのさまざまな特性を用いて、表面のプロットとは異なるプロットを『大理石の牧神』で展開させ、そこに十九世紀におけるアメリカのプロヴィデンス言説に対してアイロニーを施すのであるが、まず、二重のプロットの展開軸となる、作品の二つの「幸運な堕落」について見ておきたい。

2　二つの「幸運な堕落」

ミリアムによって提起される『大理石の牧神』の「幸運な堕落」という問題は、無邪気な牧神に喩えられるドナテロが彼女につきまとうカプチン僧を殺害するという事件に端を発する。ドナテロは罪を犯したことによって無垢の喪失と引き換えに精神的成長を遂げるのだが、それを受けてミリアムは次のような「幸運な堕落」論を展開する。

「あの罪は――彼と私が結ばれたあの罪は――ああいう不思議な仮装をした祝福だったのかしら。素朴で不完全な本性を、他の試練によっては到達しえなかったような感情と知性のレベルまで引き上げる教育の手段だったのかしら。」［中略］「例の人間の堕落の話です。それは私たちのモンテ・ベニのロマンスで繰り返されているのではないでしょうか。その類推をもう少し辿ってみてもよいのではないでしょうか。アダムが人類ともども陥ったあの罪こそが、私たちが長い労苦と悲哀の道を辿った末に、私たちの失った生得権よりも崇高で、輝かしく、深い幸福に到達する為の定められた手段だったのでしょうか。この考えによって、他の理論では不可能な、罪の存在が許されていることの説明がつくのではないでしょうか。」(*CE* 434-35)[4]

彼女はドナテロの問題を「アダムの堕落」になぞらえて、個人の問題を人類一般の問題へと拡大し、罪は人間向上の為に存在するのではないかというのである。

このミリアムの「幸運な堕落」を通して、彼女の論に揺れ動くケニヨン、全面的に否定するヒルダ、賛否のどちらともつかない語り手など、各々の意見や立場の違いが作中で提示されており、それでは一体、「幸運な堕落」に対するホーソーンの判断や作品の立場はどこにあるのか、作中に描かれるドナテロの成長をどう解釈するべきかという議論が批評家の間でなされてきた。[5]

ここで議論を整理するために、『大理石の牧神』には「幸運な堕落」の神学的解釈と世俗的解釈とが提示されていることを確認する必要があるだろう。神学的解釈の骨子は、「アダムの堕落の結果、キリストを降臨させて人間の贖罪を図る神の慈悲を人間が知ることになった」というものである。ラヴジョイによれば、邪悪の存在や人間の自由意思をどう捉えるのかといった問題が残るものの、こうした解釈は古くからカトリック教会で受容されてきた。(6) プロヴィデンスに運命を委ねて楽園を去っていくミルトンのアダムとイブの姿は、神学的解釈における「幸運な堕落」を文学的に描いたものであるが、『楽園喪失』(*Paradise Lost*, 1667) を愛読したホーソーンはその主題を創作に用いており (Matthiessen 308)、『大理石の牧神』の背景には神学的解釈による「幸運な堕落」があるといえる。

一方、登場人物のミリアムが「アダムの堕落の結果、人類が知恵を得て精神的向上を果たした」とする「幸運な堕落」は、道徳的判断に重心をおいた世俗的解釈とされる (Martin 173)。作品では、強烈な個性を放つミリアムの「ドナテロの罪と精神的成長」という「幸運な堕落」が前面に押し出され、そのメインプロットは彼女の「幸運な堕落」の文脈に沿って展開する。

それに対して神学的解釈による「幸運な堕落」は、はっきりと登場人物のせりふによって言及されることもなく物語の背景に押しやられており、それに伴うプロットは存在しないかのようである。ところが、ドナテロとヒルダが無垢の世界を喪失したことを受けて、作品の第二十三章で語り手が言及する次の「アダムの堕落」には、神学的解釈の重要なモチーフが提示されている。

それが初めてずしりと胸にこたえるのは、彼等が信頼する何人かの悪を通じてという場合が多いのだ。高い信頼、恐らくは高すぎる信頼を彼等から受けていた人間が、やがてプロヴィデンスによって、この恐ろしい教訓を彼等に与える役を担う。彼は罪を犯す。そしてアダムの堕落は再現され、それまで色あせることのなかった楽園は再び失われ、燃える剣で楽園の門は永遠に閉ざされる。(204)

『楽園喪失』では、人間を陥れるセイタンの企みも、それによって人間が罪を犯すことも、神は見通していながら放置する。そして罪を犯したアダムとイブは楽園を喪失することになるが、その罪ゆえに、キリストによる罪の贖いの計画という神の深い慈悲を知る幸運に恵まれ、プロヴィデンスに運命を委ねて楽園を去っていく。すなわちプロヴィデンスとは、苦悩を通して慈悲を、邪悪を通して善を知らしめる神なのである。こうしたことを考慮するとき、引用部の「プロヴィデンスによって、彼等に恐ろしい教訓を与える役を担うもの」という文脈には、邪悪を用いて人間に善とプロヴィデンスの慈悲を教えるという神学的解釈の中心的要素が含まれていることが分かる。従って、語り手の「幸運な堕落」は、その人物設定が曖昧にされているものの、敬神の念を欠くミリアムの「幸運な堕落」とは明確に区別されるべき神学的解釈の系譜に属するものといえる。

そしてこの語り手による「幸運な堕落」のモチーフに従って作中のプロヴィデンスの記述を辿ると、表面のプロットにおける一見脈絡のないプロヴィデンスへの言及がここに集約し、「邪悪を体現するミリアムとの関係を通してドナテロとヒルダは無垢を喪失し、その苦悩の末にプロヴィデンスの祝福に与る」という神学的解釈をベースとするプロットの展開を推進していることが分かる。

そこでまず、語り手の「幸運な堕落」を軸に展開されるプロットにおいて、ミリアムがどのように邪悪を体現するものとして描かれているかを検証し、次にドナテロとヒルダの回心という出来事がどのように展開され、そこにどのようなアイロニーが施されているかを、作中のプロヴィデンスの記述を辿りながら検証していく。

3　プロヴィデンスを冒瀆するミリアム

ミリアムは物語当初から一貫して神への不敬を示している。例えば、地下墓地で行方不明になったミリアムが現れて安堵したヒルダが「あのような暗闇から救われたのはプロヴィデンスの計らいですわ」と述べると、ミリアムは「奇妙なうすら笑い」を浮かべて「私が戻ってこられたのは、本当に天の計らいだったなどと思うの」と答える(29)。またベアトリーチェの罪についてヒルダが「恐ろしく、償い得ない罪悪」と言うのに対して、ミリアムは「まったく罪ではなく、あの状況の中では最善の行為だったかもしれない」と述べて、ヒルダを驚かせる(66)。

さらに、ミリアムはヒルダが見出した大天使ミカエルの素描画を揶揄するが、それに対してヒルダは「あなたは私を悲しませるのね。あなたは私が悲しむことを知っていて、そのような言い方をするのよ」（139）と非難する。当初、ミリアムの言葉を容認していたヒルダも、次第にミリアムが故意に冒瀆的な言葉を発することに気づいてくる。

また、カンピドリオ広場では、マルクス・アウレリウス帝の騎馬像を見て「この世の王」には救いを求めないというヒルダに対して、ミリアムは「あなたは、それでは本当にプロヴィデンスが我々を天からみて配慮してくれていると考えているの」と言う。ヒルダは、ミリアムがプロヴィデンスを疑っているようだと恐れる（166-67）。

ミリアムの神に対する不敬な態度はさらに度を増し、ヒルダが殺害現場を目撃したことを知って、「一体、プロヴィデンスであれ運命の神であれ、私たちが誰にも知られず行ったつもりでいる時に、私たちを見張る目撃者をどのようにして連れてくるのか知りたいものだわ」（209）と、神をも恐れないような言葉を口にする。

さらにミリアムは罪を償おうとするドナテロについて、次のようにケニヨンに言う。

「彼はともかく罪が犯された時にはその行為者は法廷がそうした件に関して行うどのような審理にも身を委ね、その判決に従わなくてはいけないと全く単純に思い込んでいて、私がいくら言っても無駄なのです。私は現世における正義等はない、特にキリスト教国の総本山であるこの地にはないと請け合ったのですが。」（433）

ドナテロが正義や法や道徳を重んじて、罪の責任を負うという考えに至ったことを、彼の単純さ故の思いこみ（fancy）だと見るのであれば、「罪によるドナテロの精神的成長」という道徳的側面に重きをおく彼女の世俗的解釈の「幸運な堕落」も、その根拠が怪しいものとなる。「幸運な堕落」とは、たとえ神概念の希薄な世俗的解釈であれ、キリスト教の信仰に基づく宗教概念であることに違いなく、神を否定したり冒瀆したりするものではない。一貫して神を冒瀆し、その存在にすら疑問を投げかけるミリアムが展開する「幸運な堕落」は、その内容を問う以前に、これが彼女の詭弁であることを知らなければならない。

それでは、彼女の詭弁がまことしやかに聞こえるのはなぜなのか。それは、ミリアムが、自身の信仰や道徳的判断に基づくというよりは、彼女が相手の心を見抜き、巧みにそれに合わせた言動を行うからである。例えばミリアムは、ヒルダに対して自らプロヴィデンスを持ち出して問題提起するということはなく、ヒルダが敬神の念を示す度に、そのヒルダの言葉を受けて揶揄したり皮肉ったりするのである。

このミリアムの傾向はケニヨンに対してはより顕著であり、彼女はケニヨンの揺れ動く心境を見抜いてはそれを暴くような発言を行っている。例えば、ケニヨンはドナテロとの旅の道中で度々カトリックに対する激しい批判を行うが、二人の後を影のように追ってきたミリアムは、ケニヨンのその言動を観察していたことになる。彼女がケニヨンに聞かせた前述のカトリックへの批判は、ある意味では彼の意見を代弁したものなのである。ミリアムは、頑ななヒルダの反発を買うような発言をする一方で、信仰的にも道徳的にも頼りなく揺れ動くケニヨンに対しては、彼の共感を誘う発言を行うのである。

問題となるミリアムの「幸運な堕落」もまた、彼女がケニヨンの様子を窺いながら行っていることが示されている。ペルジアの教皇像の前で別れて以来、久々に見るドナテロの様子に感嘆するケニヨンを、語り手は次のように描写する。

> ケニヨンは、ドナテロに最後に会って以来、古代の牧神の持つ優しく愉快な性格が彼に幾分戻ってきたように思えた。そこはかとない巧まざる優美さと陽気で無邪気な特徴が窺えたが、それらは、モンテ・ベニで彼が経験していた深い苦悩、そして彫刻家が青銅の教皇が手を差し伸べた像の下でミリアムと彼と別れた時にもまだ抜け出ていなかったあの深い苦悩によって消し去られていたのだった。これらの楽しげな花々が今また開いたのだ。彼の心から陽気さが生まれ出て、それと深い共感や真剣な思考とが交互にあらわれたり、あるいは絡み合ったりしながら、炉端の明かりのように彼の仕草を照らしていた。（433-34, 傍点引用者）

ケニヨンは事件の真相を知らないものの、カプチン僧の葬儀の折りに、ドナテロが事件に関与していることに気づいている（189）。そして、その罪の結果として、牧神の陽気さや優美さと、人間の深い共感や思考とが混じり合った賞賛すべき現在のドナテロの状況がもたらされたと、ケニヨンが心の中で思ったのである。

そしてミリアムは「その彫刻家の目が賛美するようにドナテロの上に釘づけになっているのを観察しながら」(434)、彼女の「幸運な堕落」論をケニヨンに向けて展開する。ミリアムの「幸運な堕落」が、彼女の信念の表明というよりもケニヨンの心境の代弁であれば、一旦は危険な考えとして否定しておきながら、ヒルダに向けてそれを繰り返すというように、ケニヨンがミリアムの論に揺れ動くのは当然の成り行きである。

ミリアムはドナテロに対しても、彼の眼に眼で答えて殺人を教唆している。彼女自身は何らかの信念を持つわけではなく、対象とする人物の心を見抜き、相手に応じたやり方でそれを炙り出すのである。このように対象とする人物の性質を見抜き、巧妙に詭弁を弄して対象を貶めるミリアムの手口は、楽園のイブを唆し、崖に立つキリストの誘惑を試みた悪魔の手口と類似のものである。美しい天使を装ってエデンに侵入したセイタンは、醜悪な惑乱状態に陥ったところをウリエルに目撃される(Milton 81) が、ミリアムもまた、狂気に陥り歯ぎしりをして地団駄を踏む醜い姿をドナテロに目撃される (157)。このように、悪魔とパラレルを成すミリアムは、まさに語り手の「幸運な堕落」における邪悪を体現しているといえる。

4　ヒルダとケニヨンのアイロニー

それでは次に、ヒルダとドナテロが苦悩の末にプロヴィデンスの祝福に与るというプロットがどのように展開されるかを、やはりプロヴィデンスの記述を辿りながら考察する。まず、ヒルダの回心とそこに施されたアイロニーを見ていく。

殺人事件を目撃して罪の意識に苛まれるヒルダは、苦悩の末にサンピエトロ大聖堂で告解を行い、神の祝福を受けて苦悩から解放される。しかし、ピューリタンの彼女が罪の赦免（absolution）を請うたことを神父に非難されると、「神は私が人間に罪の赦免を請うことを禁じておられます」（359）とピューリタンの教えを主張し、自分の意志ではなく、「プロヴィデンスの手」（360）に導かれてそこに来たのだと弁明する。そしてカトリック信者でない者の告解に守秘義務はなく、彼女が述べた事件の真相を当局に通報すると述べる神父に対して、「罪人達の身はプロヴィデンスに委ねて下さい」（361）と懇願する。そして「プロヴィデンスが私を導いて下さるところ迄以上には一歩も踏み込みません」と改宗に応じないことを強調して、自分は「ピューリタンの娘」（362）なのだと断言する。

ヒルダは、カトリックの総本山ローマで、カトリックにプロヴィデンスなど存在しないかのようにピューリタンの優位性を主張するのだが、彼女にとっては、罪、邪悪、異教への誘惑など全てが、それを通して彼女に祝福を与えるピューリタンのプロヴィデンスの計画したものなのである。マリアの祭壇に火を灯したり、告解をしたりというカトリック的行為を経て、最終的に祝福を受けてピューリタンのプロヴィデンスに回帰するというこの構図は、ヒルダがピューリタンの優位性の確信を得たことを示すものであり、ヒルダに対するプロヴィデンスの教訓は成就したかのようである。

しかし、祝福を受けたヒルダの心境を描写するその同じ語り手が、彼女にアイロニカルな視線を投げかける。告解の神父は、ヒルダの話の流れを妨げる岩や絡み合った木々の枝を取り除くかのごとくに、苦悩を和らげ励ましの言葉をかけて彼女を導いていく（357）。それによってヒルダは苦悩から解放されると同時に、彼女を憐れむプロヴィデンスの深い慈悲を知って彼女の回心は訪れる。ところが、その告解でのヒルダの高揚した心境を描写する語り手が、突如そこに介入し、「彼の質問がいちいち的を射ていることからして、自分が語ろうとしている事柄の概略を、神父が既に知っているのではないかとヒルダは察知しても良かったのだ」（357）と水をさす。

事実、ヒルダがピューリタンのプロヴィデンスの導きと考えたものは、カトリックの神父にとっては真相を聞きだす手段に過ぎず、友人の犯罪を秘密にしておくことに苦悩したはずの彼女は、わざわざそれを当局に通報したのも同然で、これまでの苦悩は何のための苦悩であったか分からないことになる。そして、結局、彼女もそれによって事件に巻き込まれるという、アイロニカルな方向に物語は進められていく。

さて、ヒルダと同様に罪意識に苛まれて信仰に救いを求めるドナテロにも神の祝福が訪れるようであるが、そのドナテロを旅に連れ出すケニヨンにもまたアイロニーが施されている。殺人事件の後、故郷に引き籠もってしまったドナテロに会うために、ケニヨンはモンテ・ベニを訪れ、由緒あるドナテロの屋敷の高い塔に案内してもらう。そこでドナテロの部屋にあるカトリックの儀式に用いる品々を見たケニヨンは、「醜い複製画」や「ひどく忌まわしい象徴」(255-56)だと、嫌悪感を抱く。一方、塔の頂上から見る壮大な風景に感銘を受けたケニヨンは、「イタリア中が自分の眼下にある」(257)かのように思え、プロヴィデンスを賛美する。

「世の常の平原からこのようにほんの少しでも高くに登り、人類に対する神の御業を普段より多少広く見晴らすことが出来ると、哀れな人間のプロヴィデンスに対する信頼もどんなに強まるでしょう。御業には決して過ちがありません。御心が行われますように。」(258)

ドナテロは「あなたは私から隠されている何かを見ている」と述べるが、ケニヨンはドナテロには見えない神の働きを捉えていることに優越意識を深め、神の働きは自然の中に「壮大な象形文字」(258)として描かれると説明する。『緋文字』では、こうした解釈がアメリカの祖先に特有のものであると説明されるが、十九世紀のピューリタンであるケニヨンもまた、そのアメリカ特有の解釈法を行うのである。自然の風景にある湖を、天を映す「青い目」(257)と見立て、そこにプロヴィデンスの働きを見出す解釈はまさにアメリカ的なものであり、イタリア人のドナテロには理解できるはずもない。しかし、カトリックに対する侮蔑と相まって、ケニヨンはまるで自分自身がプロヴィデンスの目でイタリア中を見下ろしているかのような高揚感を抱く。

さらにケニヨンは、イタリア人はアメリカ人がするように、「人間が親切に手を貸さねば成就できないプロヴィデンスの計画」(268)に加担することに誇りを持つことなどできないと考える。ここには「プロヴィデンスが導くデモクラシー」、「プロヴィデンスの計画を成就させる義務」といった、十九世紀アメリカにおける政治言説が反映されており、ケニヨンの言及するプロヴィデンスが、単なる個人的な信仰心の現われというよりは、アメリカという国家のアイデンティティと結びつけられていることが分かる。そしてケニヨンは、ドナテロには「プロヴィデンスが与えた仲間から遁れることはできません」(264)と言い、ミリアムには「プロヴィデンスは我々の誰よりも大きな手をもっています」(285)と告げ、この二人を結ぶプロヴィデンスの計画があることを示唆する。そして、そのプロヴィデンスの計画を読み取り、その計画の成就に加担することに、ケニヨンはアメリカ人としての優越意識を持つのである。

ところが、首尾良く事が運ぶごとにプロヴィデンスの意図を確信するケニヨンの充実感を描写してきた語り手は、突然、ヒルダに向けたのと同様のアイロニカルな視線をケニヨンに向け、自信たっぷりの彼に批判的なコメントを差し挟む。

しかしこの翼ある種子という比喩には、必ずしもケニヨンの幻想(fancy)を満足させぬ宿命観が入っている。[中略]もし、予測も想像もつかぬ出来事が起こることを望むならば、鉄の枠組みを考案し、あるひとつの必然的な形を未来にとらせるようにと考えるべきなのだ。そうすれば、「予想外」が割り

こんできて、我々の計画を木っ端みじんに打ち砕いてくれる。（289）

ケニヨンは、風に運ばれる種子のように旅をすると言いながら、現実には確信を持って自分の計画通りに事を進めているのであるが、その彼に対して語り手は、本当にあてどのないことを望むのであれば、今の彼のように、必然的な未来を頭に描いて鉄の枠組みに従って行動することだと皮肉まじりに警告し、彼の「幻想（fancy）」が打ち砕かれて予想外の事が起こることを予告するのである。

ペルジアに到着したケニヨンはドナテロの変化を見て、「教皇の祝福が君に与えられたような気がする」（314）と声をかける。しかしピューリタンのケニヨンが偶像の祝福を信じているわけではない。「ええ、僕も魂が祝福されたのを感じます」（315）と答えるドナテロにケニヨンが向けた「苦笑」（315）には、彼がドナテロの髑髏や絵に対して嫌悪を見せた時に、ドナテロが「これらの神聖な品々にあなたは苦笑しているのでしょう」（256）と問い質した時の苦笑と同種の侮蔑が潜む。そしてドナテロが語るイスラエルの民の話に驚いたケニヨンは笑ったことを謝り、「プロヴィデンスが人間の魂に働きかける力を推し量ることは、僕には許されていないのですから」（315）と弁明するが、ケニヨンが優越意識を持ち続けていることに何ら変わりはない。

ドナテロはモンテ・ベニからの旅を「改悛の巡礼」（296）として敬虔な祈りを重ねて信仰を深めてきており、実際に彼には祝福が訪れたのであろう。そして彼に対するプロヴィデンスの教訓は成就したのだが、カトリックにプロヴィデンスなど無いかのような言動を行うヒルダと同様に、カトリックの信仰によるプロヴィデンスの祝福の可能性をもとより排除してきたケニヨン[7]にとっては、ドナテロの変化は旅によってもたらされた気分転換の効果にすぎない。

そして、ミリアムとドナテロを再会させ、プロヴィデンスに成り代わって祝福を与えたケニヨンは大いに満足して彼らと別れるのだが、その後、ヒルダの失踪をミリアムから聞かされた彼は、プロヴィデンスに対するこれまでの確信をすっかり喪失してうろたえる。

プロヴィデンスは天国のように安全で危険のない、ささやかな場所と空気を彼女に確保してくれるだろう。［中略］だがプロヴィデンスの意図は全く測りがたいものなのだ。［中略］プロヴィデンスは無限に正しく、賢明であるが、おそらく正にそうであるが故に、その計画が大きな円を描き終わり、これらの悲しみのすべてを十二分に償うまでには、無限に近い歳月を要するだろう。（413）

語り手の警告通りの予期しない事の成り行きにすっかり度を失ったケニヨンは、今やプロヴィデンスの不確かな計画ではなく、「ヒルダの現在の安全と即時の復帰の証拠」（413）を望む。

そのようなケニヨンに対してこれまでプロヴィデンスを冒瀆してきたミリアムが、「ヒルダにはプロヴィデンスがついていています」（429）と言い、「特別のプロヴィデンス」（433）の計らいによってヒルダが現われることを予告する。ヒルダの告解で追われる身となり、プロヴィデンスの計画を成就させてご満悦の態であったケニヨンの狼狽した様子を見て取ったミリアムは、優越意識を持ってピューリタンのプロヴィデンスをカトリックの総本山に持ちこんだおめでたいアメリカ人達に、強烈な皮肉を投げかけているのである。

5　視点の逆転と「普遍性」の揺らぎ

ケニヨンとヒルダに向けられたアイロニーは、視点の逆転として最後のカーニバルの場面でより明確に表される。このときまで、旅行者であるケニヨンとヒルダというアメリカ人のレンズを通して描かれていたイタリアは、カーニバルの場面では人格化され、ケニヨンとヒルダはイタリア人達のレンズを通して他者として見られるようになる（Bentley 934）。優越意識をもってイタリア人を観察してきた彼らは、逆にからかわれ嘲笑される被観察者となり、ローマにおける自らの他者性を痛感することになる。

視点の逆転による他者性の提示は、ケニヨンとヒルダが向かったパンテオンの場面で「目」というシンボルによってさらに具体化される。二人はパンテオンにある、「巨大な目」（457）を模したドームの下にやってくる。そして「パンテオンの開いた目」（461）の穴から彼らは辛うじて青い空を見上げるのであるが、かつてモンテ・ベニの塔で、自身が天から地上を監視するプロヴィデンスの目を持つかのごとくイタリア中を見下ろしたケニヨンが、今や異教の聖堂の巨大な目に見下ろされているのである。そして、そこで出会ったミリアムと彼らの間には「測り知れない深淵」(461)が横たわる。福岡が指摘するように、旅行者の他者を見る視線でローマを観察してきたケニヨンには「自分が信じていること、見たいもの以外は見えない」(福岡 一〇一)のであるが、ここに至ってケニヨンとヒルダは、彼らには見えない得体の知れないものの存在を突きつけられ、自分達の側が異国の目に見下ろされて深淵の縁に佇む他者であることを知る。

結局のところ、ドナテロの変身が世俗的であれ神学的であれ「幸運な堕落」に相当するのかどうかは謎のままである。なぜならヒルダとケニヨンにはカトリックにおけるプロヴィデンスを理解できず、ミリアムの「幸運な堕落」も限られたケニヨンの見方を投影した詭弁に過ぎないからである。そして語り手もまた、ケニヨンやヒルダに時として批判的な視線を投げかけるものの、やはりアメリカ人旅行者の視点しか持ち得ないからだ。ドナテロが彼の言葉通り祝福を受けたのかどうかを知ることのできる登場人物も、それを描くことのできる語り手も『大理石の牧神』には存在しないのであり、そこにローマにおけるアメリカ人の他者性という問題が提示されている。

そして、プロヴィデンスを用いたアイロニーによって提示されるアメリカ人の他者性というこの問題は、民主主義共和国を実現して世界に範を示すという十九世紀アメリカの自負を支えてきたプロヴィデンス言説の「普遍性」の揺らぎを示す。ケニヨンやヒルダ、そして作家ホーソーンにとって馴染みである「プロヴィデンスに導かれるアメリカ」という言説はローマでは何の価値も持たなかったのだが、それだけでなく、この言説はアメリカ国内においてもその綻びが顕わになってきていた。ホーソーンが『フランクリン・ピアス伝』を手がけた時、すでに一八五〇年の妥協を巡って南北の問題が顕在化していたが、一八六〇年に作家が『大理石の牧神』を出版した時には、国家分裂の危機は現実のものとなりつつあった。この年の三月、『ハーパーズ誌』(*Harper's Magazine*) は「我々は、プロヴィデンスに委ねられた成就すべき使命があるという思いをますます深めている」(Guyatt 275) と、国家の分裂を避けるべくこの言説の下で結束するように訴えているが、ホーソーンがアメリカに帰国する年の民主党大会で南部民主党が脱退し、その後、アメリカは南北戦争への道を加速度的に進んでいく。未曾有の拡大主義を支えたプロヴィデンス言説は、その拡大がもたらした不協和音を結局収拾することは出来なかった。

『大理石の牧神』の語り手は、ケニヨンとヒルダが故国に帰る決心をした理由を次のように述べる。

> 余り長い外国生活を送ってしまうと、年月は一種空しいものになってしまうからだ。そういう場合、再び故郷の空気を吸う将来の時まで、実体のある人生はお預けにしてしまうことが多い。ところが時がたつに従って将来の時というものは無くなってしまい、たとえ戻れたとしても、故郷の空気は活気づけてくれるものでは無くなっており、人生の現実はほんの一時逗留するつもりだった場所に移動してしまう。かくして、飽きたらぬまま、いよいよ最後に骨を埋めようとしても、この二つの国にその場所はまるで無いか、両方にほんの少しだけしか無いということになってしまう。だから速やかに帰るか、あるいは全く帰らないことにしてしまうのが賢明だ。(461, 傍点引用者)

ケニヨンとヒルダが向かうアメリカには、彼らを「活気づけてくれる」プロヴィデンスが以前と変わらずに待ち受けているかは疑わしい。ここには、ホーソーン自身が、故国で自らの他者性に遭遇し、アメリカの危機に直面しなければならないことを予期していたことが示されている。作家は『大理石の牧神』を執筆中の一八五八年の創作ノートで、自分の居所が故郷に無いという疎外感を感じる一方で、アメリカに対する強い愛国心を抱いていることを打ち明け、さらに、アメリカ人の愛国心を支えているのはこの国を他の国と分ける「非凡な政治制度」であり、そのデモクラシーが他で存在するならば、そこで安堵するであろうにと、暗雲漂う故国への思いを吐露している。(8)『大理石の牧神』のプロヴィデンスを用いたアイロニーには、ホーソーンのアメリカに対する愛郷の念と失望が投影されているのである。

本論考では、『大理石の牧神』において、「幸運な堕落」の多義性を軸とする二重のプロットが展開しており、その「罪によるドナテロの精神的成長」と「ヒルダとドナテロの無垢の喪失とプロヴィデンスの祝福」という二つのプロットが、プロヴィデンスの巧みな配置によって統合されていることを明らかにした。ホーソーンは『大理石の牧神』を、作家の能力の限りをつくして巧妙に編んだタペストリー（455）に喩えているが、まさに、プロヴィデンスは技法とテーマを絡めて精巧に作品を編む糸となっているといえる。しかし、その老練な作家の精巧な技法によって描き出されるのは、民主主義共和国の実現というアメリカの理想を支えてきたプロヴィデンス言説の綻びであり、南北戦争に向かう故国と作家自身のアイデンティティの危機という深刻な問題なのである。

注

本論は日本英文学会第八十一回大会（二〇〇九年）における発表に加筆訂正したものである。

（1）Buttrick, *The Interpreter's Dictionary of the Bible* 及び Wood, *New Bible Dictionary* の "providence" の項を参照。

（2）O'Sullivan, Introduction. *The United States Democratic Review* 1 (1837):9.

（3）O'Sullivan, "Annexation." *The United States Democratic Review* 17 (1845):5.

（4）Hawthorne, *The Centenary Edition of the Works of Nathaniel Hawthorne*. Ed. William Charvat et al. Vol. 4 [*The Marble Faun*] Columbus: Ohio State UP, 1968. 以下、引用は全てこのテキストによる。また *The Marble Faun* の邦訳は島田太郎他訳『大理石の牧神 Ⅰ・Ⅱ』（国書刊行会、一九八四年）を参照し、必要に応じて変更を加えた。

（5）例えば、三宅は批評家の間で論じられてきた「幸運な堕落」に対する作家の立場を、一、肯定、二、否定、三、確信がもてない、四、結論をわざと曖昧にしている、という四つに分類している（三宅　四五）。ワゴナーは、ミリアムの「幸運な堕落」に対する考えは、ヒルダのものよりも作家に近いが、作家は明言をさけているとし（Waggoner 167）、フォーグルは、作家は問題を提起するのみであるとして、背景と主題の結びつきを論じている（Fogle 163）。また、マシーセンは、ミリアムの「幸運な堕落」論が異教のカーニバルで言及されることから、作品のモラルがミリアムの側にはないとしている（Matthiessen 311）。

（6）ラヴジョイは、神学的に受容されながらも「幸運な堕落」論が危険視されるのは、人間の堕落が神の慈悲を引き出したとすれば、絶対的な神の判断に人間の行為が影響を及ぼしたという不都合な解釈が生じる点と、もう一つは、邪悪の存在が神によって許されており、アダムの堕落も予期されたものであるならば、邪悪は善を生み出すための必然であり、邪悪の存在も善とする解釈が生じる点であると説明している（Lovejoy 289-94）。

（7）三宅は、ドナテロは悔恨の苦悩を通じて贖罪に近づくものの、神の恩寵という人間を超えたものとの関わりという要素がない（三宅 五八）とするが、そのように思えるのは視点人物としてのケニヨンが排除しているものを、われわれ読者もまた見逃してしまうからであろう。

（8）*The Centenary Edition of the Works of Nathaniel Hawthorne*. Vol. 14 [*The French and Italian Notebooks*] 463-64.

引用文献

Bancroft, George. *History of the United States of America: From the Discovery of the Continent*. Vol.1. New York: D. Appleton and Company, 1907.

Bentley, Nancy. "Slaves and Fauns: Hawthorne and the Uses of Primitivism." *ELH* 57.4 (1990): 901-37.

Buttrick, George Arthur. et al., eds. *The Interpreter's Dictionary of the Bible*. New York: Abingdon P, 1962.

Fogle, Richard H. *Hawthorne's Fiction: The Light and the Dark*. Rev. ed. Norman: U of Oklahoma P, 1964.

Guyatt, Nicholas. *Providence and the Invention of the United States, 1607-1876*. Cambridge: Cambridge UP, 2007.

Hawthorne, Nathaniel. *The Centenary Edition of the Works of Nathaniel Hawthorne*. Ed. William Charvat et al. 23 vols. Columbus: Ohio State UP, 1962-76.

Lovejoy, Arthur O. *Essays in the History of Ideas*. New York: G. P. Putnam's Sons, 1960.

Martin, Terence. *Nathaniel Hawthorne*. New Haven: College and UP, 1965.

Matthiessen, F. O. *American Renaissance: Art and Expression in the Age of Emerson and Whitman*. New York: Oxford UP, 1941.

Milton, John. *Paradise Lost*. Ed. Gordon Teskey. New York: Norton, 2005.

O'Sullivan, John L. "Annexation." *The United States Democratic Review* 17 (1845):5-10.

——. Introduction. *The United States Democratic Review* 1 (1837):1-15.

Waggoner, Hyatt H. *Hawthorne: A Critical Study*. Rev. ed. Cambridge: Harvard UP, 1963.

Wood, D. R. W., ed. *New Bible Dictionary*. 2nd ed. Downers Grove: Intervarsity P, 1996.

福岡和子『「他者」で読むアメリカン・ルネサンス――メルヴィル・ホーソーン・ポウ・ストウ――』（世界思想社、二〇〇七年）。

ホーソーン、ナサニエル『大理石の牧神Ⅰ・Ⅱ』島田太郎他訳（国書刊行会、一九八四年）。

三宅卓雄『どう読むかアメリカ文学――ホーソーンからピンチョンまで――』（あぽろん社、一九八七年）。

第三章　メルヴィルと貧困テーマ

――声を上げる貧者たち

福岡　和子

「貧困」テーマは、従来のメルヴィル（Herman Melville, 1819-1891）研究において、あまり議論の対象にはならなかった。しかし、それは何もメルヴィルに限ったことではなく、アメリカ文学研究全体を見渡しても、「貧困」テーマはしかるべき関心を払われてこなかったと言ってよい。おそらくそれは、豊かさと平等を標榜する民主主義国家アメリカにおける根深い矛盾、隠された現実を直視し議論することの困難さを示すものであろう。

さて、メルヴィルという作家は、そうした国家の矛盾と貧困の悲惨さを身をもって体験した作家であり、彼の各作品には、ごく初期から晩年に至るまで「貧困」テーマが一貫して存在する。十九世紀初頭から半ばにかけて急速に変化していく経済システムの中で、人々がどのような生活を余儀なくされ、どのような労働の形態を甘受したかを考察し、独自の表現を与えたのである。もちろんそうした問題は、やがて十九世紀末のリアリズム作家や自然主義作家たちにとって中心的テーマとなっていくが、メルヴィルはそれを先取りする形で、すでに深刻な問題を孕み始めた階級格差や貧富の格差に着目し、自然主義作家とは異なる表現形態を与えたことはもっと注目されていい。本論では、以上の観点に立ち、まず十九世紀前半のアメリカ社会の変化について論じ、ついでメルヴィル自身の伝記的事実に触れた上で、貧困を扱った個々の作品を取り上げていきたい。紙幅の関係上、議論を絞って、作家生活における比較的早い時期一八四九年に出版され、イギリス・リヴァプールでの貧民体験を描いた『レッドバーン』(*Redburn: His First Voyage*, 1849) と、一八五〇年代アメリカ社会の貧困を扱った短編を数編取り上げることにする。

1　経済の変貌とメルヴィル家の変転

一八三〇年ごろからアメリカ社会は大きな経済的変化を蒙る。それは独立後、単に経済が発展したというだけではなく、質的にも大きな変化を受けたという意味である。運河網・鉄道網など輸送手段の目覚しい発展に伴い市場の拡大を見たアメリカ経済は、製造業、商業、金融を中心とした資本主義的市場経済へと変貌し、生産の場を家内から工場へと移動させた。そうした変化に伴い、人々の従事する職種自体にも変化が生まれ、「工場主、請負人、監督、小売業者、卸業者、つまり直接モノの生産に従事しない」人々が現れた。「職人はもはや針や鋏を使わないビジネスマン」になったのである（Blumin 71）。あのエマソンも同じく彼らを「ビジネスマン的中産階級」と呼んだ（Emerson 501）。このような社会の質の変化、すなわち資本主義的市場経済への移行は、アメリカ社会をそれまで以上に階層化し、南北戦争までには国の富の半分以上が人口の五％によって保有されるようになったという（Lang 200）。建国から百年もたたない十九世紀前半のアメリカ社会において、すでにしてこのような社会的格差、不平等が生じていたことはもっと注目されなければならない。

十九世紀前半の経済格差について、もう少し説明しておきたい。右に述べたように、上は少数の富めるもの、下は当時ドイツやアイルランドからおびただしい数で押し寄せた移民および自由黒人などが構成する貧しい労働者階級が形成された。さらに最近の研究で注目されているのは、それら富める層と貧しい層の中間に形成されたミドル・クラスである。この中間層はすでに述べたような新たな職種に従事し、個人主義を信奉し、社会的経済的上昇志向を持ち、労働者階級とは異なって、そうした上昇が可能であることを信じていた。が、その一方で経済的転落の不安に脅かされてもいた。アメリカにおいては、階級はヨーロッパのように伝統的に固定されたものではなく、機会均等、つまり誰にも開かれた道を通じて獲得できるものであったが、その裏返しとして、誰であってもそこから転落する危険性をも孕むものだったのである。

さて、そうした転落の悲惨さをいち早く経験したのが、まさにメルヴィルの一家であった。マイケル・P・ロージンに言わせると、メルヴィルの祖父たちは「封建的領地制」に基づく貴族ではなく（Rogin

こ、「アメリカ独立革命の英雄となった商人」(Rogin 18) であった。父方の祖父トマス・メルヴィルは、ボストン茶会事件やバンカー・ヒルの戦いに参加した勇士であり、一方母方の祖父ピーター・ガンスヴァトも、イギリス軍やインディアンの攻撃からスタンウィクス要塞を死守した、これまたアメリカ独立の英雄であった。本来なら (つまり旧世界の位置づけなら)「商人」という中産階級にすぎなかったはずの彼らは、独立の英雄という名声を獲得し、当時のナショナリスティックな熱狂のなかで、あたかも貴族であるかのような特権的意識を持っていたようである。

しかし、その英雄の子供たち、つまりメルヴィルの父親アランやその兄弟は、「単なるビジネスマンや、単なる法律家」(Rogin 8) にすぎなかった。つまり、彼らには父を貴族階級として持ち上げてくれた名声はもはやなく、「単なる商人」として、独立後の商業化、産業化、近代化の大波にもろに飲み込まれてしまう。そもそもハーマンが生まれた一八一九年は、独立後最初の大不況の年である (Howard 2)。フランスの雑貨を輸入し、それを委託販売する商人であったアランは、商売の成功を目論んで先祖伝来の土地ボストンを離れ、商業の新しい中心地ニューヨークに移り住んだ。しかし限られた顧客を相手とするような従来の商取引とは異なった大規模市場の競争経済に太刀打ちできず、破産し病に倒れ、狂気のうちに一八三二年命を落としてしまう。その後長男が父親の商いを引き継ぐが、彼もまた一八三七年の経済恐慌の煽りを受けて父と同じく破産し、メルヴィル一家は貧困の淵に立たされることになった。当主の破産と死亡、長男の破産と死亡によって、一家は「貴族階級」はおろか「中産階級」からも転落し、貧困と真正面から向き合わねばならなくなったのである。どの伝記にも母親が親戚に経済的援助を懇願してまわったという事実が書かれているが、十三歳でこのような経験をしたメルヴィルにとっては、それは消しがたいトラウマになったであろうことは十分推測できる。

　メルヴィルの作品に話を進める前に、もう一つどうしても触れておかねばならないことがある。言うまでもなく、メルヴィルが船乗り生活から足を洗い陸地で選び取った職業は作家であったが、すでに述べた経済的変化のなかで、作家という職業もその影響を避けることはできなかった。マイケル・T・ギルモアの言葉を借りるなら、当時「文学自体も一つの商品となった」(Gilmore 1) のである。それは作家ですら社会から超然として自分の思考・想念の赴くままに書きたいことを書けばいいという時代ではなかったことを意味する。家族を養っていくには、「商品」である作品を「客」である読者に気に入られ買ってもらわなければならなかったのである。

　当時ほとんどの作家もこうした事態に直面したが、とりわけメルヴィルは作家として経験した苦悩を繰り返し口に出している。たとえば一八五一年六月ホーソーンに宛てた手紙のなかでは、「私は金に呪われているのです。［中略］私が一番書きたいものは禁止されています、つまり売れないのです。でも私はどうしても違ったふうには書けないのです。」(*Correspondence* 191) と嘆いている。またそれより二年前にも義父レムエル・ショーに宛てた手紙のなかで、書き上げた二つの作品『レッドバーン』と『ホワイト・ジャケット』(*White-Jacket, or The World in a Man-of-War*, 1850) について、「私が金がほしいからした賃仕事 (job) であり、他の人間なら木を鋸で挽く (sawing wood) ように、金のためにどうしてもしないわけにはいかない仕事だったのです。私は自分が書きたいような本は書くことを控えなければいけないような気がしたのです。」(*Correspondence* 138, 傍点原典) と述べている。この「木を鋸で挽く」賃仕事を、ギルモアは『白鯨』(*Moby-Dick or The Whale*, 1851) に登場する大工と関連付けているが (Gilmore 124)、私にはその表現はむしろ、後で論じる貧困をテーマとした二つの短編のなかに登場する貧しい男たちの仕事を連想させる。彼らは一日わずかの賃金（一つの作品では七五セントとなっている）で雇われて、雪が降る中、懸命に鋸を挽くのである。このようにメルヴィルは職業作家として書くということを、きわめて具体的なイメージ、しかもおそらく当時としては男性が従事する最低ラインにある「賃仕事」、他に収入の手段のない人間が飢えを凌ぎ家族を養うためにやむなくしなければならない仕事と同列に置いたことは非常に興味深い。メルヴィルにとって、作家としての情念に突き動かされるままに書くとしたら、それは「貧困」に脅かされることを覚悟しなければならないことだったのである。おそらくは彼の頭には、破産して狂気のうちに死んだ父や、親戚の間を頭を下げて回る母の姿が浮かんだかもしれない。このようにメルヴィルという作家は、常に「貧困」の影に脅かされ、時には「木を鋸で挽く」賃仕事に匹敵する仕事にも甘んじながら、それでも強い欲求に突き動かされて創作を続けた作家なのである。以上のように見てくると、メルヴィルにとって貧困テーマは、十九世紀前半のアメリカにおける作家としてのありようとも密接な関わりを持つテーマであることがわかる。

2　リヴァプールの貧者たち――『レッドバーン』

ついで貧困テーマを扱った作品自体に話を進めたいが、まず取り上げたいのは自伝的小説『レッドバーン』である。作者と同じく経済的・階級的転落を経験した主人公レッドバーンは、商船に見習い（boy）として雇われリヴァプールに立ち寄るが、そこで目撃することになったのは、思いがけない多くの貧民の姿であった。貧民の描写というのは旅行記には通常あまりないものだが、この作品では重要な部分を占めている。ただし、外国で目の当たりにした珍しい光景として綴るものではなく、同じく貧しい主人公自身の体験を通して、冷酷な社会への批判がさまざまな形で示されることになる。

まずは、レッドバーンがある地下室で死んだ赤子を抱いた餓死寸前の母と二人の娘を発見したときのことである。彼は母子の存在を繰り返し人々に通報し助けを求めるが、すべては無視され、あげくに、いたずらに死を引き伸ばすよりも、いっそのこと早く命を絶ってやりたいという衝動にさえ襲われる。

僕は母子を見下ろして立っていると、胸が一杯になり、自分に次のように問いかけていた、こんなひどいことがあるというのに、この広い世界の誰であれ笑みを浮かべ喜ぶいかなる権利があるというのか。見ているだけで辛くなり、人間を呪いたくなる。僕の前にいるこの幽霊はいったい誰なのか。人間ではないのか。母親と二人の娘ではないのか。女王陛下と同じく目と唇と耳を備えた人間ではないのか。もう血が脈打っていないとしても、彼女たちの心臓は鈍い痛みを感じており、それはまだ生きているということだ。(*Redburn* 181, 傍点引用者)

ここには、さまざまな感情——冷淡な周囲への憤り、自分の無力さ、ただ餓死するしかない貧者への哀れみなど——が綯い交ぜになって襲い、絶望感に打ちのめされているレッドバーンの姿がある。ガヴィン・ジョンズはレッドバーン自身が最近経験したばかりの経済的転落によるトラウマに言及しているが(Jones 39)、確かにこのような母子への同情と自分に対する絶望は、彼自身に深く傷を残した体験を抜きにしては理解できない。さらに、野垂れ死にするしかない悲惨な母子を「女王陛下と同じ目と唇と耳を備えた人間」として見るという、当時のイギリス人なら不快に思うかもしれないような挑発的表現をあえて用いていることからもわかるように、そこには抑えがたい憤りがある。通常この作品にはレッドバーンが二人いるとされる。それは行為者としての若いレッドバーンと、十年ほど経って過去の体験を思い出して語る年長の語り手レッドバーンであるが、前者のスノッブぶりを揶揄する語り手は辛辣《しんらつ》で、周到に距離を置こうとするが、一方貧者の悲惨な光景を見て右往左往するレッドバーンを語るときには、主人公の絶望と語り手の憤激(そこには作家自身の苦い経験までもが重なって)が一体となって、読者に強いインパクトを与えるのである。

さて、もう一つの貧困描写に移る前に、今述べたレッドバーンの反応の特徴を一層明確にするために、一八五三年同じくリヴァプールを訪れたホーソーンの次の記述と比較しておきたい。アメリカの領事として当地を訪れたホーソーンも、そこでの貧民の多さと不潔さに驚き、以下のような感想を『イングリッシュ・ノートブックス』（*The English Notebooks*, 1962）に残している。

（八月二十日）［略］ほとんど毎日私はリヴァプールを歩いた。貧しい階層が住む暗い薄汚い通りの方を好んで歩いた。そこで見たものはそれなりにとてもピクチャレスクだった。［中略］そこを歩くときはいつも何らかの病気を移されるのではないかと心配したが、それでもこうした散歩には強烈な興味を掻き立てられた。その上活気があった。［中略］

［港に連れてこられた少女たちについて］一人として美しさというようなものは何も持たず、知性などほとんどない。卑しくて、粗野で、下賤の生まれであることは疑いようがない［中略］少女たちは邪な人間には見えないが、ただ愚かで、動物そのもので、魂などあろうはずがない。彼女たちから魂を引き出すとしたら何年もかけていい暮らしをさせる必要があるだろう。アメリカ中を探してもこんなのは見つからないであろう。［中略］

（八月二十五日）［略］このような生活の雑踏と絶え間ない動き。人々はチーズに群がる蛆虫のように蝟集《いしゅう》し、見ていると胸が悪くなった。彼らは皆が皆動き回っていて、それはまるで長い間地面にあった板切れや丸太を上げたときに、多くの活発に動く虫をみつけたときのようであった。（*The English Notebooks* 13-18, 傍点引用者）

もちろん四十九歳のホーソーンはすでに広く知られた作家、しかも領事であり、作品中の若い登場人物と同列に論ずることはできない。しかし、そうした差を考慮したとしても、二人の作家の違いが際立つ。ホーソーンの場合には、これまで見たこともない猥雑だが活気のある貧民の暮らしについて、作家的興味を抱くと同時に、その醜悪さには嫌悪感を募らせるという相矛盾した感情に動かされている。それを端的に表すのが、彼の用いた比喩「チーズに群がる蛆虫」である。そのまったく同じ比喩を、ホーソーンは後に『大理石の牧神』(1860) のなかでも再び用いて、ユダヤ人を「ローマで最も汚い不潔な場所」(*The Marble Faun* 387) で「腐りかけたチーズに群がる蛆虫のごとく群れを成して暮している」(388, 傍点引用者) と表現している。ノートブックとフィクション、描かれる場所も違うが、それらに通底しているのは、貧しい者たちが群れを成して暮らしている様子に対して、ホーソーンが人間ではないものが蠢いているのを見たときに感じるような不快感、抑えがたい嫌悪感に襲われていることだ。人は「チーズに群がる蛆虫」にはけっして共感や哀れみの情を持つことはない。さらには、貧しい少女たちの集団を「魂のない動物」と表現していることからも、ホーソーンにとって到底同じ人間とは思われない不気味な存在に対して、哀れみよりはむしろ拒否反応を示していることが感じられる。一方は「チーズに群がる蛆虫」、他方は「女王陛下と同じく目と唇と耳を備えた人間」という、あまりに異なるこれらの表現は、時をそれほど経ずして同じ貧困を目の当たりにした二人のアメリカ人作家の感性・資質の違いを示して余りあるものがある。

もう一つ『レッドバーン』における貧民の描写として触れておきたいのは、帰途に就く船に大量に乗り込んできた貧しいアイルランド人移民のことである。周知の通り、アイルランドは一八四五年から四七年にかけてジャガイモの不作により飢饉に見舞われ、百万人近くが餓死し、百万人以上がアメリカに夢を託して移住した。レッドバーンの乗るハイランダー号にも、およそ五百人のそうした移民が乗り込んだと書かれている。

頼る人とてない移民たちは、綿の貨物のように積み込まれ、奴隷船の奴隷のように詰め込まれ、嵐の間は光も空気も通さない閉ざされた場所に閉じ込められる。［中略］それだけではない、ハイランダー号のようにこれらの船では、移民たちは文明化された住まいなら絶対欠くことのできない設備すらあてがわれていない。［中略］海に出て一週間もすれば前のハッチから下を覗くのは、まるで突然開いた肥溜めを覗くようなものだった。
　しかしまだある。船の上では貴族制度が守られていて、移民が後甲板のもっとも神聖なる区域――船上で唯一完全に開かれた空間――に入り込むことを禁止するという、もっとも身勝手な措置がとられていたのだ。（*Redburn* 241-42, 傍点引用者）

語り手は自ら目撃した忌まわしい出来事が歴史から封印されてしまうことを危惧し、詳細な記述を残そうとする。その際注目すべきは、三等船室のアイルランド人移民たちを「奴隷船の奴隷たち」に例えていることである。一八〇七年五月にイギリス船による奴隷輸送が禁止されるまでは、リヴァプールは悪名高い「中間航路」の基点港であった。そこから数多くの船が西アフリカに向かい奴隷を掻き集めて西インド諸島に輸送したのである。おそらくはそうした歴史的事実の連想もあってだろうが、何よりもレッドバーンが目の当たりにした移民たちの悲惨な状況が、彼に奴隷船を想起させたものと思われる。光が射さない暗い「犬小屋」(239)の壁に作りつけられた上下三層の寝床は、まさしく中間航路の奴隷たちが寝かされていたものと同じである。奴隷たちは航海の途中で疫病にかかり半数は死亡したと言われているが、ハイランダー号のアイルランド人移民たちにも疫病が襲い、何人もの死者が出た。それもそのはずで、レッドバーンが婉曲的に「文明化された住まいには絶対欠くことのできない設備」と述べているもの、つまりトイレすらあてがわれなかった非衛生的な状況を彼らは耐え忍ばねばならなかったのである。

語り手は以上のような悲惨な状況を述べるだけではなく、船上での「貴族制度」への怒りを顕わにする。この「貴族制度」とは、イギリス社会固有の制度のことではなく、いわゆる「持つもの」と「持たざるもの」との格差社会のことである。二〇ギニーを払った小数の「貴族」たちは三ポンドしか払っていないものを隔離し、自分たちが無事に航海を終えることだけしか考えていない。同じ白人でありながら、アイルランド人を「黒人奴隷」のように非人間的に扱う背景には、人種偏見というよりは紛れもない貧困の問題があることを、自ら「持たざるもの」の一人であるレッドバーンは見抜き、憤りを示しているのである。アイルランド人に対して当時しばしばなされたように、「無教養、粗野、怠惰」(Roediger 133)などとして、その人となりを侮蔑するのではなく、彼らの置かれた階級格差ならぬ経済格差自体を問題としたことは、メルヴィルの貧困の捉え方を考える上で、極めて示唆的である。さらにデイヴィッド・R・ロディガーによると、アメリカに渡ったアイルランド人たちは、"Irish niggers"（Roediger 146）と呼ばれて絶望的な貧困生活を余儀なくされたという。彼らには予想もできなかったアメリカの一八五〇年代の経済変化の中で、レッドバーンの用いた比喩がまさしく現実のものとなってしまったのである。

3　アメリカ生まれの貧民たち――「貧乏人のプディングと金持ちのパンくず」

さて、そうした一八五〇年代、メルヴィルは集中的に貧困テーマを取り上げることになる。しかし今度は彼の関心は外国の貧民だけではなく自国の貧困層にも向けられる。ギルモアは、「書記バートルビー」（"Bartleby, the Scrivener," 1853）に着目し、その主人公を当時現れてきた労働者階級とみなして、次のように述べている。

彼が代表する階級は、中産階級が読み書く物語のなかでは語らない、つまり声を持たないということをメルヴィルは言いたいのだ。彼らが当時の経済状況の中で系統だって排除され見えなくされてしまったように、テキストの中でも聞かれることがないのだ。（Gilmore 142）

このギルモアの指摘は、バートルビー論としては卓見といえるが、一八五〇年代の貧困層を扱ったメルヴィルの作品全体を考えるときには、部分的にしか当てはまらないように思われる。確かに「独身男たちの天国と乙女たちの地獄」（"The Paradise of Bachelors and the Tartarus of Maids," 1855）における貧しい女工たちも語る言葉をもたず、読者に強く印象付けられるのは製紙工場の機械の音であると言ってよい（「鉄の動物が出す圧倒的な低い一貫した唸り声以外には何も聞かれなかった。その場からは人間の声は放逐されていたのだ。」）（*The Piazza Tales* 328）。しかし実はメルヴィルには、同時期にそのような声を奪われた貧困層を描いた作品だけではなく、これから取り上げる「貧乏人のプディングと金持ちのパンくず」（"Poor Man's Pudding and Rich Man's Crumbs," 1854）および「コケコッコー！」（"Cock-A-Doodle-Doo!," 1853）といった短編のように、貧困ゆえに社会の周縁に追いやられた人間たちが、ときには語る言葉を持ち、あるいは言葉にならなくとも何らかの仕方で声を上げている作品もある。これまでほとんど注目されてはいないが、むしろそうした作品をも併せて考えてこそ、メルヴィルの表現の多様性、あるいは貧しい人間たちの捉え方の多面性が明らかとなるように思われる。

「貧乏人のプディングと金持ちのパンくず」は、二幅の絵が対を成して一つの作品を構成するディプティック（diptych）と呼ばれるもので、二幅の絵の間には相違点と共通点がある。この作品の場合、ニュー・イングランドの農村とロンドンという違いがあるが、いずれもそれぞれの貧乏人を扱う点では同じである。まず前半、農村を訪れた語り手は、雪のことを「貧乏人の肥料」、「貧乏人の目薬」などという言い方があることを知るが、いずれも肥料や薬を買えない貧しい村人が、その代わりに「親切な自然」を利用しているさまを茶化した言葉である。語り手は友人の薦めに従って「貧乏人のプディング」を食べてみるために、散歩帰りに貧しい夫婦を訪ねることになる。

作品では、夫婦の貧しい生活を詳細に描くと共に、この農村地帯を構成する三つの階級を明示することによって、貧困が単に個人的な問題ではなく社会的・階級的な問題であることを明確にしている。夫コウルターは一日七五セントで大地主に雇われ木を伐る労働者階級であり、その貧しさは、地主に「代金分割払いで」わけてもらった黄色く変色した去年の豚肉を食べていることからも推測できる。じめじめした家は、絨毯も壁紙もなく、(1) 語り手は家の中の空気を救貧院のそれに喩えるほどである。一方コウルターを雇い、時計を手に窓辺に座って彼の労働を監視・管理している大地主は、言うまでもなく金持ちの上層階級である。また、語り手の仕事は不明であるが、彼の服装にはっとした夫婦が"sir"をつけて話し「紳士」として扱うことから、明らかに夫婦と語り手の間には階級差があることがわかる。このように作品では労働者階級の生活が詳述されているだけではなく、アメリカ社会(一八一四年の設定)を既に分断している身分的ヒエラルキー・貧富の格差が浮き彫りにされている。

さて、注目すべきは、それまで嫌な顔一つみせずに応対していた夫人が、語り手の口からすべって出た「貧乏人のプディング」という言葉を聞いたときに、さっと顔を赤らめ怒りすらにじませて「私ども**は**そういう言い方はしません」(*The Piazza Tales* 292-93, 傍点原典)と言って黙ってしまうことである。夫人の口から思わず出たこのささやかな抗議の言葉は、語り手に「アメリカの貧民」に対する認識を改めさせることになる。

アメリカ生まれの貧民は、けっして繊細さもプライドも失っていない。だから、たとえヨーロッパの貧民のような経済的困窮に陥っていないとしても、彼らは世界中のどの貧民よりも心理的苦痛を味わっているのだ。なまじアメリカ特有の政治原則に培われた社会的感性を持っているために、裕福なアメリカ人なら威厳が一層高められることにもなるところ、不幸な人々の場合には、惨めさがより深刻になるだけである。第一に、慈善が差し出すほんの僅かの援助ですら彼らに受け取りを拒否させ、第二には、貧困という現実の不幸と不名誉を身を磨り減らすほどに経験し、それが人間はすべて平等という理想といかにかけ離れているかを痛切に感じているからだ。（296, 傍点引用者）

この「アメリカ生まれの貧民（the native American poor）」という言葉は、実はレッドバーンが使った「イギリス生まれの物乞い（a native beggar）」（*Redburn* 202）という言葉を想起させる。リヴァプールでは黒人ならぬ白人のイギリス生まれの物乞いが多いことに驚いたレッドバーンが、アメリカにはアメリカ生まれの物乞いはほとんどいない（「アメリカ市民に生まれることは、それだけで貧困（pauperism）に陥らない保証であるように思われる。」202）[2]ことを自慢していたが、それはきわめて皮相な認識でしかなかったのである。語り手は思いがけない夫人の言葉によって、アメリカの貧民の特異性に気づかされたのである。「アメリカ生まれの貧民」の場合には、赤貧の状態に耐えるだけではなく、国家の理想を成し遂げられない恥辱・不名誉をも耐えなければならないという二重の苦しみがあった。言い換えるなら、貧困は理想を達成できない個人自身の責任として、その咎を負わされるのである。

その一方でアメリカには精神のあり方によっては貧困は貧困ではないとする考え方もある。アン・ダグラスは、この作品が同時代の女性作家セジウィック（Catharine Maria Sedgwick, 1789-1867）の中篇『貧しい金持ちと豊かな貧乏人』（*The Poor Rich Man and the Rich Poor Man*, 1836）を痛烈に揶揄したものだと指摘している（Douglas 300）。その語り手は、タイトルが示すように、貧乏人こそ金持ちであり金持ちこそ貧しい、つまり作品で語られる貧しい一家は、「愛情、知性、節制、満足、信心」をもっているがゆえに「豊か」なのだと説き（75）、「人生の基本的な幸福を味わっている」彼らは本当に貧しいといえるのかと、読者に問いかけている（89）。当時のミドル・クラスに一般的であったこのような考え方の偽善性をこそ、メルヴィルは痛烈に批判しているのである。セジウィックなら理想的な「貧者」としたであろうと思われるコウルター夫人が思わず発してしまった言葉は、どれだけ信仰心も厚くどれだけ勤勉であろうとも、決して貧困からは抜け出せない彼らの日常を、他人によって好奇の目で覗かれ、自分たちの貧相な食べ物を揶揄されていることに傷つき怒る言葉なのである。今や貧困は単に個人の精神のあり方の問題とするには、あまりに深刻な現実となっているのである。

さて作品の後半「金持ちのパンくず」では、その年の夏にロンドンを訪れた語り手が目撃した「高貴なる施し（noble charities）」が描かれる。そこに押し寄せた貧民や物乞いは、「多数の痩せて飢えた獰猛な生き物」などと表現される。実際語り手が目の当たりにした「高貴なる施し」は凄まじいもので、床に前夜の宴会で王侯貴族が食べ残したものが散乱し、あたかも「家畜小屋や犬小屋のように汚らしいものであった」という。そこで冷たく身の崩れた肉とか中身が空洞になったパイなどに、殺気立った貧民たちがむしゃぶりつくのである。イギリス社会の基盤をなす王を頂点とした階級制度がここでも支配し、その最下層に位置する貧民を「家畜」や「犬」と同列にみなす非人間的な扱いに、語り手は愕然とする。このようにロンドンを扱った後半は、たとえ同じく貧民を扱っていても、一見前半とはあまりにかけ離れた、まさしく餓鬼どもの地獄絵のように見える。しかしそうした後半においても、貧者自身が上げる言葉、いや正確には、言葉にもならない悪臭を放つ凄まじい声が重要な意味を持っていることに注目しなければならない。

> 最後の皿がつかみ取られた。まだ満たされない群集は恐ろしい叫びを上げた。その叫びは一陣の強風のように旗をゆらし、下水管から出たような悪臭であたりを満たした。彼らはテーブルにぶつかり、すべての柵を突破しホールに雪崩れ打った。［中略］それはまるで凄まじい羨望の念から来るどうしようもない憤りに突然捕らわれたかのようだった。輝かしい王の宴会の残り物でしかないものを半時間垣間見たこと、つまり、中身のえぐられたパイ、荒らされたキジ肉、半分略奪されたゼリーをほんの僅か口にしたことが、施しに内在する蔑みに気づかせたのだ。今やどんな不可思議な気持ちが彼らをつかんだにせよ、突然の衝動に襲われ、これらのラザラスたちは、後悔と侮蔑の感情に駆られて、富める者の傲慢なパンくずを吐き出さんとしているようにみえた。(*The Piazza Tales* 301, 傍点引用者)

デニス・バートホウルドは、このシーンの貧民を「メルヴィルの小説のなかで最も凶暴で恐ろしいもの」(Berthold 162）と断じている。しかし、ここで彼らの凶暴さ、恐ろしさだけを問題とするのでは、メルヴィル文学の特徴を捉えていないことになるだろう。貧民が上げる言葉にならない凄まじい叫び、彼らを突然捕らえた衝動こそは、むしろ、いかに社会の最下層に落ちたとはいえ、彼らが家畜や犬ではなく、精神的苦痛を感じ取る人間であることを示すものではないのか。今や「高貴なる施し」の持つ意味、つまり貧者への蔑みに気がついた彼らは、激しい憤り、侮蔑、さらには悔恨の念などの抑えがたい激情に刺し貫かれて凄まじい声を上げて襲い掛かったのである。ここまで踏みつけにされても、それでも自分たちは魂を持った人間であることを、その凄まじい悪臭を放つ声は示している。ここにディプティックという興味深い形式を用いた作家の意図を知ることができるだろう。つまり一見前半と非常に異なっているように見える後半もまた、社会の最下層にある貧者の声にならぬ声を読者に届かせようとするものだと読めるのではないだろうか。

4　「コケコッコー！」

以上、ささやかな声、あるいは恐ろしい声など、一つの作品における貧民が上げた声に注目したのであるが、最後に、それが見事な形で形象化されている作品「コケコッコー！」を取り上げたい。この作品は同年に書かれた「バートルビー」と比べて注目されることが少ないが、私はメルヴィルの貧困テーマを考える上でもっと注目されてしかるべき傑作であると考えている。語り手は自らの土地を抵当に入れては次々と借金を重ね、リューマチに悩み、日頃苛立ちや不平ばかりであったが、あるときすばらしい声で高らかに鳴く雄鶏の声を耳にする。語り手はそのときの衝撃を次のように表現している。

たとえ私が時々いつもの鬱々とした気分に陥りかけても、勝ち誇った挑戦的な鶏の鳴き声を聞くとすぐに、私の魂もまた雄鶏と化し、羽ばたいて喉をのけぞらし、災いに満ちたこの世界すべてに対し陽気な挑戦の声を発するようになるのだ。(*The Piazza Tales* 278)

その鳴き声はきっと金持ちの地主が所有する「中国皇帝の上海種」に違いないと考えた語り手は辺りを探すが、なかなか飼い主がみつからない。そうこうするうちに、自分がその冬雇った貧しいメリマスクという男が、実はその飼い主だったという話である。

ヴォザール・ニューマンによると、この作品は従来解釈が二つに分かれており、その一つはエマソンやソローらの超絶主義に対する風刺とみなす解釈であり、他方は「超絶的な信念の率直なドラマ化」と読む解釈であるが、現在のところ前者の陣営の方が多勢を占めるという(Newman 165)。しかしメルヴィルの貧困テーマを見てきた私としては、そのどちらの解釈にもいささか違和感を持つ。確かに作品には風刺の要素はあるが、その対象は語り手自身であり、常々金銭問題に悩みを抱えている彼の金銭的価値観が手厳しく批判されている。たとえば、これほど見事な鳴き声を上げる鶏は、当然金持ちが所有する高価な鶏に違いないと決めてかかる先入観、金さえちらつかせば貧民は無理な申し出もすぐにも聞き入れるに違いないとする傲慢さなどが、金銭的価値観に迎合することを拒否するメリマスクを通して批判されているのである。

一方、この作品でも貧しい一家の生活が詳しく描写されている。農村地帯に姿を現し事故を起こす蒸気機関車がその一つの象徴であるように、当時のアメリカの発展は山に囲まれた農村地帯にもすでに負の現象をもたらしている。その一つが経済的格差である。メリマスクもコウルター同様、薪一束いくらという「賃仕事」に雇われており、降りしきる雪のなかを脇目も振らず鋸を挽き続ける。しかしその貧しさは、コウルター夫婦のそれを遥かに凌ぐ悲惨なものである。一家の住む小屋は村人が住むところからは遠く離れ、木が鬱蒼と茂った山と沼地に挟まった「寂しい陰鬱な地域」にあり、小屋の中は垂木から塩漬け肉がぶら下がり、床は土がむき出しで、妻と三人の子供たちは病気で寝ているという惨憺たる有様である。作品の最後はメリマスクを含めて一家すべてが病気で亡くなってしまい、さらには彼の鶏までも死んでしまう。個人の勤勉、努力などが全く無力でしかない極限の窮乏状態がここでも生じている。

それでは、そういう状態にもかかわらず語り手に鶏を売り渡すことを拒否したメリマスクをどのように捉えればいいのか。確かに彼は語り手の申し出を断り、「なぜこの私を貧しいというのですか。［中略］鶏の栄光を無償であなたに与えたのは、この私です。私こそ大いなる慈善家なのです。私は金持ちです」（286、傍点原典）と言う。この言葉だけを聞くなら、メリマスクは、まさしくメルヴィルが批判したセジウィックの小説の論理に丁度当てはまる人物だということになってしまう。貧しいのだが実は精神的に金持ちであるという、当時のミドル・クラス好みの教訓的論理の体現者。しかしこの短編には、そうした教訓とはおよそかけ離れた別の雰囲気が醸し出されている。

鶏には不可思議な超自然的コントラストが感じられた。鶏は小屋を照らし出し、小屋のみすぼらしさに栄光を与えた。（284、傍点引用者）

「［略］鶏はあなたを奮い立たせ、勇気を与えていませんか。絶望に対する勇気ですよ。」「すべて、君のいう通りだ」と私は認めて、粗末な服に隠れた勇敢な精神を前にして深く恥じ入り、帽子を脱いだ。それでもまだある不安を感じながら「しかしやっぱりこれほどの大きな声、驚くほどに騒々しい鳴き声は、病人に障り回復を遅らせるかもしれない」と私は言った。「トランペット、さあ力の限り鳴け。」私は椅子から飛び上がった。鶏は黙示録の抗しがたい天使のように私に恐怖を与えたのである。（285、傍点引用者）

「メリマスク、君は病気だね、」と私は悲しみに沈んで言った。「いえ、私は元気です」と彼は弱弱しく答え、「トランペット、鳴け」と言った。私は縮み上がった。弱った肉体の中の強い魂が私をぞっとさせた。しかし鶏は鳴き、屋根が軋んだ。「奥さんはどうだね？」「元気です。」「それに子供たちは？」「元気です。皆元気です」この最後の言葉は、いわば悪に対して勝ち誇った歓喜の念で発せられた。もうそれが限界だった。彼の頭は倒れ、白い布が彼の顔にかけられたようにみえた。メリマスクは死んだ。非常な恐怖心に私は捕えられた。［中略］鶏のただならぬ不可思議さは私を恐怖で満たした。（287，傍点引用者）

これらの引用に見るように、語り手は遠く離れたところで鶏の声だけを耳にして鼓舞されていたときとは違う反応をみせている。鶏の在り処を突き止めた語り手は、鶏の神々しいまでの輝きに魅了されながら、あるいはメリマスクの誇り高い自尊心に敬服しながら、そこに一抹の不安、さらには抑えがたい恐怖をも感じ取っていく。そのように語り手に矛盾した反応を引き起こしているのは、メリマスクの小屋に醸成される異様さであり、それは風刺・皮肉のそれとは全く異なるものである。読者もその異様さを語り手とともに感じ取らない限り、作品を誤読してしまうことになるだろう。

そこには、ミドル・クラスの語り手が普段愚痴をこぼし、我が身の不遇を嘆く生活とは格段にかけ離れた極限の窮乏状態がある。メリマスク自身が用いる言葉を使うなら、彼はどうしようもない「絶望」の淵に立たされてきたのである。貧しいのはもちろんのこと、妻や子供たちも死の淵にあり、たとえ語り手の要請に応じて鶏を売ったところで、それは一時しのぎでしかなかったであろう。そうした救いようのない暗澹たる状況の中で、かろうじて一家を支えてきたメリマスクの「勇敢な精神」あるいは「強い魂」を象徴するのが、見事な鳴き声を上げる鶏なのである。救いようのない死の淵にある生活と、一際輝き高らかに鳴き声を上げる鶏。その両者のコントラストが生じさせる異様さ、あるいは不気味さ、それが語り手を強く引き付けると同時に、名状しがたい不安に陥れ、恐怖感をも感じさせたのである。引用にある「もうそれが限界だった（it was too much）」という言葉は、ここで訳したように、メリマスクの体力の限界を示す言葉であるのだが、一方で語り手自身の精神的状況を示す言葉とも読めないこともない。衝撃を受けた語り手は、メリマスクの最後の二つの言葉に向けて、もはや発する言葉を見出しえないのである。言い換えるなら語り手は、これまで酷薄な現実に必死に立ち向かってきた人間の魂が、今まさに潰えていくその瞬間に立ち会っているのである。

以上のように見てくると、鶏の声が象徴するのは「超絶的な信念」などというよりは、むしろ我々が先に聞いたコウルター夫人の声やロンドンの物乞いたちの群れが挙げた叫びとも通底する、いかなる極限的状況に追いやられても押しつぶされることを拒否する人間性の自己主張の声とみなすことができるのではないだろうか。雄鶏ということを考慮すれば、男性性の自己主張ともいうことができるかもしれない。デイヴィッド・レヴェレンズは、当時の男性が競争経済から脱落し敗者となったときの屈辱感について触れている（Leverenz 97）。またウォナー・バートフの言葉を借りれば、メルヴィルは「不幸や災難に直面した人間にどのような能力が引き出されるか」を示そうとし、「正直で正確に共感を持って証言しようとした」（Berthoff 92）のである。

以上論じてきたように、メルヴィルは貧困問題に一際高い関心を抱き、貧しい者たちを人間以下の劣った存在として扱う社会への憤りを一貫して示してきた。その一つの表れが、最後に扱った短編群に見たように、素朴な怒りの声をあげさせるにしろ、凄まじい怒号を搾り出させるにしろ、またその一方で高らかな鶏の鳴き声にまで昇華させるにしろ、どのような状況に貶められても顔を上げて自分たちの存在の認識を迫る貧しい人々の姿であった。そういう意味では、「コケコッコー！」と「バートルビー」は一つのディプティックを構成するものとみなすこともできるだろう。本論では同じく貧困の問題を扱いながら、これまでどちらかと言えば看過されがちであった一群の作品に焦点をあて、常に貧困の影におびえながら創作を続けたメルヴィルならではの表現のあり方を追ってみたのである。

注

（1）当時、家のインテリアは大きく変わり、カーペット、壁紙、様々な家具が設えられた家は、その住人がミドル・クラスであることを示すものであった。(Blumin 157)

（2）当時 poverty と pauperism とは異なった価値付けがなされており、前者は「不幸によってもたらされた避けがたい悪」とすれば、後者は「故意の過ち、破廉恥な怠惰、悪癖」の結果であるとされた。(Jones 24)

引用文献

Berthold, Dennis. "Democracy and its Discontents." *A Companion to Herman Melville*. Ed. Wyn Kelley. Malden, MA: Blackwell Publishing, 2006.

Berthoff, Warner. *The Example of Melville*. New York: W. W. Norton & Company. Inc., 1962.

Blumin, Stuart M. *The Emergence of the Middle Class: Social Experience in the American City, 1760-1900*. Cambridge: Cambridge UP, 1989.

Douglas, Ann. *The Feminization of American Culture*. London: Papermac, 1996.

Emerson, Ralph Waldo. *The Selected Writings of Ralph Waldo Emerson*. Ed. Brooks Atkinson. New York: Random House, Inc., 1950.

Gilmore, Michael T. *American Romanticism and the Marketplace*. Chicago and London: U of Chicago P, 1985.

Hawthorne, Nathaniel. *The English Notebooks*. Ed. Randall Stewart. New York: Russell & Russell Inc., 1962.

——. *The Marble Faun: Or, The Romance of Monte Beni*. New York: Penguin Books USA Inc., 1990.

Howard, Leon. *Herman Melville: A Biography*. Berkeley & Los Angeles: U of California P, 1967.

Jones, Gavin. *American Hungers: The Problem of Poverty in U.S. Literature, 1840-1945*. Princeton and Oxford: Princeton UP, 2008.

Lang, Amy Schrager. *The Syntax of Class: Writing Inequality in Nineteenth-Century America*. Princeton and Oxford: Princeton UP, 2003.

Leverenz, David. *Manhood and the American Renaissance*. Ithaca and London: Cornell UP, 1989.

Melville, Herman. *Correspondence*. Ed. Lynn Horth. Evanston and Chicago: Northwestern UP and the Newberry Library, 1993.

——. *Redburn: His First Voyage*. Ed. Harrison Hayford, Hershel Parker, and G. Thomas Tanselle. Evanston and Chicago:

Northwestern UP and The Newberry Library, 1969.

——. *The Piazza Tales and Other Prose Pieces 1839-1860*. Ed. Harrison Hayford, Alma A. MacDougall and others. Evanston and Chicago: Northwestern UP and the Newberry Library, 1987.

Newman, Lea Bertani Vozar. *A Reader's Guide to the Short Stories of Herman Melville*. Boston: G.K.Hall& Co., 1986.

Roediger, David R. *The Wages of Whiteness: Race and the Making of the American Working Class*. London & New York: Verso, 2007.

Rogin, Michael Paul. *Subversive Genealogy: The Politics and Art of Herman Melville*. Berkeley, Los Angeles and London: U of California P, 1985.

Sedgwick, Catharine Maria. *The Poor Rich Man and the Rich Poor Man*. New York: Harper & Brothers, Publishers, 1836.

第四章　『大使たち』とジェイムズのアメリカ
――ニューサム夫人「殺し」を読み直す

竹井　智子

本論は、ヘンリー・ジェイムズ（Henry James, 1843-1916）の『大使たち』（*The Ambassadors*, 1903）における、主人公ルイス・ランバート・ストレザーによるエイブル・ニューサム夫人「殺し」を、ジェイムズとアメリカとの関係を踏まえて読みなおす試みである。この作品で扱われているアメリカ社会ウレットは、その地の実業家ニューサム夫人によって象徴されている。彼女自身はストーリー中には登場せず、ストレザーの婚約者でありながら、最終的に「冷たい思考の凝り固まり」（*The Ambassadors* 298）と呼ばれ、「無き者に（get rid of）」（300）されてしまう。(1) 従来の批評においては、ニューサム夫人は権威的な存在あるいは男性的な存在として捉えられてきた（Walton ら）。ジュリー・リヴキンは、「すべての背後にいる」（50）ニューサム夫人を「不在の全知全能の作者のパロディ」であると指摘しているが、事実、ストレザーの経験は夫人の代理で行った任務に起因するものである（Rivkin 164）。彼の意識のフィルターを通して語られる『大使たち』のテクストは、ニューサム夫人の存在が亡霊のようにストレザーに「付きまとい」、「苛む」様子を描き出している（299）。しかし、ニューサム夫人に父権的な役割が充てられているということは、彼女の女性性が剝奪されているという読みも可能にする。すなわち、ワシントン・アーヴィング作「リップ・ヴァン・ウィンクル」（"Rip Van Winkle," 1819）のリップ夫人についてジュディス・フェッタリーが指摘したように、ニューサム夫人は、女性性を剝奪され男性的な権威を押しつけられた結果、テクストの周辺に追いやられているとも言えるのである（Fetterley 9-10）。『大使たち』が十余年ぶりに執筆された長編国際状況小説であるという事実や、長年アメリカを離れていた作者が故国に対して抱いていた感情を考慮すると、このような夫人の扱いは示唆的である。作者ジェイムズが長年悩まされたアメリカの亡霊と、ジェイムズが――そしてストレザーも――描き得なかったその現実を検証した後、彼らがアメリカと折り合いをつけるために、いかにニューサム夫人を周辺に追いやり、無き者にしたかを考察したい。

1　描けないテクストとしてのアメリカ

ジェイムズが『ボストンの人々』（*The Bostonians*, 1886）（一八八五年から六年にかけて『センチュリー・マガジン』（*Century Magazine*）に連載）を発表してから『大使たち』を執筆するまでの約十五年間は、アメリカ社会が著しい変貌を遂げたと同時に、ジェイムズ自身にとってアメリカと折り合いをつけることの難しさが募った期間でもあった。アメリカとジェイムズの関係の難しさの一端は、アメリカ人読者に自分の作品が受け入れられないという不満、そして自著を出版することさえままならない状況から生じた、アメリカの出版・読者社会に対する不信感からくるものであった。一八八八年一月二日付けのウィリアム・ディーン・ハウエルズ（William Dean Howells, 1837-1920）宛ての手紙の中で、ジェイムズは『ボストンの人々』以降に書いた全ての短編小説がアメリカでの出版を断られている事実を告げ、「僕はどうやら、永遠の沈黙を宣告されているようだ」（*Letters III* 209）と恨み節を綴っている。ジェイムズがアメリカに対してわだかまりを感じたもう一つの原因は、彼がアメリカ社会を描くことができないと自覚していたことにあった。よく知られているように、『ボストンの人々』の失敗は彼に長年癒しがたい傷を与えた。一八八五年十二月九日付けのグレイス・ノートンに宛てた手紙の中でジェイムズは、ハウエルズの『サイラス・ラパムの向上』（*The Rise of Silas Lapham*, 1885）が評価されていることを引き合いに出し、『ボストンの人々』が受け入れられないことが理解できないと不満をぶちまけている（*Letters III* 106）。しかし実際には自分自身の筆力不足を十分に認識していた彼は、兄ウィリアム宛の手紙では、『ボストンの人々』が受け入れられなかったのは、彼がその作品で「描こうとした種類の生活について恐ろしく無知だった」からであり、「自分が近づいたことのない生活についてはもっとさらりと書くべきだった」と述べている（一八八六年六月十三日付け）（*Letters III* 121）。このようなアメリカ社会に対する複雑な感情が、その後も彼を苛んだことは事実である。一八九六年二月、ウイリアム・エドワード・ノリスに宛てた手紙の中で、ジェイムズは英領ギアナとベネズエラの国境紛争に対するアメリカのモンロー主義に触れ、自分が「今日のアメリカをほとんど理解していない」ことを嘆き（*Letters IV* 27）、一九〇二年十二月にハウエルズに宛てた手紙では、アメリカの大衆についての不満を述べた後、自分の作品はその「影響は受けない」としている。そうは言いながらも、その影響力を「亡霊（phantasms）」と表現していることから、いかにその存在がジェイムズに付きまとい、彼を苛んでいたかが分かるのである（*Letters IV* 250）。

こういったアメリカとジェイムズの関係不全が『大使たち』に投影されている。ドロシー・クルックは、ストレザーのアメリカでの失敗体験や不幸には、ジェイムズ自身のキャリアにおける挫折経験、すなわち劇作と二つの社会派小説の失敗など自伝的要素を感じざるをえないと指摘しているが、ストレザーによるウレット批判には、ジェイムズ自身のアメリカに対する立場が表れていると思われる（Krook 14）。リチャード・A・ホックスが指摘するように、ストレザーは、三十年前にアメリカ社会で活躍したセルフ・メイド・マンの時代の失敗者であり生き残りである（Hocks 51）。時代遅れのストレザーは、ウレット社会を表現するときに、ヨーロッパ人のアメリカ批判、特にマシュー・アーノルド（Matthew Arnold, 1822-1888）の「合衆国の文明」（"Civilization in the United States," 1888）の批判をそのまま用いていると考えられる。(2) アーノルドは、アメリカの文明について、平均的な人間の支配から生まれる美や興味深いものの欠如と、大多数のアメリカ人がその事実に対する批判を受け入れようとしないことの二つを主に批判している。ストレザーも、ウレットを均質な社会であると形容し、ロンドンの劇場で舞台を眺めながら、ウレットには「男と女の二つのタイプしかなかったに違いない」というような気がしてくる（*The Ambassadors* 44）。そして、いくらニューサム夫人に手紙を書き送っても、ウレットの人々が自分たちの考えを改めようとしないことに苛立つのである。

しかしながら、これだけが現実のウレット社会ではなかったはずである。一八八〇年以降の二十年間は、アメリカが産業的に大いに発展した時代であった（水町　三〇－四九）。その産業発展に伴い生まれてきたのが「格差」である。労働問題が噴出し、各地でストライキや暴動が起こったのもこの時である。そして一八八六年にシカゴのヘイマーケット事件が勃発するのだが、この時期ち行動したのが、ストレザーの「モデル」でもあるハウエルズであった[3]。ハウエルズはこの事件の首謀者として捕らえられた無政府主義者の減刑を求める手紙を公表したが、結局受刑者たちは処刑されてしまう。その一八八八年に彼はジェイムズに宛てて次のような手紙を送っている[4]。

私自身は「アメリカ」に対してあまりいい感情を持っていない。この世で最も馬鹿げた、筋の通らないもののように思われる。［中略］ペンとインクを恃んで自分の大胆な社会思想を書きたいとは思わない。しかし五十年もの間、「文明」と、最終的に善となるであろう文明の能力に対して、楽観的に満足してきたが、今では文明を嫌悪し、もしそれが新たに真の平等に基礎を置かなければ結局悪となるのではないか、という気がしている。（*Life in Letters* 417）

この事件は、この後ハウエルズが社会主義思想に傾倒してゆく一つのきっかけになったことで知られているが、ここにはアメリカ人が信じてきた「国」に対する大きな絶望感が吐露されている。『大使たち』の胚種（germ）である「生きたまえ」という言葉の生みの親であるハウエルズのこの挫折経験を、『大使たち』執筆中のジェイムズが思い出さなかったとは考えにくい。

これまでの批評ではあまり取り上げられてこなかったが、実際には、ジェイムズが描くことができなかったこういったアメリカ産業社会を、『大使たち』のテクストにも垣間見ることが可能である。ストレザーは、ウレットの産業に関するマライアの二つの問い、すなわちウレットでの生産品の名前とストレザーが編集している評論雑誌の内容について答えるのを回避しているのであるが、それらの答えが伏せられているという事実が示唆するところは大きいと思われる。商品名が産業発展で利益をもたらす正の面を象徴しているとするなら、「経済や政治や倫理」（63）を扱い、「大胆」で「俗受けを狙わない」（51）ウレットの評論雑誌は、その負の産物である労働問題や格差などの社会問題を扱っていると思われる。なぜなら、当時、評論雑誌一般の主たる読者層は中間富裕層以上であり、急進主義に伴う暴力的な態度は受け入れられなかったからである（水町　四六）。事実、上述のハウエルズの公開状は、過激な行動を擁護するものであるという理由で広く批判されたと言われている（Davidson 108）。さらに、ウレットの評論雑誌は、南北戦争後の混乱期に「策略」（49）を弄して手にした金を元に一大産業を築き上げたニューサム家の「罪滅ぼし」（52）ではないのか、というマライアの指摘によって、産業社会の歪みが示唆されている。「未亡人や孤児から盗みを働いたのですか」（52）という彼女の発言も、ストレザーはまともに取り上げようとしないが、「独占企業」（47）に浸透し始めたテイラー主義により長時間労働を強いられた労働者には女性や子供が多く含まれていた、という事実を考慮すると、根拠の無い冗談とは言えないのである[5]。

ウレットの商品名や評論雑誌の内容が詳しく書かれていないのは、時代遅れのストレザーがアメリカ社会の現実を把握できていなかったことを裏付けるものである[6]。多くの批評家が指摘してきたように、ストレザーは経験を時間の経過や空間の差異を通して認識するのであるが、逆に言えば、それはストレザーが今目の前にある事柄を理解することができないということでもある[7]。そしてそれは、現在のアメリカを描けないジェイムズ自身に重なるのである。ストレザーのウレット観に支配的な均質性のイメージは、ジェイムズが一八八七年に書いた「エマソン」（"Emerson," 1888）の中での記述、「彼［エマソン］を取り巻く質朴で敬虔で実利的な社会には、多様な生活の可能性はなかった」（*Literary Criticism* 253-54）を思い起こさせるものである。現実には、均質や平等とは程遠い格差が生まれていたにもかかわらず、『大使たち』のウレットは、エマソンの時代のアメリカの姿を提示しているのである。そして、ジェイムズとそのマウスピースであるストレザーは、アメリカ社会における疎外感や劣等感――そこでの挫折感やその社会を捕捉できないという焦り――を合理化するために、このテクストにおいて、描き得ないアメリカ社会を、その社会を象徴する女性ニューサム夫人に置き換えて、「無き者」にしようと試みたのではないだろうか。次節以下で、ストレザーがニューサム夫人から人格を剥奪し、さらに産業至上主義の象徴として否定しようとするプロセスを考察する。

2　読まれないテクストとしてのニューサム夫人

ジェイムズのテクストにおいて、女性は多くの場合読まれる立場にある。ヴィクトリア・コールソンが述べているように、ジェイムズは、「読む」という行為を男性的行為と捉え、読まれ意味を探られる自分のテクストを女性的な存在と捉えていたが、彼の描く女性登場人物の多くもまた、男性登場人物（多くの場合は焦点人物）から読み取られる立場にある（Coulson 83）。そのため、読みの対象となる女性の沈黙が非常に重要な意味を持つとみなされる。しかし一方で、他の登場人物から読み取られない女性がおり、そういった女性たちの「沈黙」はほとんど――他の登場人物からも、またしばしば批評からも――問題にされない。例えば『鳩の翼』（*The Wings of the Dove*, 1902）のケイト・クロイや『ボストンの人々』のオリーヴ・チャンセラーは、代理の人物を使って目的を達成しようとする点で、ニューサム夫人に共通する人物であるといえる。ケイトはマートン・デンシャーの、オリーヴはヴェレーナ・タラントの、力を借りて財産の獲得や女権拡張を企図するが、冷徹な面や病的な面が強調され、その裏にある哀歓には近づきにくい。しかし「冷たい思考の凝り固まり」（298）で「神経質な」（46）ニューサム夫人がこの二人と決定的に異なるのは、彼女が完全に沈黙を強いられている点である。ニューサム夫人の娘セアラ・ポコックの一行がパリにやって来ると知った後に「彼女［ニューサム夫人］が沈黙を守ったこの時ほど、彼が彼女の存在を身近に感じたことは一度もなかった」（197）と書かれてはいるが、ニューサム夫人の沈黙を代弁しているのはストレザー自身である。読者は、実際には彼女の声をじかに聞くことができないだけではなく、ストレザー以外の視点から見た彼女の像に近づくこともできないのである。

このテクストにおいては、読者にストレザー以外の登場人物が表象するニューサム夫人像が伝わらないように、細心の注意が払われている。ニューサム夫人の手紙がすべて直接話法でないのも一例だが、リトル・ビラムの言うように、登場人物同士の会話においても、ストレザーの知りたくないことは聞かせられないのである。また、聞きたくないことが発せられた際には、その発言の価値が下げられてしまう。このようなストレザーの検閲が最も表面化しているのは、セアラ一行を除けば唯一ニューサム夫人を直接知る人物であるチャドウィックの発言が封じ込められる場面においてである。ノートルダム大聖堂での偶然の出会いの後の昼食の場面では、ストレザーとヴィオネ伯爵夫人の間で次のような会話がやり取りされる。

「ニューサム夫人のことをお話いただければと存じますが。」

「あぁ」とストレザーは少しこわばった微笑を浮かべた。「あなたには彼女が非常に立派な人だということを知っていただければ十分です。」

ヴィオネ伯爵夫人は納得しかねる様子だった。「私には本当にそれだけで十分でしょうか？」

しかし、ストレザーはこの質問を無視した。「チャドはお話ししませんでしたか？」

「お母様について？ 聞きました。いろいろと――随分。でも、あなたの視点からではありませんわ。」
「彼は少しだって彼女を悪く言うはずはありません。」と私たちの友人は言い返した。
「少しも。非常に立派な方だと、あなたと同じように保証してくれましたとも。」(181)

ここでストレザーの「少しだって彼女を悪く言うはずはありません」という発言には、二通りの解釈が可能であろう。一つは、誰でも自分の母親を悪く言うはずがなく、息子の発言は必ずしも母親の真実の姿を客観的に伝えてはいないということを示唆する場合であり、チャドの発言を事実上無意味なものにしてしまう。もう一つは、仮定法的な意味合いであり、チャドがニューサム夫人に悪感情を抱いているとヴィオネ伯爵夫人が感じているとしても「そんなはずはない」と否定するものである。いずれにしてもストレザーは、チャドの発言内容の価値を下げると同時に、その発言内容をヴィオネ伯爵夫人が口にするのを封じ込めてしまうのである。その結果、ストレザーの認識に矛盾するかもしれないチャドから見たニューサム夫人の人物像は、入り込む余地を与えられない。本来ならば存在していたかもしれない彼女のある側面に、読者は近づくことができないのである。

また、同様のことが語りのレベルにおいても行われる。「[ストレザーが]何を考えていたのか分からなかった」(337)と最後に告白するチャドは、誰に対しても「親切にしよう親しくしよう」(285)と心がけ、常に会話を合わせようとする傾向がある。しかし時折、自分の母親に関することで、彼はストレザーの思いも寄らない反応を示す。例えば、ウレットからの第二波、セアラ一行をパリの駅まで迎えにゆく途中の馬車の中での会話は、次のようにテクストで示されている。

「僕はある日彼［ウェイマーシュ］に君のお母さんのことを尋ねられて、知り合いになれば特別な熱意を掻き立てる女性に違いないと答えたのさ。これは僕たちが今感じている確信と一致するね――ポコック夫人が彼を自分の船に乗せるのは確実だよ。彼女が漕いでいるのは君のお母さん自身の船だからね。」

「でも、母はセアラより五十倍も立派です！」とチャドは言った。

「もちろん、千倍もです。間もなく君は彼女に会うが、それはやはり、君のお母さんの代理に会うことになるんだ――僕も同じだけれども。僕は退職する大使のような気持ちがする」とストレザーは言った、「後任の大使に敬意を表しに出かけて行くような気持ちだよ。」こう言い終えてからすぐ、彼は息子の前でうっかりしてニューサム夫人を見くびったようなことを言ってしまったと感じた。チャドも同じ印象を受けたらしく、またもや即座に声を出して反発した。最近、彼はこの青年の態度や気質を理解しかねていた――特に、どれほど困ったことになっても無駄に心配をしないという点が、いつまでたっても気懸かりだったのである。危機に直面したこのとき、彼は興味を新たにしてこの青年を観察した。（205）

ここで、チャドの反論の言葉は、その行為の描写「声を出して反発した」に置き換えられ、さらにストレザーがチャドについて抱いている感想に取って代わられている。これによって、たとえこの時チャドが母親に対する慕情を発露させていたとしても、それはテクストの周辺へ追いやられているのである。チャドとの関係においてニューサム夫人の母親としての人格を抹殺してしまうことは、ヴィオネ伯爵夫人が娘を想う良い母親としてストレザーに認識されていることと対照的である。また、コールソンはヴィオネ伯爵夫人の秘密がストレザーにとってのテクストであると指摘しているが、彼女に対置されるニューサム夫人は、ストレザーに読まれないだけでなく、彼による表象以外は排除されているために、読者にも読むことのできないテクストであると言えるのである（Coulson 83）。

さらにストレザーは、前掲の引用にも見られるように、ニューサム夫人を他の人物や概念に置き換えて読者に提示することによっても、彼女を周辺化しようとする。リヴキンは「置換（displacement）」がこのテクストでは重要な意味を持っていると指摘しているが、ストレザーはニューサム夫人を他の人物や概念に置き換えることによって、彼女の人格を剥奪し、代わりに権威主義的な性格を押し付けるのである（Rivkin 154-55）。セアラの派遣が決まる前のストレザーは、ニューサム夫人個人を他の人物と同一視しているわけではない。例えば彼女の人となりを想う時、彼は夫人の娘であるセアラとの比較をたびたび用いるが、二人を同一視してはいない。しかし、セアラの派遣を契機に、ストレザーは夫人とセアラを同一視して捉えるようになる。

このことを象徴的に示しているのは、セアラとの決裂後のチャドとマライアそれぞれとの会話において、ストレザーが用いる人称代名詞が、セアラと夫人のどちらを指すのか混乱を招くという事実である。チャドとのケースでは、ストレザーがチャドを連れ帰る任務を解かれたのではないかと心配するチャドに対し、ストレザーが「僕はもう一度彼女に会いたいと思っています」と答える際の「彼女」についての誤解である（287）。そしてその翌日、母親に会うためにチャドは帰国してはどうかと提案するマライアに対し、「あなたも［中略］彼女に会えば［その必要がないことが］十分分かるでしょう」というストレザーの発言における「彼女」の取り違えである（298）。いずれの場合も、ストレザーはセアラを意図して発言しているのであるが、対話者はニューサム夫人と取り違えるのである。他の人物に関することでも、人称代名詞の混乱はストレザーの会話で頻発する間違いではある。しかしこの二つの例は、ともに、代理の効かないニューサム夫人個人についての質問であるという点できわめて重要である。チャドの質問は、ストレザーがニューサム夫人を得られなくなっても良いのかというものであり、マライアの提案は、母親に対するチャドの感情に関するものである。しかし、これらの会話で示唆されるニューサム夫人の「婚約者」や「母親」としての側面は、ストレザーの置き換えによって抹殺されてしまう。セアラに会う「だけで、チャドにとっても僕にとっても事足りた」（298）と言ってのけるストレザーは、ニューサム夫人の母性と女性性を剥奪してしまうのである。

3　拝金主義者のテクストへの置き換え

すでに述べたように、ストレザーがニューサム夫人とセアラを同一視するようになるのは、セアラ一行がパリに到着してからのことである。その際、ストレザーがニューサム夫人を事業家一族としてしか捉えていないことが判明する。ストレザーは、ニューサム夫人の義理の息子ジム・ポコックが「ニューサム夫人がチャドを必要としている故郷の――ということは実業家一族の、調べ」（247）を奏でているのだと理屈付けることによって、ニューサム夫人を実業家、さらに言えば拝金主義そのものに置き換えた上で、最終的には完全否定するのである。従来の批評は、ニューサム夫人が金銭でしか物事の価値を判断しない人物であると捉える傾向にある。しかし、その特徴はストレザーの「置換」によって彼女に押し付けられたものである。ストレザーの任務の報酬については、マライア、チャド、ウェイマーシュの三人から何度か言及されるのであるが、それらの会話には法則性がある。以下に見るように、その法則性にこそ、ストレザーがニューサム夫人の人格を金銭へと置き換えようとする意図が表れていると言える。

ストレザーの人を愛する能力の欠如、あるいは限界を指摘する意見は多いが、ストレザーは人を愛することができないだけではなく、自分が人から愛されていることにも気づくことができない人間である。当然ながら、ストレザー以外の登場人物は、ニューサム夫人とストレザーの関係を最初は愛情に支えられたものと考える。したがって彼らはまずストレザーにニューサム夫人への気持ちについて尋ねるのであるが、答えを得ることができない。そのため彼らは「愛情」を「金銭的な報酬」に置き換えて、もう一度問い直すというパターンを繰り返すのである。マライアがロンドンの劇場でストレザーに向けた言葉は曖昧ながらも、愛されている自覚のある人間であれば真意を汲むことができるはずのものである。

「僕はうまくいったためしが一度もないのです！」彼［ストレザー］はすぐに言い返した。

彼女［マライア］は少し黙った。「愛されるということは、うまくいっているということではありませんか？」

「僕たちは愛されてはいないのです。憎まれてさえいませんよ。ただ気持ちよく無視されているだけなのです。」

彼女はまた考えた。「あなたはわたくしを信用してくださらないのです！」と、もう一度繰り返して言った。（51, 傍点は原文ではイタリクス）

ストレザーは自分がニューサム夫人から愛されていると指摘されていることに気づかず、評論雑誌のことと取り違えるのである。この後マライアは質問の仕方を変えて任務の報酬を尋ねるのだが、このときはストレザーもすぐに返答する。ただ、「どうか報酬（payment）の話はやめてください」（56）という彼の言葉が、金銭を指すのかニューサム夫人を指すのかは判然としない。しかしストレザーがニューサム夫人と金銭を互換可能なものと捉えていることは、この直後のウェイマーシュとの会話にはっきりと表れている。ニューサム夫人が「手に入る」ということは「多くの金と結婚できる」ということだ、というウェイマーシュの皮肉をストレザーは屈託無く肯定し、「いずれにせよ君たちは金

儲けに熱心なのだ」との批判に対しても、

彼の友人［ストレザー］はこの非難が正当かどうか、一瞬黙って考えた。「熱心だなどといわれる理由はないと思うね［中略］。」

［中略］

「もし仕事に失敗したら［結婚に］失敗、結婚に失敗すれば何もかも失敗——僕は散々な目にあう。」(75)

と悪びれもせず打ち明けるのである。ストレザーがニューサム夫人との結婚を金銭的な保証と同義に考えていること、そしてそれを道義的に悪いと思っていないということが、この引用の発言に表れている。すでに触れたように、ウレット社会の政治経済状況を把握していないストレザーは、ウレットの産業に関するマライアとの会話からも明らかなように、この時点で産業やその成功について無批判なのである。

しかしセアラとの対決後には、夫人とストレザーの結婚は完全に金銭契約に置き換えられ、それと同時に、ストレザーはウレットの金を否定するようになる。セアラ一行がパリを発った後、ストレザーがマライアからニューサム夫人への気持ちを尋ねられたときの会話は次のように展開する。

「私がどうしても理解できなかったのは、［中略］彼女［ニューサム夫人］を——あなた［ストレザー］個人として――どう思うかということです。正直に言って、もうお気持ちは少しもないのですか?」「その点については昨晩、チャド自身にさえ僕は尋ねられましたよ。」と彼は即座に答えた。「失っても構わないのか――つまり、裕福な老後の生活を失っても構わないのかと尋ねられたのです。そしてそれは」と彼は急いで付け加えた「全くもって当然の疑問ですよ。」(298-9, 傍点は原文ではイタリクス)

彼自身のニューサム夫人に対する個人的な感情、すなわち愛情について尋ねられているにもかかわらず、それを金銭的利害に置き換えるストレザーは、単に回答を回避しているだけではないと考えられる。なぜなら、この後マライアが、金銭ではなく「ニューサム夫人自身に対して無関心なのか」(299)どうかをストレザーに再度確認したときにも、彼は任務遂行の話にすりかえるからである。つまりストレザーはニューサム夫人を金としてしか認識していないとさえ言えるのである。さらにそのことは、この会話で触れられている、これより前に行われたチャドとの会話によっても裏付けられる。そのときにもストレザーは、ニューサム夫人に対する愛情の有無を尋ねられたときには答えず、金銭的な報酬を諦めるのかという問いに置き換えられたときになって初めて反応するのである。

それでいながら、ストレザーはウレットの金を否定する。チャドの質問の言い換えは、明らかにストレザーの誘導であると考えられるにもかかわらず、チャドの態度に付きまとう金銭の感覚がストレザーの鼻につくのだ。最初ウレットの金について無批判だった彼が、自分の利益のために行動したとは思われたくないと感じるようになり(329)、最後には、「金儲けの話はよろしい」(342)と、ウェイマーシュからかつて自分が浴びた叱責にも等しい言葉を、チャドに向かって叩きつける。これは、ストレザーがニューサム夫人から人格を奪い、拝金主義という分かりやすい負のテクストを彼女に押し付けるという、彼女を排斥するためのプロセスの一つであると言える。なぜなら、こういった拝金主義や産業至上主義に対する批判は、均質性批判と同様、ヨーロッパ人にもてはやされたアメリカ批判の典型であるからだ。それは、ニューサム夫人を否定するための、手軽な自己正当化の方便だったと言えるのである。自分からニューサム夫人に結婚を申し込んだにもかかわらず、初めから愛情を示さず、到着早々「逃避」の感覚や「自由」(60)を味わったストレザーが、そもそもウレット社会とその象徴から逃れたいと思っていたことは、無意識であったにせよ明らかなのである。

ジェイムズが描く男性主人公たちの多くは、女性との関係を築くことができない。ディヴィッド・マクウァーターは、ジェイムズは(ストレザーと同じように)愛を描くことができなかったと指摘しているが、彼は自分とアメリカの関係不全を、男女間の関係不全に擬したとも言えるのではないだろうか。すなわち、主人公ストレザーが男性である以上、排除されるべき象徴的人物は女性として、ウレットは女性社会として描かれなくてはならなかったと考えられるのである。また、ウレットを女社会として批判した点については、ジェイムズがアメリカの女権拡張論者たちに対して批判的であったためであるという指摘もある(Warren ら)。さらに、彼自身の作家としての焦りの表れとも考えられる。ジェイムズが一九〇二年にハウエルズに書き送った手紙に書いているように、当時、自分が受け入れられなかったアメリカ市場で、自分が理解していない社会を描いた女性作家たちが活躍していたからである。いずれにせよ、ストレザーにニューサム夫人を「無き者」にさせたところに、アメリカ社会に対するジェイムズの複雑な思いが透けて見えると言えるのではないだろうか。

4　まとめ

一八九六年のノリス宛の手紙も示唆しているように、ジェイムズ自身は決して政治経済情勢について無頓着ではなかった。(8) しかし、アメリカの現実を理解していないという自覚が、アメリカ社会が抱える問題を正面から描き出すことを躊躇させたと考えられる。その代わりに生み出された時代遅れのストレザーに、現実のアメリカを象徴するニューサム夫人を「無き者」にさせることで、ジェイムズは自身のアメリカに対する複雑な感情に折り合いをつけたと考えられる。このように、ジェイムズとアメリカとの関係はストレザーとアメリカ、あるいはニューサム夫人との関係に投影されていると言えるのであるが、一方で、多くの批評家が指摘してもいるように、ジェイムズとストレザーの間には皮肉な距離感があるのも事実である。ストレザーとチャドの最後の会話――ロンドンから戻ったチャドがウレットの広告事業の可能性について熱弁をふるった時の会話――は、解釈の多様性を孕んでおり示唆に富んでいる。「君のお母様の訴えは君の心の奥にまで届くのです。そしてそれこそが、お母様のお考えの説得力なのです。（Your mother’s appeal is to the whole of your mind, and that’s exactly the strength of her case.)」(341) と言うストレザーに対し、チャドは「何か急に態度が変わっ」て (342, 強調引用者)、「僕たちは母の件ではもう十分話し合いましたよ！ (Ah we've been through my mother's case!)」(342, 訳中強調引用者) と切り返すのであるが、ここでは、ストレザーとチャドの用いた《her case》の意味が、微妙に食い違っていると解釈できる。ストレザーがウレットの広告事業の話と捉えているのに対し、チャドは、先日話し合った内容、すなわちストレザーの自分の母親への気持ちの問題をも含んでいると考えられるのである。ニューサム夫人の人格を排除していたからこそ、ストレザーはチャドの皮肉に気づかなかったのであり、だからこそ、ここにはニューサム夫人に金としての属性しか見出さないストレザーに対する批判と、ニューサム夫人の別の属性の可能性が示唆されているのである。そしてストレザーとのこの距離に、実際にはジェイムズがアメリカとの難しい関係を脱しつつあったことも示唆されるのである。いわゆる「円熟期」の他の二作においても国際状況を扱った後に、ジェイムズは二十一年ぶりの帰国を果たすことになるのである。

注

本論は、日本英文学会関西支部第四回大会（二〇〇九年十二月）における発表を加筆修正したものである。

（1）*The Ambassadors* の本文の日本語訳は、青木次生訳『大使たち』を参考にした。
（2）ジョン・G・カウェルティは、『大使たち』にはアーノルドの、ヘレニズムとヘブライズムの研究の影響が見られることを指摘している（Cawelti 207）。
（3）ハウエルズがストレザーのモデルであるとする意見には賛否両論がある。ジェイムズ自身は、一九〇一年にハウエルズに宛てた手紙の中で、ハウエルズがスタージスに贈った「生きたまえ」という言葉がこの作品の胚芽になったことを認めているが、そのエピソードを聞いた後、ある日突然にハウエルズから独立して、この作品が成長してきたとも述べている。
（4）一八八七年十一月四日に、『ニューヨーク・トリビューン』（*New York Tribune*）でハウエルズは、無政府主義者を死刑から終身刑へ減刑するよう、イリノイ政府に訴えた（Davidson 108）。
（5）テイラー主義（科学的経営管理論）が提唱されたのは一八九五年のことであり、時期を同じくして市場の独占が急速に進んだ。また一九〇〇年前後には毎年三万五千人の労働者が労働災害で亡くなり、五十万人が障害を負っていた（水町　四九—五一）。
（6）フィリップ・M・ワインスタインは、ストレザーがウレットの産業至上主義について特に批判的な姿勢を示していないこと、またウレット産業の描写そのものが型にはまったものであることを指摘している（Weinstein 130-31）。
（7）例えばニコラ・ブラッドベリは、ストレザーは経験を時間と空間を通して把握すると指摘している（Bradbury 39）。
（8）レオン・エデルはジェイムズの伝記の中で、ジェイムズが社会問題や政治思想を理解していたと述べている（Edel 179-92）。

引用文献

Bradbury, Nicola. *Henry James: The Later Novels*. Oxford: Clarendon P, 1979.

Cawelti, John G. "Form as Cultural Criticism in the Work of Henry James." *Literature and Society*. Ed. Bernice Slote. Lincoln: U of Nebraska P, 1964, 202-12.

Coulson, Victoria. *Henry James: Women and Realism.* Cambridge: Cambridge UP, 2007.

Davidson, Rob. *The Master and the Dean: The Literary Criticism of Henry James and William Dean Howells*. Columbia: U of Missouri P, 2005.

Edel, Leon. *Henry James: The Middle Years: 1882-1895*. New York: Avon Books, 1962.

Fetterley, Judith. *The Resisting Reader: A Feminist Approach to American Fiction*. Bloomington: Indiana UP, 1978.

Hocks, Richard A. The Ambassadors*: Consciousness, Culture, Poetry*. New York: Twayne Publishers. 1997.

Howells, William Dean. *Life in Letters of William Dean Howells, Volume One*. Ed. Mildred Howells. New York: Russell & Russell, 1955.

James, Henry.*The Ambassadors*. Ed. S. P. Rosenbaum. New York: W. W. Norton & Company, 1994.

——. *Henry James Letters, Vol. III*. Ed. Leon Edel. Cambridge: Harvard UP, 1980.

——. *Henry James Letters, Vol. IV*. Ed. Leon Edel. Cambridge: Harvard UP, 1984.

——. *Literary Criticism: Essays on Literature, American Writers, English Writers*. Ed. Leon Edel and Mark Wilson. New York: Library of America, 1984.

Krook, Dorothea. *Henry James's* The Ambassadors*: A Critical Study*. New York: AMS Press, 1996.

McWhirter, David. *Desire and Love in Henry James: A Study of the Late Novels*. Cambridge: Cambridge UP, 1989.

Rivkin, Julie. "The Logic of Delegation in *The Ambassadors*." *Modern Critical Interpretations: Henry James's* The

Ambassadors. Ed. Harold Bloom. NY: Chelsea House, 1988, 153-75.
Walton, Priscilla L. *The Disruption of the Feminine in Henry James*. Toronto: U of Toronto P, 1992.
Warren, Kenneth W. *Black and White Strangers: Race and American Literary Realism*. Chicago: U of Chicago P, 1993.
Weinstein, Philip M. *Henry James and the Requirements of the Imagination*. Cambridge: Harvard UP, 1971.
マシュー・アーノルド「合衆国の文明」『ヨーロッパ人のアメリカ論』岩永健吉郎・松本礼二・宇田佳正・岩野一郎・海老根宏訳、本間長世解説（研究社、一九七六年）、二〇七―二二九頁。
ヘンリー・ジェイムズ『大使たち』上・下　青木次生訳（岩波文庫、二〇〇七年）。
水町勇一郎『集団の再生：アメリカ労働法制の歴史と理論』（有斐閣、二〇〇五年）。

第五章　「新しいニグロ」と「白人なりすまし小説《パッシング・フィクション》」

――ハーレム・ルネッサンスの理想とパラドックス

杉森　雅美

1　「新しいニグロ」と「白人なりすまし小説」

ニューヨークで一九一〇年代末に始まり二〇年代に隆盛を極めたハーレム・ルネッサンスは、黒人の社会的・文化的な地位の向上のみならず、黒人という人種の概念そのものの再構築を目指した運動であった。特に彼らの唱えた「新しいニグロ（New Negro）」は、貧困・粗野・無教養といったそれまでの固定観念を打破する、知的で洗練され芸術にも通じた黒人を表す言葉として、アラン・ロック（Alain Locke, 1885-1954）が一九二五年に編纂した黒人文学アンソロジーのタイトルにもなっている。[1]

黒人アイデンティティがこのようにクローズアップされた中で、ハーレム・ルネッサンスを代表する黒人作家たちがこぞって人種混交を扱った作品、特に黒人の血を含む（と少なくとも思われる）肌の白い人物が白人になりすます物語を書いたという事実は興味深い。ざっと代表的なものを挙げるだけでも、ジェイムズ・ウェルドン・ジョンソン（James Weldon Johnson, 1871-1938）の『元黒人男性の自伝』（*The Autobiography of an Ex-Colored Man*,1912）、ジェシー・フォーセット（Jessie Fauset, 1882-1961）の「眠れるものが目を覚ます」（"The Sleeper Wakes," 1920）と『プラム・バン』（*Plum Bun*,1929）、ウォルター・ホワイト（Walter White, 1893-1955）の『逃亡』（*Flight*,1926）、ネラ・ラーセン（Nella Larsen, 1891-1964）の『パッシング』（*Passing*,1929）、ジョージ・スカイラー（George Schuyler, 1895-1977）の『ブラック・ノー・モア』（*Black No More*,1931）、さらにはラングストン・ヒューズ（Langston Hughes, 1902-1967）も短編「パッシング」（"Passing,"1934）を書いている。

「新しいニグロ」と「白人なりすまし小説（passing fiction）」のいずれについても過去に多くの研究がなされているが、両者の相関関係について綿密に論じたものは少なく、精査の余地があると思われる。そこで本論では、両者の時代的な共通性[2]と、ともに黒人アイデンティティに関わるという共通性、そしてそれらに基づく相互作用が、ハーレム・ルネッサンス、特にその理想と限界について何を物語るのかを考えていきたい。テクストは主にジョンソンの『元黒人男性の自伝』とラーセンの『パッシング』を扱うが、その分析においては、作品内での黒人アイデンティティや「新しいニグロ」像の表象のみならず、ハーレム・ルネッサンス運動そのものの表象、さらにはそこに垣間見える作家たち自身のハーレム・ルネッサンスとの関係にも注目したい。そのような包括的な視点は、「新しいニグロ」や「白人なりすまし小説」の深層に潜んだ問題——具体的にいえば、白人至上主義イデオロギーへの挑戦が、まさにそのイデオロギーに由来する言説に依拠せずには成り立たないというパラドックス――に光を当ててくれるはずである。

2　黒人としての誇り、新しい黒人像、そして黒人による黒人のための言説

「新しいニグロ」と「白人なりすまし小説」に隠された問題を論じるためには、それらがいかにハーレム・ルネッサンスの理想と関わっているかを明らかにせねばならない。黒人の地位向上を図る上で、なぜこれらのカテゴリーがともに必要だったのか。そもそも両者が体現するところのハーレム・ルネッサンスの理想とは具体的に何なのか。

これらの問いに答えるために、二十世紀初頭の黒人運動の変遷という観点から「新しいニグロ」を包括的に論じた、ヘンリー・ルイス・ゲイツ・ジュニアの論文をここでは紹介したい。ゲイツは、ハーレム・ルネッサンス期におけるアラン・ロックの「新しいニグロ」の解釈が、一九二〇年ごろ現れた政治色の強い定義を書き換え、芸術面に焦点を当てようとしたものであるとする。すなわち、経済的成功を収め洗練された黒人という十九世紀末以来の「新しいニグロ」の解釈が、白人による抑圧に抵抗するための教育と行動力を兼ね備えた黒人という解釈に徐々に傾いていく中で、それを危惧した黒人知識人たちが、非政治的で白人への対決色を薄めた定義を打ち出したというのである。ゲイツは

言う、

> ロックとその信奉者たちは、新しいニグロという表現を急進的な黒人社会主義者から流用して、その内容を自分たちの用意したものと取り換え、それによって黒人の用語を書き換えようとしただけでなく、自分たち黒人についての（白人による）テクストをも書き換えようとしたのだ。（Gates 148, 傍点は原文イタリック）

この引用で繰り返し強調される「書き換え（rewrite）」という表現に注目したい。なぜならそれは「新しいニグロ」に込められた、黒人による黒人のための言説の回復という目標を暗示するからである。つまり「新しいニグロ」とは、それまで白人によってしばしば差別的に定義されてきたものに代わる、知的で都会的でかつアッパーミドル階級に属する、白人社会においても見劣りしない黒人であるというだけではない。芸術に焦点を当てたロックの解釈における「新しいニグロ」は、そのようなポジティヴな黒人像を自ら創り出し、それによって――プランテーション小説やニグロ・ミンストレル――そして疑似科学によって流布され、当時なお支配的だった――劣った黒人というイメージを覆しうる存在なのである。

定義される側から定義する側へのこのようなシフトは、ロックによる『新しいニグロ』（*The New Negro*, 1925）の序文に端的に現れている。ロックは黒人文化が「一般的なアメリカ情勢の興味深く重要な要素」となった今、「人種の魂が復活し、自身を意識的かつ誇り高く際立たせている」とし、文化の担い手としての黒人の誇りを高らかに宣言する（Locke x-xi）。また「自己表現」と「自主的決定」を前面に押し出しながら、ロックは同書の基本テーマを次のように説明する。「ニグロが文化的に雄弁である限りは、彼の話すがままにしておこう」（ix）と。ここでも黒人であることに対する誇りは、言説行為の動作主であることへの誇りである。「新しいニグロ」は他者の行為の受け手ではなく、自ら行動し、創造するのだ。

一方「白人なりすまし小説」はどうだろうか。結論から言えば、黒人による言説の回復、固定観念を覆す黒人像、そして黒人としての誇りといった要素は、この文学ジャンルにおいても重要な役割を果たす。その一方で「なりすまし小説」においては、これらの諸要素の相互関係は「新しいニグロ」でのそれと比べて、より複雑で葛藤を含んでいるようである。

黒人であるはずの人間が白人として生きることは、それ自体「黒人についての白人によるテクスト」に対する挑戦である。なぜなら程度の大小を問わず「黒人」の血縁を持つものはすべて「黒人」と規定する「一滴の血の掟」や、それが拠って立つところの「黒人対白人という対立軸」は、ロビン・ウィーグマンも指摘するように「曖昧模糊とした人種という概念を、安定した境界に基づく枠組みに固定し、それによって白人至上主義というイデオロギーに必要な基盤を与えている」（Wiegman 9）からである。(3) すなわち「なりすまし小説」の主人公は、白人に気づかれずに人種の境界線を跨ぐことによって、白人が白人のために定めた黒人の定義から自身を解放するのみならず、定義そのものの矛盾と不条理をも浮かび上がらせるのである。

このようにして白人至上主義の準拠枠の反駁を試みる「なりすまし小説」であるが、新しい黒人像、そして黒人としての誇りという点では一筋縄ではいかない。なぜならなりすます者たちの、劣った黒人というイメージを覆す社会的・経済的成功は、まさに黒人アイデンティティを捨てて白人として生きることによって初めて得られるからである。

このジレンマを解消するために、ハーレム・ルネッサンスの「なりすまし小説」は、程度の差こそあれ、その主人公に白人としての成功を後悔させる。それによって、白人と同等の機会さえ与えられれば成功できるという黒人の潜在能力を証明するとともに、黒人アイデンティティへの誇りを改めて強調するのだ。[4]

例えばウォルター・ホワイトの『逃亡』において、白人になりすますことによってアパレル界で成功を収める主人公ミミ・ダクウィンだが、ハーレムを闊歩する黒人たちの活気とカーネギー・ホールでの感動的な黒人音楽・演劇パフォーマンスに触れ、「なぜ最初はあれほど幸せに見えた［白人としての］生活に、落ち着くことができず、心いらだち、そして物足りなく感じたのか」(White 300) を悟る。そして結末において「自由！ 自由！ 自由！」という呟きとともに、「プティ・ジャン［黒人男との間にもうけた婚外子］――私自身の人々――そして幸せ」の元へと帰っていく (White 300)。

主人公マシュー・フィッシャーが手術によって白人としての外見を手に入れるというのみならず、黒人差別主義団体の急先鋒として地位と財産を築くという点で、「なりすまし」ジャンルの中では異彩を放つジョージ・スカイラーの『ブラック・ノー・モア』においても、この帰結は踏襲されている。この風刺小説の結末を彩るのは、結局黒人アイデンティティに回帰するマシューを中心とした「幸せなアメリカ人の一団の写真」であり、その写真の中では全員が、混血で褐色の肌を持つ彼の息子と「同じくらい浅黒い」のだ（Schuyler 179-80）。

表面的には矛盾を解決しているように見えるこの語りの操作だが、改めて考えてみると決してそうではない。そもそも「なりすまし小説」にとって「なりすまし」とは、「一滴の血の掟」に代表される、黒人についての白人による言説に反駁することで、定義する側としての自己を主張する行為である。しかし「黒人対白人という対立軸」そのものを揺るがすはずの主人公に、最終的に黒人としての誇りを求めるという点で、結局「一滴の血の掟」に回帰していることになる。すなわちヴァレリー・スミスも指摘するように、一般的に「白人なりすまし物語」は「なりすます登場人物は黒人人種の裏切り者であることを前提とする」ため、「反人種差別主義と白人至上主義のイデオロギーが合流する場になり、それによって黒人読者が既存の立場に留まることを促す」（Smith 43-44）という、むしろ反動的な効果を併せ持っているのだ。

そうなると、「なりすまし小説」が推進する新しい黒人像という概念までもが問題に満ちたものに見えてくる。なるほど白人になりすます者が得る教育、富、あるいは都会的洗練によって、機会さえ与えられれば白人に見劣りしない生活を送りうる優れた黒人像が提示される。しかしながら、そのような主人公が黒人像を担う時点で「一滴の血の掟」が働いているわけだし、また黒人が優れているかどうかの規準はしばしば白人中産階級社会の価値判断に基づいており、この意味でも「なりすまし小説」内の「新しいニグロ」を白人至上主義の言説から解き放つのは容易ではない。

このようにジャンルそのものに満ちた矛盾を、個々の「なりすまし小説」はいかに取り扱っているのか。この問いに答えるために、次節ではジョンソンの『元黒人男性の自伝』、次いで第四節ではラーセンの『パッシング』における「新しいニグロ」の表象を分析する。またその際、「なりすまし小説」が孕む最も根源的な矛盾——すなわち白人至上主義を批判しながら、まさにその準拠枠である「黒人対白人の対立軸」や「一滴の血の掟」を適用しなければならないこと——に特に注目していきたい。

3　ジェイムズ・ウェルドン・ジョンソン『元黒人男性の自伝』

一九一二年に発表され、ハーレム・ルネッサンスの作品と呼ぶにはいささか問題のある『元黒人男性の自伝』をあえてここで取り扱うのには、いくつか理由がある。その一つは、匿名で発表されたために文字通り「元黒人男性の自伝」として一般の読者に届いたこの本は、ハーレム・ルネッサンス最盛期の一九二七年に初めてジョンソンによる小説として再版されたこと。二つめは、この小説の主人公が、後述するようにハーレム・ルネッサンスの「新しいニグロ」をある種先取りしていると考えられること。三つ目には、一九二〇年代の黒人文学の流行に先立つジョンソンの創作には、当時の支配的な白人読者層への配慮が不可欠であり、(5) その状況が黒人による言説の回復という「新しいニグロ」の目標に微妙かつ複雑に影響していること。最後には、特に第三の点において、ジョンソンの小説が（ハーレム・ルネッサンスがピークを迎えそして衰退へと向かう）一九二九年に発表されたラーセンの『パッシング』と興味深い類似、そして対照を示すことである。

『元黒人男性の自伝』は、様々な紆余曲折を経て白人になりすますに至る匿名の語り手が、その半生を語るという体裁をとっている。裕福な南部白人とその混血の愛人との間にジョージアで生まれた語り手は、母親とふたりコネティカットに移り何不自由ない幼少時を送るが、十歳のころに初めて自分が「黒人」であることを知る。母の死後、アトランタそしてフロリダを経てニューヨークにやってきた語り手は、ギャンブルとクラブ遊びに明け暮れるが、ラグタイム演奏の腕前がクラブ常連の白人大富豪の目に留まり、専属のピアニストとして羽振りのいい生活を送る。この白人パトロンのヨーロッパへの旅に同行する語り手だが、徐々に黒人作曲家として身を立てたいという欲求を抑えられなくなり、白人として不自由なく生きるよう勧めるパトロンと袂を分かってひとりアメリカに戻る。白人のクラシック音楽に黒人土着の音楽を融合するために南部各地で題材を集めるが、ある街で白人による黒人男性のリンチを目撃してショックを受けた語り手は、ニューヨークに戻って「白人」として生きることを決意する。不動産業者として成功を収め、彼のなりすましの告白を受け入れてくれた白人女性と結婚し、ふたりの子供も生まれ、自分の選択に悔いはないという語り手だが、それでも「一椀の羹《あつもの》のために家督相続権を売った」（*The Autobiography* 154）との拭い切れない思いを吐露して物語は終わる。

ジョンソンがこの小説を「新しいニグロ」像を推進するひとつの手段と考えていたことは、彼自身の自伝『この道に沿って』(*Along This Way*, 1933)から垣間見える。『元黒人男性の自伝』発表から数年後、ジョンソンは白人文学者H・L・メンケンから「彼ら［黒人作家たち］が成すべきことは［中略］黒人人種の長所を選び出し、それを繰り返し繰り返し強調すること。少なくともその点では彼らが誰と比べてもより優れているいると主張することだ」(305, 傍点は原文イタリック)という助言を受ける。それに対してジョンソンは『元黒人男性の自伝』でそのようなことを試みたと応じ、白人が持つ劣った黒人というイメージをこの小説で書き換えようとしたことを示唆する。

なるほど「元黒人男性」による一人称の語りを通して、白人にはよく知られていない黒人の生活や思想を、地域差や階級差も交えて詳細に記したこの小説は、黒人の言説を前面に出した作品といえる。物語内でも、主人公は一時「黒人作曲家」として「アメリカのニグロの喜び、悲しみ、希望そして野心をクラシック音楽の形式で表現するという無私の欲求」を抱き(108)、黒人の視点の代弁者になることを目指す。また語学や芸術に堪能で、その人生のほとんどで中産階級あるいはそれ以上の生活を送る主人公は、豊かで洗練され見聞の広い、差別的固定観念を覆す黒人像と合致する。そして物語の結末は、他の「なりすまし小説」の例に漏れず、語り手になりすまし行為を後悔させるのみならず、「一椀の羹」としての白人アイデンティティに対して黒人アイデンティティを「家督相続権」と位置付けることで、黒人としての誇りを促すようにできている。

しかしながらこの作品も、先に論じた「なりすまし小説」における「新しいニグロ」の諸問題を免れない。なぜなら、この人種的に不確定な主人公を、「白人に見える黒人」さらには「新しいニグロ」の一例として扱う時点で、既に「黒人対白人の対立軸」という白人至上主義イデオロギーの準拠枠に従っているからである。そしてこの問題は、ジョンソン自身も十分に意識していたと思われる。その証拠のひとつとして、作者は語り手が（学校というイデオロギー機構における媒介者としての）白人教師の言葉を通して自分が「黒人」であることを知るように、物語を構成するのである（10-11）。

この矛盾が自らの語りを損なうことを防ぎ、「新しいニグロ」像を効果的に提示するため、ジョンソンは読者の読みの行為に巧みに働きかける。すなわち彼は小説の読者を、白人至上主義の偏見は持たず、それでいて「黒人対白人の対立軸」は疑わない「白人」読者として定義づけ、それによって語り手の「黒人」アイデンティティを当たり前かつポジティヴなものとして想定しながら読むように仕向けるのだ。例えば一九一二年版の序文[6]において、ジョンソンは「白人にとって多かれ少なかれスフィンクスのよう」に謎めいている黒人を包む「ヴェールを引き開けるかのように」、「アメリカのニグロの内的生活」を描写することを約束する（*The Autobiography* xxxiv）。これによって彼は、「白人」と「黒人」の間の境界線を疑う余地のない既定のものとして、さらには読者を「黒人」の主観と向き合うことを厭わない「白人」読者として設定する。

またジョンソンは「元黒人男性」を白人優位社会の分析者としてのみならず、時にその信奉者として描くことで、この語り手を「ジョンソンの、そして私たち［読者］の、皮肉な眼差しの対象」（Goellnicht

116）とする。しかしながらその「皮肉」は、黒人であるはずの語り手が自らを抑圧するところの白人至上主義に陥っているという想定——すなわち「一滴の血の掟」の暗黙の適用——に基づいている。こうして読者に促される「皮肉な眼差し」は、白人至上主義からは距離を置きつつ人種の二項対立軸は疑わないという、ジョンソンによって特別に設定された「白人」の眼差しとなるのである。

ジョンソンは物語の結末において、語り手の人種の不確定性を再び前景化させて「黒人対白人の対立軸」を批判するのだが、それが「新しいニグロ」像を損なわないようにここでも細心の注意を払う。つまりジョンソンは、語り手に「私は本当はニグロではなかったのではないかと時々思う」（153）と告白させつつ、その直後に黒人運動について以下のように言及させ、「新しいニグロ」像の担い手を、この語り手から人種アイデンティティの安定した黒人運動家たちに移すのである。

何年か前に私はカーネギー・ホールで開かれたハンプトン・インスティテュートの大会に出席した。ハンプトンの学生たちの歌う古い歌が、私の悲しい記憶を呼び覚ました。講演者の中にはR・C・オグデン、元大使のチョウト、そしてマーク・トウェインがいた。だが聴衆の興味が最も集中したのはブッカー・T・ワシントンにであって、その理由は彼が雄弁という点において他に優ったからというのではなく、彼が尋常でない真摯と信念でもって代表したもののせいであった。そしてそれこそが、自分たちの人種の大義のために公然と闘う、少数であるが気高い黒人たちすべてが背負っているものなのだ。彼らに反対する者でさえも、正義という永遠の原理が彼らの側にあること、そして彼らが敗

> 北にまみれることとなっても勝利者であることを知っている。彼らの脇では私は自分自身をちっぽけで利己的な存在に感じる。私は平凡に成功し、ちょっとした金を稼いだ白人である。彼らは歴史と人種を作っている男たちだ。私もこれほどに名誉な大事業に参加することができたかもしれなかったのだ。(153-54)

なりすまし者の典型的な後悔を通して、黒人としての誇りを強調するこのシーンであるが、「新しいニグロ」としての黒人は、語り手を離れてブッカー・T・ワシントンその他の黒人運動家に巧妙に移されている。[7] すなわち語り手の自伝的言説の基礎にあった、「黒人」が自らを描き定義するという行為は、「私も……かもしれなかった (I, too, might have . . . .)」という語りの——さらには語りによって構成される自己の——揺らぎによって損なわれ、その代わりに「歴史と人種を作」るという黒人運動家たちの自主的決定の言説が前面に押し出される。「新しいニグロ」としての語り手を特徴づけていた経済的繁栄は、「ちょっとした金」としてその効力を失い、その代わりに運動家たちの新しさが、カーネギー・ホールという大舞台での、白人講演者たちに勝るとも劣らない活躍から示される。

そしてここでもジョンソンの語りは、彼が定義するところの「白人」読者と連動するように仕組まれている。なぜなら、ワシントンとその信奉者たちが前景化されるこのシーンでは、「白人」読者が自身を同一化する対象は「ちっぽけで利己的な」語り手ではなく、同じ《audience》であるところのカーネギー・ホールの聴衆だからである。すなわち白人が大部分を占める物語内の聴衆を、ワシントンの講演に敬意を払いその「正義」を「知っている」人々として描き、さらに小説そのものの読者に聴衆と同じ視点を取らせることによって、ジョンソンは「新しいニグロ」をポジティヴな存在として白人社会に効果的に紹介しようとしたと考えられる。またそこには、「新しいニグロ」という言葉が暗示しかねない白人との対決色を極力抑えようとする、後にロックに見られるアプローチも先取りされている。ハーレム・ルネッサンスの開花する前、黒人運動が多かれ少なかれ市民権を得る前の一九一二年において、「新しいニグロ」も「なりすまし小説」も、説得力のある形で完結させるには、社会の価値観の根底にある白人の視点や言説との交渉が不可欠だったのである。

4　ネラ・ラーセン『パッシング』

いっぽうラーセンは『パッシング』において、黒人アイデンティティをめぐる「新しいニグロ」と「白人なりすまし小説」との間の葛藤をどのように克服しようとしたのか。そしてジョンソンの語りに繊細かつ重要な影響を及ぼしていた白人の視点や言説は、ハーレム・ルネッサンスの白人パトロンであるカール・ヴァン・ヴェクテン（Carl Van Vechten, 1880-1964）とその妻に献呈されたこの小説ではどのように働くのか。また物語が一九二〇年代後半の設定で、一九二九年に出版されたこの小説は、ハーレム・ルネッサンス運動について何を物語るのか。

『パッシング』は登場人物アイリーン・レッドフィールドの視点を通して三人称で語られる。アイリーンとその幼少時の友人クレア・ケンドリーはどちらもなりすましが可能な白い肌を持つのだが、黒人アイデンティティに誇りを持ち、肌の黒い医師ブライアンを夫に持つアイリーンに対して、貧しい幼少期を過ごしたクレアは、白人になりすまして白人実業家ジョン・ベローと結婚することでアッパーミドル階級の地位を手にする。アイリーンは帰省先のシカゴで偶然クレアと十二年ぶりの再会を果たすのだが、数日後クレアの滞在先に招待された際、ジョンの人種差別発言に憤慨する一方で、クレアを守るために彼女自身期せずして白人になりすますはめになってしまう。いっぽう「ニグロたちを見たい、彼らと会いたい、話したい、笑うのを聞きたい」(Larsen 51) 気持ちに火がついたクレアは、アイリーンがハーレムに帰った後も、ジョンに身元がばれる危険も顧みずに彼女の元を繰り返し訪れる。夫ブライアンとの家庭内での意見の相違を克服できないアイリーンは、やがて彼とクレアの姦通を疑い始め、いかにしてクレアを遠ざけようか思い悩むのだが、ある日彼女は肌の黒い友人と腕を組んで歩いている最中にジョンに遭遇してしまう。アイリーンが、そしてその旧友である彼の妻クレアも、「黒人」であることを悟ったジョンは、後日クレアが秘密裏に参加していたパーティに押しかけ彼女を問い詰める。そこに駆け寄ったアイリーンが思わず押してしまったのか、あるいは意図的に突き飛ばしたのか、はたまたクレア自ら身を投げたのか、いずれにせよクレアは六階の窓から転落して命を落とし、物語は終わる。

この小説が「新しいニグロ」像に何らかの形で寄与するとラーセンが考えていたことは、著名な功績を残した黒人に与えられるハーモン財団賞に『パッシング』を応募する際、同財団と黒人地位向上運動との繋がりが自分に有利に働くと考えたこと（Hutchinson 288）に垣間見える。じっさい主要登場人物のアイリーンは、「新しいニグロ」を具現しているように思われる。彼女は医師である黒人の夫を持ち、ニューヨークで文化的かつ物質的に満ち足りた生活を送っているし、実在する全米黒人地位向上協会（National Association for the Advancement of Colored People）や全国都市同盟（National Urban League）をモデルとした「ニグロ福祉連盟（Negro Welfare League）」の役員として、黒人運動にも関わっている。またそのような登場人物が、語り手本人ではないものの、一貫して語りの視点を担っていることは、この小説が黒人の主観を基礎として構成されていることを意味する。

その一方でラーセンもジョンソンと同様、白人と変わらない外見を持つ登場人物を一般的な「なりすまし小説」に倣って無批判に黒人と規定することの問題点を、十分に意識していたように思われる。たしかに、折に触れて人種カテゴリー間を揺れ動く「元黒人男性」とは異なり、アイリーンが作品内で自分の黒人アイデンティティそのものに疑問を抱くことはない。しかしアイリーンは、外食時やチケット購入時などに限って便宜的に「なりすまし」を行う（70）という、ある意味では通常のなりすまし者よりも人種の流動的な登場人物でもある。さらに重要なことには、アイリーンがクレアと偶然の再会を果たす第一部第二章に至るまで、ラーセンは小説内で人種にまったく触れず、この章の舞台であるシカゴのカフェが人種隔離された黒人の入れない場所であることも、アイリーンとクレアがともに白人になりすましていることも、さらにはこの物語が人種問題を軸に展開していくことさえも、章の途中まで読者には示さない。すなわちラーセンは小説の冒頭を——人種に関わるもの以外にも数多くの意味を持つ「パッシング」というタイトルとも連動させて——そもそも「白人なりすまし物語」ですらないものとして、すなわち「黒人対白人の対立軸」や「一滴の血の掟」が適用できない場として構築し、白人至上主義イデオロギーの準拠枠に抵抗するのである。

しかしながら他の「なりすまし小説」と同様、白人の外見をもつ登場人物を「新しいニグロ」の一例として描写するには、どこかでその人物の黒人アイデンティティを確定させなければならず、またそのためには作家自身「黒人対白人の対立軸」や「一滴の血の掟」を適用しなければならない。『パッシング』においてラーセンはこのジレンマをどのように処理しているのだろうか。

結論から言えば、ラーセンは自らの語りが孕むこの矛盾を巧妙に読み替え、白人至上主義の人種システムそのものの問題として表象する。このような語りのトリックは、たとえば「なりすまし」が初めて読者に伝えられる第一部第二章に見ることができる。アイリーンがシカゴのカフェで隣のテーブルに着いた「白人」の女性（実はなりすまし中のクレアなのだが、彼女は気づいていない）に凝視され心乱される場面、自由間接話法によって語られる次のシーンである。

少しずつアイリーンの中に、忌々しくも馴染みのないわけではない微かな胸騒ぎが起こった。彼女は穏やかに笑ったが、その目はきらりと光った。

もしやあの女性は、何かの弾みで、ドレイトンの屋上カフェで目の前にニグロが座っていることに気づいたのではなかろうか？

馬鹿な！ ありえない！ 白人はそのようなことに対してあまりに鈍感なのだから。彼らは［なりすましを］見抜けると大抵主張するけれども。それもこの上なく滑稽な仕方で、つまり指の爪、掌、耳の形、歯、その他の同様にくだらない手掛かりでもって。彼らは常に彼女をイタリア人やスペイン人、メキシコ人、あるいはジプシーと間違える。彼女が一人のときは、彼女がニグロであることを僅かにも察したことは一度たりともなかった。そうよ、あそこに座って彼女を見つめている女性には分かるはずがない。(10-11)

この引用においてラーセンは、「なりすまし小説」というジャンルの性質上導入せざるをえない「黒人対白人の対立軸」を逆手にとって、白人至上主義イデオロギーの矛盾、さらには言説行為の動作主としての黒人を前景化する。つまり読者の前でアイリーンが「ニグロ」になる瞬間と、自らを「ニグロ」と呼ぶ瞬間を一致させることによって、さらには白人は「なりすまし」に対して「あまりに鈍感」だとアイリーンに主張させることによって、彼女の「黒人」アイデンティティが、あたかも「黒人」が自らを（白人にはできない仕方で）定義した結果であるかのように描くのである。それによって、「一滴の血の掟」で黒人という人種を規定しながら実際にそれを厳密に施行することができない、白人至上主義社会の矛盾と欠陥が浮き彫りになり、その矛盾と欠陥を暴くラーセンの語りそのものが「一滴の血の掟」に依拠しているという事実は、読者の目から巧妙に遠ざけられるのである。

ラーセンがこのように緻密な語りのトリックを用いて、白人至上主義の言説への依存を隠蔽するのは、このイデオロギーが大きな力を持つ状況下で言説行為を行わなければならないことについての、彼女自身の強い問題意識の表れでもある。じっさいラーセンは、右の引用でのアイリーンの思考を、人種マイノリティを取り巻くより大きな問題――具体的に言えば、白人優位社会の物の見方が、まさにそれが抑圧するところのマイノリティの心理に深く根を張っているという問題――と関連付けて提示する。なぜならこの場面でアイリーンが自らを「ニグロ」と定義するのは、白人（だと彼女が信じる）女性の視線を通して自分の姿を見ることが契機になっているからである。そしてこの女性が実は白人ではなく「なりすまし白人」のクレアであるということは、アイリーンの中に起こる「黒人」としての自意識が、白人の視線そのものによって起こるというよりは、むしろ凝視されるアイリーンの側に内在化された（そのためその感覚は引用内で「忌々しくも馴染みのないわけではない」と表現される）白人至上主義の準拠枠によることを物語る。それによってラーセンは、虚構の人種ヒエラルキーに基づくこのイデオロギーが、それにもかかわらずいかに強力にマイノリティの心理に影響を及ぼしているかを示唆するのである。

このように「黒人」の主観に大きな影響力を持つ「白人」の視点は、ラーセンの見るハーレム・ルネッサンスとどのような関係があるのだろうか。この問いに答えるために、以下では「ニグロ福祉連盟」のダンスパーティを描く『パッシング』第二部第二章および第三章を考察したい。一九二七年のハーレム、さらには黒人運動の文化イベントという、典型的なハーレム・ルネッサンスの舞台設定を通して、ラーセンはどのような「新しいニグロ」を提示するのだろうか。

前節で見たように、ジョンソンはブッカー・T・ワシントンの講演、そして理解ある白人の聴衆を描写することで、「新しいニグロ」を白人読者に売り込んだ。それとは対照的にラーセンは、「新しいニグロ」の活躍を支えているはずの白人パトロンや白人観衆が、むしろ「新しいニグロ」という概念に込められた目標を阻害しかねないことを仄めかす。たとえばヴァン・ヴェクテンをモデルとする白人作家ヒュー・ウェントワース[8]がこのダンスパーティに参加することについて、ラーセンはアイリーンに次のように説明させる。

アイリーンは彼女［クレア］に言った。ここは一九二七年のニューヨークなのだから、何百という、そして常により多くのヒュー・ウェントワースのような白人たちが、ハーレムでの催し物に押し寄せるのだと。それがあまりに多いので、ブライアンがこう言ったほどである。「そのうち黒人たちは入場を許されなくなるだろうね、それか人種隔離された黒人専用の席に座らなければならなくなるか」と。（49）

すなわち、「同胞の地位を向上させる」（39）目的で企画され、「新しいニグロ」たちに自己表現の機会を与え、さらには（誰でも一ドル払えば参加できる［50］ので）人種の壁をも克服するはずのこのイベントだが、白人が観衆の大部分を占めることにより、白人を頂点とした人種ヒエラルキーが再導入される危険が付きまとうのである。

じっさいラーセンは、チケット担当幹事としてこのイベントに貢献する「新しいニグロ」としてのアイリーンが、実は人種に基づいた上下関係に縛られていることを繰り返し示唆する。たとえばパーティの前日になって同行者の席の確保を依頼するウェントワースに対して、アイリーンは自らの席を差し出してそれに応え（48-49）、それによって右の引用でのブライアンの言葉が単なる皮肉ではないことが示される。さらにアイリーンは、クレアが黒人アイデンティティに対する誇りを得る機会、すなわち「中には白人より優れた黒人もいることを知る機会」（54）を得たことを喜ぶ一方で、黒人のほうが白人よりも美しく魅力的であるというウェントワースの言葉に対して、黒人の野蛮性がそう思わせるだけだと主張し、ウェントワースの見解は「単に彼ら［白人たち］の親切なご贔屓」に過ぎないのではないかと思うのである（55）。

　さらにラーセンは、この白人パトロンが想定する「黒人対白人の対立軸」が、「新しいニグロ」の表現行為にまで影響を及ぼすことをこのシーンで示す。一ドルの入場料が唯一の参加条件であるこのパーティで見られる、人種そして社会階級の多様性を、アイリーンは「金持ちの男、貧しい男／物乞いの男、盗人／医者、弁護士／インディアンの酋長」（54）という子守唄で表現するのだが、それに応えて「凝視とも言えるような、長く探るような視線」（55）が特徴のウェントワースは、肌の色が対照的なラルフ・ヘイゼルトンとクレアに彼女の注意を向けさせる。それによってアイリーンの思考は二項対立の準拠枠に嵌め込まれ、二人を「よく晴れた日のように、色白で金髪のクレア。月夜のように、色が黒く、きらりと光った目をしたヘイゼルトン」（54）と表現する。さらにウェントワースは、クレアが実は白人ではない可能性をアイリーンに問い(55)、このアイデンティティの混沌とした場に「黒人対白人の対立軸」が再導入されるきっかけを作るのである。

ハーレム・ルネッサンスが一般に認知され始める数年前の、ジョンソンによる「新しいニグロ」の表象では、白人読者や白人聴衆を取り込むことに重点が置かれた。それとは対照的に、運動がピークを迎えその問題点も徐々に露わになってきた一九二〇年代末のラーセンの小説においては、聴衆としての白人の存在は「新しいニグロ」という理想そのものを損ないかねない、問題に満ちた要素として示されている。「新しいニグロ」という概念が白人至上主義の言説に依存し影響されているというパラドックスが、ハーレム・ルネッサンスの黒人運動を背景として提示されていることは、この問題が物語内のみならず、国際色豊かな文化人として「新しいニグロ」の一人であったラーセン自身の問題でもあったことを暗示しているのではないだろうか。じっさいウェントワースとヴァン・ヴェクテンの白人パトロンとしての共通性、そして(先に論じたシーンでアイリーンがなりすましの実情をウェントワースに告げるように)ラーセンが『パッシング』をヴァン・ヴェクテンに献呈しているという事実は、白人そして白人優位社会との関係におけるアイリーンとラーセンの類似性を示唆していると思われる。アイリーンの視点からの語りがそのままラーセンの小説を成すという『パッシング』の構造から考えても、「黒人」の言説行為が白人至上主義イデオロギーに依拠せざるをえないという問題が、ラーセンの黒人作家としての言説行為に関わる問題であったとしてもなんら不思議ではない。

5　白人優位社会と「二重意識」

ハーレム・ルネッサンスが一時の流行に終わった原因に、白人パトロン、白人所有の出版社やレコード会社、さらには白人の読者や観客への依存があったことは、これまで幾度となく指摘されてきた。本論文ではそこから一歩踏み込んで、ハーレム・ルネッサンスの理想を成す「新しいニグロ」像そのものが、白人至上主義への挑戦という目標とは裏腹に最初からそれとの交渉の産物であったことを、運動の一つの限界として指摘した。つまり「白人なりすまし小説」における「新しいニグロ」の表象を、特に語りの行為に注目して分析した結果、「なりすまし小説」が否応なく前景化する黒人アイデンティティの不確定性の中で「新しいニグロ」像を提示するために、作者は白人至上主義の準拠枠を何らかの形で適用しなければならないというパラドックスが明らかになった。

そこにはW・E・B・デュボイス（W. E. B. Du Bois, 1868-1963）が一九〇三年の『黒人のたましい』（*The Souls of Black Folk*, 1903）で指摘した「二重意識（double consciousness）」、すなわち黒人がその長い政治的・社会的抑圧から身に付けざるをえなかった「常に他人の目［白人の視点］でもって自己を見る感覚」（Du Bois 2）が、一九一〇年代以降においても黒人の思考や表現活動を内側から制限していたと考えられる。ハーレム・ルネッサンス以後、一九六〇年代の公民権運動、そして最近ではバラク・オバマの大統領就任と、黒人の視点がアメリカそのものの視点に反映されてきていることは間違いない。しかしながら、現在なお見られる人種格差と階級・教育格差との相関関係、そして（多かれ少なかれ「なりすまし」を伴う）社会的上昇移動が必ずしも容易でないという現実は、諸般の外的要因に加えて、マイノリティの「二重意識」が今なおその自己表現を内面から抑制していることの表れかもしれない。

注

（1）ハーレム・ルネッサンスおよび「新しいニグロ」についてはこれまでに膨大な量の研究がなされているが、スペースの都合上本文での言及は必要最小限にとどめた。引用はしなかったが本論文を執筆する上で役立った参考文献を、以下に挙げておく。Kramer, Victor A. and Robert A. Russ, eds. *Harlem Renaissance Re-Examined: A Revised and Expanded Edition*. Troy, NY: Whitson, 1997.; Hutchinson, George, ed. *The Cambridge Companion to the Harlem Renaissance*. Cambridge, Cambridge UP, 2007.; Gates, Henry Louis, Jr. and Gene Andrew Jarrett, eds. *The New Negro: Readings on Race, Representation, and African American Culture, 1892-1938*. Princeton, NJ: Princeton UP, 2007.

（2）時と場所をほぼ同じくして黒人の歴史・文化の表舞台に現れた「新しいニグロ」と「なりすまし小説」であるが、そのいずれもハーレム・ルネッサンスが初出ではない。前者についてはゲイツが『クリーヴランド・ガゼット』(*The Cleveland Gazette*) による一八九五年の言及を紹介している (Gates 129, 136)。また《New Negro》という表現自体はもともとアフリカから新大陸に連れてこられた黒人を指すものであるため、少なくとも大航海時代後期にまで遡ると考えられ、オックスフォード英語辞典第二版には一七〇一年の用例がある。一方「なりすまし小説」は、フランス作家ギュスタヴ・ド・ボーモンによる『マリー：アメリカの奴隷制』(*Marie, ou l'Esclavage aux Etats-Unis*, 1835)、アメリカ国内からではウィリアム・ウェルズ・ブラウンの『クローテル、大統領の娘』(*Clotel; or, The President's Daughter*, 1853) などが最古の例として挙げられる。

(3)「黒人対白人の対立軸」そのものがイデオロギーの生み出す虚構であるという立場を厳密に適用するならば、「白人」そして「黒人」という語すべてを鉤括弧に入れる必要がある。しかしながらその場合、本論文における分析対象である、テクストからの直接引用との混同が避けられない。そのため鉤括弧の使用は、人種区分の虚構性が論旨に直接関係する場合のみに留めたことを、ここで断っておく。

(4) このような黒人回帰のプロットについては、ハーレム・ルネッサンスの時代を生きた批評家スターリング・ブラウンが一九三七年の研究で早くも言及している。彼によると「ハーレム・スクール」の黒人都市作家たちは、混血の黒人を「不満を抱き、野心的で、それゆえに悲劇的な」人物として典型的に描き、特に「白人になりすます」登場人物に対しては「その不幸を煽り、ついには彼が黒人霊歌や大声の笑い声、あるいは黒人の素朴で心地よい生活に呼び戻される」ように物語を作るという(Brown 144)。

(5) ウィリアム・L・アンドリューズは、二十世紀初頭の黒人文学の読者を、その多くが「郷土色溢れた黒人生活への心地よい旅を期待」する「大部分は白人の読者」であるとする。そしてそのような読者層に黒人生活の現実を伝える唯一の有効な手法は、フレデリック・ダグラスやウィリアム・ウェルズ・ブラウンのような「十九世紀の有名なスレイヴ・ナラティヴの語り手たち」のそれであったと指摘している(Andrews xvi)。

(6)「出版者(The Publishers)」という名義で書かれているこの序文ではあるが、一九一二年二月二日付でジョンソンが送った草稿ほぼそのままであることが明らかにされている(Goellnicht 118)。

(7) 実在のワシントン(Booker T. Washington, 1856-1915)がはたして「新しいニグロ」の代表例と言えるのかについては、当時からそして現在もなお議論の分かれるところである。なぜなら一八九五年のアトランタ博覧会で彼が行った演説が「アトランタの妥協」(Du Bois 26)としてW・E・B・デュボイスに厳しく批判されたように、ワシントンには白人至上主義者と妥協して人種隔離政策を容認した人物という評が常に付きまとうからである。この状況を意識してか、『元黒人男性の自伝』においてジョンソンは、ワシントンの講演をニューヨークのカーネギー・ホールという別の舞台に設定し、読者の連想をアトランタ博覧会から引き離すことによって、あたかもこの運動家が「新しいニグロ」の具現であるかのように、さらには黒人運動そのものが一枚岩であるかのように描写している。自伝『この道に沿って』においても、ワシントンとデュボイスの対立には言及するものの、ジョンソン自身は比較的中立の立場を取っている。たとえば、アトランタ博覧会でワシントンが異なる人種を「一本の手の異なる指」に喩えたことについても、「結構な比喩ではあるが、論理的分析に堪えうる表現ではない」(*Along This Way* 312)とし、ワシントンの黒人運動家としての資質を疑わせるものというよりは、単に表現上問題の多い発言として批判している。

(8)両者の類似は多くの批評家が認めるところであるが、キャスリーン・ファイファーはこれに異議を唱え、ヴァン・ヴェクテンの型破りな性格と人生が、アッパーミドル階級の価値観に大体において従うウェントワースにはないことを指摘している(Pfeifer 136)。

引用文献

Andrews, William L. Introduction. *The Autobiography of an Ex-Colored Man*. By James Weldon Johnson. Ed. Andrews. NY: Penguin Books, 1990. vii-xxvii.

Brown, Sterling. *The Negro in American Fiction*. Washington, D.C.: Associates in Negro Folk Education, 1937.

Du Bois, W. E. B. *The Souls of Black Folk*. 1903. NY: Dover Publications, 1995.

Gates, Henry Louis, Jr. "The Trope of a New Negro and the Reconstruction of the Image of the Black." *Representations* 24 (1988): 129-55.

Goellnicht, Donald C. "Passing as Autobiography: James Weldon Johnson's *The Autobiography of an Ex-Coloured Man*."

Critical Essays on James Weldon Johnson. Ed. Kenneth M. Price, and Lawrence J. Oliver. NY: G.K. Hall, 1997. 115-35.

Hutchinson, George. *In Search of Nella Larsen: A Biography of the Color Line*. Cambridge, Mass.: Belknap Press of Harvard UP, 2006.

Johnson, James Weldon. *Along This Way*. 1933. NY: Penguin Books, 1990.

——. *The Autobiography of an Ex-Colored Man*. 1912. Ed. William L. Andrews. NY: Penguin Books, 1990.

Larsen, Nella. *Passing*. 1929. Ed. Carla Kaplan. NY: W. W. Norton, 2007.

Locke, Alain Leroy. Foreword. *The New Negro*. Ed. Locke. NY: Albert & Charles Boni, 1925. ix-xi.

“New Negro.” Def. a. *The Oxford English Dictionary*. 2nd ed. 1989.

Pfeifer, Kathleen. *Race Passing and American Individualism*. Amherst: U of Massachusetts P, 2003.

Schuyler, George S. *Black No More*. 1931. NY: Random House, 1999.

Smith, Valerie. “Reading the Intersection of Race and Gender in Narratives of Passing.” *Diacritics* 24.2/3 (1994): 43-57.

White, Walter. *Flight*. 1926. Baton Rouge: Louisiana State UP, 1998.

Wiegman, Robyn. *American Anatomies: Theorizing Race and Gender*. Durham: Duke UP, 1995.

第六章　記憶のまなざし
——「リンチの時代」のアメリカとフォークナーにおける暴力の表象

山内　玲

1　「暴徒も時には正しい」

こう題された投書が、一九三一年二月十五日付のアメリカ南部の地方紙に、先に掲載された反リンチ運動の投書に応える形で掲載された。「私自身はリンチを支持しない」とあるものの、「暴徒の側にも一部の理はある」(rpt. McMillen and Polk 6) と締めくくるこの投書は、社会正義を遂行するものとしてリンチを実質的に擁護している。この投書を紹介するニール・R・マクミレンとノエル・ポークは、この投書の書き手が我々の知る小説家ウィリアム・フォークナー (William Faulkner, 1897-1962) と同一人物であることを主張した上で、投書全体に窺われる頑迷固陋な人種観やリンチの必然性を容認する態度に、当時の南部白人に典型の白人至上主義を見出している。そして、同時期に発表され、不当に起こるリンチを鮮烈に描いた短編「乾燥の九月」(“Dry September,” 1931)とのギャップに困惑を示している。この矛盾に対して、マクミレンとポークは、フォークナーの作品は南部白人社会とその価値観を批判的に描いたが、私人としては自らの属している共同体の価値観から脱することができなかったのだと評している。

だが、投書中の次の一節は、南部の典型という枠組みに基づく批判だけでは十分でない問題を示している。

三十年ミシシッピで暮らしているが、私の知るリンチの大半は余所の地の新聞にて見出されたものである。九週間で私がパリの新聞で読み知った三件について見たまえ。そのうちの一件はワシントン州オレゴンDCにて、二件目は、アメリカはアラバマDCハルマにて、そして三件目はンヴジック(NveZique)と呼ばれる土地にて、起こったのである。その新聞には写真があり、炎やその他諸々あり、そして[リンチの光景を収めんとする]カメラに視線を向けている男たちがいたのだ。(rpt. McMillen and Polk 6)

一八九七年以来ミシシッピ州では三百四件のリンチが記録されており、フォークナーの育った町でも一件のリンチ[明記されていないが、ネルス・パットンのリンチと思われる]があり(McMillen and Polk 7, 10n2)、少なくともその噂ぐらいは耳にしているはずである。にもかかわらず、フォークナーは「余所の地の新聞」を引き合いに出し、ありもしない場所や地図にない町の名前を持ち出して、南部以外の場所でしかリンチが起こっておらず報じられていない印象を生み出そうとしているかのようであり、「［リンチという］即決処刑が本質的にはメディアの捏造であると読み手に信じこませようとしていたのであろう」(McMillen and Polk 8)。なるほど右の類の記述は、投書に溢れる矛盾や事実誤認を示す一例となり、リンチという現実の問題をはぐらかし責任を回避する当時の南部白人の典型的な態度を窺わせる。しかしながら、この投書が書かれた同時期に「乾燥の九月」『サンクチュアリ』(*Sanctuary*, 1931)『八月の光』(*Light in August*, 1932) と立て続けにリンチの物語を書き連ねたという事実は、他に類を見ない作家の執着を示している。無論これによって投書の内容を弁護しうるなどと主張するつもりは毛頭ない。だが小説家の執念に支えられた作品の細部には、南部という枠組みに拠る批評では見逃されてしまう読みの可能性が胚胎しているように思われる。マクミレンとポークによる投書の分析は、誤謬に基づきリンチを必要悪とみなす投書の偏見を、南部史に照らし合わせながら断罪的に明らかにしていく。だが、その考察から洩れているのは、その偏見と誤謬に垣間見られる米国《アメリカ》全体の状況である。この点においてリンチの報道を「メディアの捏造」とみなすがごとき書き手の姿勢に根拠がないわけでもない。

そこで本論では、メディアを通じて全国に流通するリンチの表象という見地から当時の歴史的文脈を確認し、それが照らし出すフォークナーの作品の性格を明らかにしたい。以下の議論では、彼の作品を論じるのに先立ち、近年新たな展開を経たリンチを巡る研究を参照し、作品の背景となる当時の状況を検討する。その上で、件の投書と同時期に書かれた作品を執筆順に辿り、リンチの表象に対する小説家の姿勢がいかに変化していったのか、という点を明らかにし、最後にリンチの表象を国家と暴力の記憶の問題として提示するに至った『八月の光』の意義について考察する。

2 「リンチの時代」における暴力と表象

フロンティアの存在が十九世紀までのアメリカの理想と夢の象徴であったとすれば、その消滅が一八九〇年に宣言されたこともまた象徴的であり、一つの奇妙な符合を示している。この時期に法的な手続きを経ない私刑の件数が激増し、国家の凄惨な現実が顕在化したのである。ある研究によると（Tolnay and Beck ix）、一八八二年から一九三〇年の間の南部十州におけるリンチの犠牲者の数は、二千八百五人とされており、一八九二年に史上最大の件数を記録している（これは死者の数であり、それ以外の日常的な人種暴力などは含まれていない）。この数字は数ある統計の内では控えめに見積もられたものではあるが、それでも一週間におよそ一人の割合で、リンチによって殺される人間がいたというアメリカの現実を示している。

無論この時期より前にリンチが存在しなかったというわけではない。しかしながら、「リンチの時代」と称される一八八〇年代から五十年間のリンチは、件数の増加のみならず人種暴力としての性格を色濃く帯びているという点で、性質を異にしている。右の二千八百五人のうち、黒人の数は、約二千五百人で、その内の九四%が白人の暴徒によるものであった。これらは白人至上主義の誇示となると同時に黒人に対する威圧的な効果を持っていた。実際にリンチを受けるのでなくても、黒人は常に暴力の脅威に曝されていたのである。加えて十九世紀末以降の南部諸州では、人種隔離政策が施行されていったのに加え、南北戦争後に保障されたはずの黒人の公民権が次々と剝奪されていった。アメリカの人種関係の観点からこの時代が奈落のどん底とも称される由縁である。

「リンチの時代」は、南北戦争後の奴隷制解体時からその兆しをみせ、九〇年代にピークに達した。これまで行われてきたその理由の説明は、概ね二種類に分類できる。まず社会・経済的な見地からなされたものがある。アーサー・F・レイパーの『リンチの悲劇』（*The Tragedy of Lynching*, 1933）の考察に端を発した見解に拠れば、九〇年代初頭に起こった綿花の国際的な不況により南部の主要産業が打撃を受け、白人労働者の不満が人種暴力という形を取って噴出した。また不法の暴力を助長したのが当時の南部白人の人種意識であった。奴隷制から解放された黒人を躾のなされていない獣と同列にみなす言説が展開されてきたのに加え、とくに九〇年代以降においては性の問題との結びつきが顕著となり、自然のままに振る舞う性欲旺盛な黒人が白人女性を襲いたがるという流言蜚語も蔓延していた(Fredrickson 256-82)。また当時南部の有力な政治勢力であった急進主義者は、白人との政治・経済的な競争力を持つに至った黒人を牽制するために、その脅威を性的な脅威にすり替えるプロパガンダを展開していた（Williamson 111-39)。かくして「ニグロという獣」という思い込みが白人社会を席巻し、黒人に対する嫌悪と恐怖を巻き起こしたのである。

こうした情勢から導き出されたかのごとく、リンチの性心理学的な説明も展開されてきた。W・J・キャッシュは、『南部の精神』（*The Mind of the South*, 1941）において、白人女性を黒人の脅威から保護するという、リンチの名目に内在する南部白人の不安を指摘し、それをレイプ・コンプレックスと称している。このヴァリエーションとして、不況により稼ぎ手としての役割を果たせなくなった男性が、代わりに女性を守るという伝統的な騎士道精神を実践するために、リンチに馳せ参じたという説明もあれば（Williamson 301）、女性を敬われるべき庇護の対象という因習的な役割に封じ込め、女性の性的欲望に対する不安を鎮める機能を果たしていたという説明もある（Hall 336-67）。こうした歴史的事象の心理学的な説明は、批判もないではないが、社会・経済的な視点とは異なる角度からリンチの原因を探る考察として一定の妥当性を備えており、文学研究との親和性も強い。とりわけ、後に述べるように、三〇年代初頭のフォークナーにおけるリンチの問題を論じる上で看過できない論点を提供する。

以上の点に加えて、一九九〇年代半ばあたりから、リンチを「見る」ということに重点を置いた研究が盛んになってきた。この場合の「見る」とは、実際にリンチを見物することと、その暴力の表象をメディアの写真や記事を通じて見ることとの、二つの行為を含んでいる。これらの問題を、白人の存在を規定し、その既得権を前提として暗黙の規範を生み出す白人性という見地から研究したのが、歴史家のグレイス・エリザベス・ヘイルである。ヘイルによれば、新聞・雑誌などのジャーナリズムの発展、列車などの交通手段や写真・蓄音機などの複製技術の発達が、リンチを見物する観客を集めることを容易にし、見世物としてのリンチの性格を形成したのであり、さらにリンチのイメージがポストカードに使われる写真や新聞記事を通じてアメリカ全体で流通し、実際のリンチに劣らぬ示威的な影響力を及ぼしたのである（Hale 199-239）。ヘイルの研究は、リンチの捉え方という点において、それまでの研究動向とは異なる二つの新たな方向性を示している。本論は歴史学の諸問題の考察を主眼とするものではないが、それらはフォークナーを読み解き、研究する上で示唆的な視点をもたらすので検討しておきたい。

一点目は、リンチを国家の問題として捉える姿勢である。従来リンチは隔離政策と併せて南部に固有の人種問題とみなされる傾向にあったが、ここ十余年の間に国家の問題として扱われる趨勢になりつつある。ヘイルもリンチを南部の問題として考察してはいるのだが、同時にリンチの表象とその影響力がメディアを通じて全国に拡大していった点を重要視している。この問題を本格的に考察するには稿を改める必要があるが、象徴的な事例を一つだけ挙げておこう。黒人男性による白人女性の陵辱とその報復としてのリンチという南部的なステロタイプを具現した『クランズマン』（*The Clansman*, 1905）という小説があるが、これを元にし、国中で大ヒットを博した映画が『國民の創生』（*The Birth of a Nation*, 1915）という題名であったことは示唆的であり、南部という地域の人種問題が「国家の誕生」へと展開していくプロセスを象徴している。ここで強調しておきたいのは、「リンチの時代」が「アメリカの南部化」とでも言いうる人種意識の拡大現象を示しているということである。

ただし、「リンチ＝南部固有の反黒人テロ」という固定観念を覆そうとする近年の傾向には注意を払う必要がある。確かに「リンチの時代」には南部以外の場所で起こっていたリンチもあり、黒人以外のマイノリティに対する人種主義《レイシズム》に動機づけられたものもあった。また先の投書で「リンチはアメリカの特色であり、特徴の一つである」(rpt. McMillen and Polk 5) と記されているのに対し、「フォークナーの主張にもかかわらず、彼の時代のリンチは、アメリカという国家ではなく、南部という地域に特有の問題であった」(三) ことが明白であると反駁するマクミレンとポークの見解にも修正が必要となる。彼らが件の投書を紹介したのは一九九二年で、まだリンチを国家の問題として研究する趨勢ではなかった時期であり、リンチが南部固有の問題であるという枠組みを脱しきれなかったのも無理はない。とはいえ、右のごとく投書の内容を批判する際に彼らが論拠としているのは、当時のリンチの大多数が南部で起こっていたという記録であり、決して的を外した批判ではないことは強調しておきたい。むしろこうした個別の地域の事実を軽視して国家と表象の問題ばかりに囚われる研究は、先の投書に示される責任回避的な言説に加担しかねない危険性を孕んでいる。とりわけ南部を舞台として陸続と書かれたフォークナーの作品を国家という見地から考察するにあたり、実際の不当な暴力の多くが南部で黒人に対して行使されていたという点だけは留意しておきたい。

二点目は、見世物としてのリンチの問題である。黒人にとってはリンチがその表象を含めて恐怖の対象以外の何ものでもなかったのに対し、リンチに集う見物客やメディアを通じてその表象を見る白人にとっては、スリルをもたらす娯楽の対象となりえたのである。ここで強調しておきたいのは、見る者次第でリンチとその表象の意味が変わってしまう点である。この点について示唆的なのは、トゥルディエ・ハリスによる黒人文学の研究である。ハリスによれば、黒人作家（特に男性作家）はリンチと火刑を繰り返し扱い、その醜悪な細部を描くことにより、主に黒人の読者に対して白人社会の脅威を伝え、黒人の民族的記憶を呼び起こす役割を果たしている。他方フォークナーなどの白人作家がリンチか火刑を扱う場合、その害悪が白人の生死にかかわることは黒人ほどにはないので、不快感と衝撃をもたらす写実的な詳述を行なわない傾向にある（Harris 70）。ここで問題としたいのは、ハリスが黒人文学の伝統と名づけるリンチの「生々しい（graphic）」（1）描写である。ハリスは、二十世紀初頭のある黒人作家の作品と同時代の新聞記事を併置して、その描写の生々しさに類似性を見出している（1-2）。この点には注意を払う必要がある。というのも、メディアの「生々しい」記述をリンチの写真と同様に好奇心から消費していた白人の存在が想定できるからである。

無論そうした心無い白人ばかりであったわけではない。だが不快感を抱く白人にしても、その新聞・雑誌を閉じて眼を逸らしてしまえばよいだけなのである。ジャクリーヌ・ゴールズビーは、こうした白人読者の性格が国全体でのリンチに関する忘却と無関心に繋がったのだと論じながら、白人加害者と黒人犠牲者という二項対立の図式から抜け落ちる白人の読者／観衆の重要性を強調する（Goldsby 20）。こうした点を視野に入れると、白人作家の扱うリンチの表象においては、単に当事者意識が希薄であるために生々しい写実に向かわないというだけでなく、暴力を見世物的な消費の対象に貶めないという側面もあったのではないか、とも思われる。そして何よりも、フォークナーは見る行為、見る者と見られる対象の位置に極めて意識的であり、リンチという暴力を固定観念の枠組みに従って忘却の辺土に追いやってしまうことをよしとしなかった小説家なのであった。

3　批判と忌避──三〇年代初頭のフォークナー

前述したように、フォークナーは先の投書を送った時期に、「乾燥の九月」『サンクチュアリ』『八月の光』と、リンチがクライマックスとなる作品を集中的に書いている。この時期は、「リンチの時代」の終盤とされる頃で、リンチの件数自体は減少の傾向にあった。だがリンチが完全になくなったわけでも、その問題が解決されたわけでもない。むしろリンチが時事的な問題ではなくなり、先のハリスの言葉を借りるなら、一つの「伝統」となったとさえ言える。陸続と再生産されるリンチの表象によって、性欲旺盛な黒人男性が白人女性を襲いたがるという固定観念が定着し、後の時代でも黒人に対する暴力のきっかけになるほどに大衆の精神の深層に根付いていったのである。同時に、ハリスによれば、ハーレム・ルネッサンスを代表とする一九二〇年代以降の黒人文学において、因習化したリンチの問題を批判的に描くことが、単なるプロパガンダに留まらず、芸術的に洗練された文学作品としての性格を備えるに至った（Harris 186）。白人作家ではあるが、リンチを批判的に扱ったフォークナーの作品もこの動向に並行していると言える。

とはいえ、三〇年代初頭のフォークナーにとって、人種問題が必ずしも意識の中心を占めていたというわけではない。ダイアン・ロバーツによれば、フロイトの影響下に置かれたこの時期のフォークナーは、中・上流階級の白人女性の抑圧された性の問題に対して愛憎相半ばする創作の情熱を傾けていた（Roberts 186）。そのフォークナーが白人女性の性を巡る南部社会の問題を掘り下げていく過程で、ブラック・レイピストの固定観念を伴うリンチの問題に到達した、とひとまず想定できる。先にも触れたが、南部貴婦人の貞節を黒人の脅威から守るというプロパガンダは、翻って白人女性の性的欲望に対する不安の裏返しとみなしうる。そしてこの不安こそが「乾燥の九月」以降フォークナーが追求した主題であった。だが留意すべきは、その後に発表される『サンクチュアリ』や『八月の光』では、黒人が犠牲者であるとは言えない点である。どの作品でも白人女性を襲ったという容疑でリンチが行われることに示されるように、一貫して性的不安という主題が扱われる一方、そのリンチの犠牲者は下層階級の白人と出自の定かでない流れ者である。また作家の関心の所在が人種より性の問題にあったことは、後に続く作品からも窺われる。「黒衣の道化師」（“Pantaloon in Black,” 1940）にせよ、『墓地への侵入者』（*Intruder in the Dust,* 1948）にせよ、黒人に向けられる暴力とその脅威の理由は、白人男性の殺害（あるいはその容疑）というものであり、性の問題は前景化されない。四〇年代の作品に至る作家の意識の変化も興味深い問題ではあるが、ここでは三〇年代初頭のフォークナーが、性的な問題に対する執心から、リンチの持つ暴力性へと眼を向けていった点を指摘しておきたい。だからと言って、フォークナーが人種問題に対する深い洞察を欠いていたというわけではない。逆に彼の作品が示しているのは、南部社会における性の問題の追求が必然的に人種問題を伴わざるをえないという事態であり、リンチに伴う白人社会の人種意識を掘り下げて表現するに至ったということである。そして、その追求の果てに『八月の光』におけるリンチの表象に至り、先走って言えば、そこで南部という地域の問題が国家の問題と交錯する地平を切り拓いたのである。

以上の点を念頭に置きつつも、まずはリンチへの「まなざし」という点に焦点を絞り、「乾燥の九月」と『サンクチュアリ』を検討していきたい。「乾燥の九月」は、自分が黒人に襲われたという白人女性の流した噂がきっかけで、真偽も定かでないにもかかわらず、町の白人男性たちが当の黒人を攫って殺してしまうという物語である。この短編は、リンチを生み出す南部白人社会の人種意識や性的規範を、均整の取れた構成と鮮烈なイメジャリによって批判的に示している一方、リンチそのものが描かれていないという構成が際立つ。ここで指摘したいのは、リンチを行なう男たちの視点に沿ってリンチの描写を行なうのではなく、起こりうる暴力から目を背けて逃げ出したホークショーの視点に沿う形で、リンチの描写が省かれていることである。言い換えると、「乾燥の九月」は、暴力に直面することへの白人の忌避の念に沿った構成を取っていると言える。

「乾燥の九月」でリンチを描かなかったフォークナーが、その後『サンクチュアリ』で無実のリー・グッドウィンが町の男たちによってその身を焼かれる場面を示すにあたり、暴力の表象を巡る問題に意識的にならなかったはずはない。まずリンチの場面で強調されるのは、共同体の男性の性的欲望である。「乾燥の九月」同様リンチを行なう大義名分は、南部白人女性の貞節を犯した者への報復であるのだが、『サンクチュアリ』は、その名目の根底にある庇護の対象たる白人女性への性的欲望を強調している。さらにその欲望の発露あるいは転移として、リンチが単なる火刑に留まらず性的暴行も伴っていたことが、穂軸による強姦に対する報復として同様のことをグッドウィンに行なったという仄めかしから推測される。白人社会の暴力性を性的なモチーフを用いて際立たせるのに加え、群集の存在も「乾燥の九月」と際立つ違いを見せる。「炎を背にして黒く、お道化る（antic）人影が見えた」（S 296）と描かれるその姿は、リンチという儀式に集いそれを祝う道化の様相を呈し、嬉々として暴行の場面を見る群衆の奇怪さを示している。性行為の性格を帯びた暴行を見つめる「黒い」男たちは、「再び具体化されたポパイたち」（Bleikasten 236）として、テンプルとレッドの性交を見て快楽を得ていた不能の「黒い男」の姿を思い起こさせる。他方、そうした男たちの視線とは対照的に、火刑の場面に直面したホレス・ベンボウは、彼自身、同様の性的暴行に巻き込まれかねない状況に陥り、辛くも危機を逃れるものの、徹底的に打ちのめされる。ここにおいてリンチという見世物を好奇のまなざしで見つめる者と忌避すべき対象に直面せざるをえない者と、二種類の観衆が示されているのである。

だがここでも、リンチが実際に行われている場面自体は描かれていない。ホレスが火刑の場にたどり着いたときには既に火は放たれており、性的暴行も終わった後で、語りの焦点がホレスに準拠している構成上、読者も暴力の場面そのものに直面するわけではない。つまりリンチの観衆に示される白人社会の精神を燃え盛る炎によって照らし出しつつも、暴力の表象という点では直接的な詳述を避け、いわばその光の影に追いやってしまっている。こうした写実的描写の省略は、煽情的な見世物に成り下がることに歯止めをかけるのと同時に、忌避すべき暴力を忘却しうる白人性を具現していると考えられ、この意味において「乾燥の九月」の構成とその性質を共にしている。以上の表象の問題を突き進めたのが、『八月の光』におけるジョー・クリスマスの死の場面であった。

4　国家・暴力・記憶　――『八月の光』

フォークナーは、その代表作の一つである『八月の光』で、南部白人社会の重層的な人種問題に取り組み、そのクライマックスにジョーのリンチを描いている。ジョーは、白人として育てられる一方、自分に黒人の血が流れているかもしれないと思いこまされ、どちらともつかない自らの出自に生涯苦しみ、加えて男らしくあることを要求する社会規範に縛られた果てに、恋人のジョアナ・バーデンを殺して逃走し、その結果リンチによる死を遂げる。この男の徹底的な内面描写の追及を通じて、フォークナーはアメリカ文学史上有数の傑作をものしたのであり、この作品については数多くの議論も積み重ねられてきた。紙幅の都合上ジョーを巡る議論を十分に展開することはできないが、ここで強調しておきたいのは、リンチの光景を示すにあたり、それまで重ねてきたジョーの描写とは対照をなす構成を取っている点である。ジョーの死に様を巡る第十九章は、ギャヴィン・スティーヴンズによるジョーの自殺的な逃走の解釈がなされた後、彼に直接手を下すパーシー・グリムの物語としてリンチを示している。その際ジョーの内面描写は一切ない。彼の行動とその死は、グリムを中心とした白人社会の視点から示されているのである。

こうした構成の意義とはいかなるものか。この点を念頭に置きながら、まずはリンチの執行者たるグリムの問題から考察していこう。ジョーの曖昧な出自にもかかわらず、グリムは他の町の住人同様、彼を「白人女性を犯し殺したニガー」とみなしており、この意味でジョーの死は人種暴力の様相を呈している。またグリムはただジョーを射殺するだけでなく、その性器を切り落とし、「さあお前はもう地獄でも白人の女に手を出せないな」（*LA* 464）と毒づく。この言動は、単に彼個人の残忍さを示すといったものでも、煽情的な暴力描写に訴えているといったものでもなく、リンチの時代において実際に起こっていた当時の現象を明確に反映している。加えて、作中に町の人々がグリムを受け入れたという記述も確かにあり、この意味でグリムの言動を、先に見た南部白人社会の人種意識の典型例とみなす読みは成立する。

しかしながら、グリムを南部の典型とみなす際に盲点となりがちな設定がある。はっきりと示されているにもかかわらず、グリムを巡る記述で看過されてきたのは、彼の帰属意識が国家に委ねられている点である。その若さゆえに第一次世界大戦で武功を挙げることができず焦燥に駆られていたグリムは、「州兵軍（the National Guard）［各州で募集され州・連邦政府によって維持される組織］に己の場を見出し、その大尉として「白人種が他のあらゆる人種より優れており、アメリカ人が他のあらゆる白人種より秀でており、アメリカの軍人があらゆる男に勝っているという信条」（451）に己を捧げていた。ここで強調しておきたいのは、彼の白人至上主義が、南部という地域ではなく、国粋主義に結びついている点である。この国粋主義的な意識に基づく言動は、すぐに町の人々に受け入れられたわけではない。ジョーが他の町から連行されてきた時点では、地元の人間と対立すらしており、「これはジェファソン〔地域〕の問題でありワシントン〔連邦政府〕のものではない」と述べるアメリカ在郷軍人会の会員に対して、「アメリカとアメリカ人の保護という目的以外に、あんたたちの会にはいったいどんな目的があるのだ」（454）と反駁している。だが奇妙に思われるのは、そのグリムが共同体に受け入れられたことを伝えるくだりである。

どういうわけか、〔大陪審という〕言葉の響きは、ひそやかに引き返せないところまで気持ちを駆り立てる高鳴りをもたらし、姿を隠して眠らずに男たちの行動を見つめる全能のまなざしのような様相を帯びていた。そのため、グリムにつき従う男たちは、自分らのごっこ遊びがさも真剣なものだと再度信じ込むに至った。その不意を突いた予測のつかない動きはあまりにも唐突で、そのため町の人々が自分の考えをそうだと意識することなく、突然グリムを受け入れていて、そこには敬意とささやかな畏怖と確固とした信念と信頼があり、どういうわけか彼の示す見通しと憂国の念と町に対する誇りが、機に先んじて、自分たちのそれより真なりといわんばかりであった。（456-67，強調引用者）

「突然」町の人々がグリムを受け入れた途端、彼の国粋主義が郷土愛にもなってしまうのだが、この時点に至るまで郷土に対する彼の誇りは明示されていない。なるほど州兵軍の職務は郷土への奉仕とも取れるし、この意味で彼の郷土愛が既に暗示されていたと想定することは確かにできる。だが彼自身の言葉から、彼にとって守るべき対象はあくまで「アメリカ人」であり、地元の住民という意識が希薄であることも十分考えられる。いずれにせよ、「突然」と唐突に述べる語り手は、この国粋主義と郷土愛の癒着に至る過程や理由を詳述することなく、「どういうわけか」という語を連ねて曖昧にするばかりなのである。

この曖昧さの理由として、リンチの執行者の白人至上主義を国粋主義に結びつけていた点に、先の投書においてリンチの問題を南部以外の存在に責任転嫁するのと同様の姿勢を見出すことは可能である。だがそのグリムが、暴力と去勢という南部的典型とされる言動を取っている点は看過できない。ここに、南部社会の共同幻想が国粋主義者の暴力において具現されたと読む向きもあるかもしれないが、わたしは南部という地域の人種問題がメディアを通じて国全体に拡大したという、同時代の歴史的文脈を強調してみたい。言い換えるなら、グリムによるリンチとは、地域に特有とされる人種表象が国家の問題へと展開したという意味での「アメリカの南部化」を象徴しているのだと読んでみたいのである。

国家と地域という二つの問題が交錯する存在としてグリムを読むならば、その視点を通じて描かれるジョーの死の場面はいかなる意義を持つのか。問題となるくだりを引こう。

彼はただそこに横たわっていた。その開かれた眼からかろうじて意識だけは残されていることがわかり、口元には何か、影のようなものがみえた。永らくの間、やすらかで、底の見えない、耐え難いまなざしで彼らを見上げていた。それから彼の顔が、身体が、全てが潰えて、内側に崩れ落ち積もり果てたかのように思われた。そして臀部と下腹部辺りの切り裂かれた下着から、止めていた息が吐き出されるかのごとく、黒い血が堰を切って溢れ出た。それは空へと駆け昇る烽火からほとばしる火花のごとく、生気を失った身体から噴き出した。その黒い噴流に乗り、男は高く高く舞い上がり、彼らの記憶の中へと登りつめ永遠へと至るかのようであった。彼らはきっとそれを忘れない。いかなる平和な渓谷にあっても、どこの古来より静かに流れ心安らぐ小川の傍らにおいても、鏡のようにきらめくどの子供たちの表情にも、彼らは古の禍事と新たにいずる希望とに思いを巡らすであろう。それはきっとそこにありつづける。もの思わしげに、穏やかに、揺るぐことなく、色あせることもなく、ことさら脅かすというのでもなく、唯それだけで清澄な、唯それだけで誇らしげな佇まいで、ありつづけるのだ。(464-65, 強調引用者)

この場面の言葉遣いが孕む曖昧さは、安易な解釈によってその意味が固定されるのを拒む。まず「黒い血」である。この血の色は、ジョーが自分の身に流れているかもしれないと悩み続けた黒人の血を否が応でも想起させる。だが同時にジョーの出自が作品の構成上決定不可能であるために、この「黒さ」は単に視覚的な色合いを示しているだけに過ぎない可能性もある。つまりこの「黒い血」は、人種的意味合いを喚起しながら同時にそれを棄却するという二重性を備えているのである。

こうした解釈の決定不可能性を孕んだ曖昧な言葉に着目し、この場面の多義性に関する批判的解釈を展開したのがジェイムズ・スニードであり、血の黒さだけでなく、代名詞の曖昧さにも注意を促している。一連の「彼ら」が指し示しているのは、まずグリムとその一味であるが、スニードに拠れば、現在・未来形と共に用いられ、記憶する「彼ら」が指し示すのは、単にその場に居合わせた男たちだけではなく、彼らが触れ回ったであろうリンチの逸話を耳にする町の白人でもあり、それを聞いてリンチの脅威に怯えるであろう黒人でもあり、さらにはリンチの表象に直面する読者をも含めうる。そして、この「彼ら」の指し示すものが曖昧であるのに応じて、「彼ら」に記憶される「それ」の意味も曖昧になっていく。直接的にはジョーの「黒い血」を指し示していたであろう「それ」、とくに誇らしげなジョーの表情を指し示しているはずの最後の「それ」に至っては、その指示内容が黒人にとっては脅威となりうる人種暴力の光景でもありうるし、町の人々の夕餉を賑わせる話題として持ち上がるリンチの話でもありうる。さらに、私刑による殺人の場面を「清澄」で「誇らしげ」な記憶として描く語り手の言葉に、読者も無批判に追従して最後の場面を称揚するのであれば、ジョーという存在の解釈不可能性に賭けられた作品の意義を損なってしまうのである（Snead 97-99）。

スニードの議論は、概ねこの場面の主要な点をおさえているのだが、その上でリンチとその表象を見るという見地から考察を推し進めたいのは、誰がこの光景を見て解釈するのかという問題である。繰り返すが、この場面はグリムを代表とする白人男性たちの視点から描かれている。彼らの眼から見れば、ジョーは「白人女性を犯し殺したニガー」以外の何者でもなく、その血の黒さもまた彼らの先入見に取り込まれて、黒人の制裁という物語の枠組みに封じ込められてしまうと想定される。殊更この可能性を指摘するのは、ジョーの「黒い血」に代表される曖昧さが、リンチを見る安全を保証されている者の解釈に屈しやすいという点を強調したいからである。この「見る者」とは、社会的に優位な立場にいる共同体の白人だけでなく、想定されていたであろう白人読者も視野に入れている。いずれにせよ、このリンチの光景における言葉遣いの曖昧さとは、解釈という暴力に対して本質的に無力といえる。なぜなら、「黒」という語は、必然的に黒人という連想を呼び起こす以上、その象徴性が人種の意味へと絡め取られてしまう危険性を拭い去ることができないのだから。

この点を踏まえた上で、リンチの陰惨な光景を鮮明に描いてその暴力性を前景化するのではなく、言葉の微妙な曖昧さに賭けた小説家の技と人種意識が吟味されるべきだとわたしは考える。ジョーの死の顚末は、町の白人にとっては夕餉の会話の話題となり、これまでにもメディアを通じて流通してきたリンチの物語同様、好奇の対象たるステロタイプとして消費される可能性はある。だが、ジョーの死の光景が孕む曖昧さは、町の人々に謎を残しており、死してもなお彼らの枠組みに収まる解釈を拒んでいることが窺われる。彼らにとって不可解なのは、ジョーが「屈服するでもなく、抵抗するでもなく」「あたかも流れに任せて自殺を行なう計画を立てていたかのようであった」（*LA* 443）ことであった。ここにはかつて隣町の住人の眼に「ニガーのようにも白人の男のようにも振る舞っていなかった」（350）と映るジョーの存在様式が反復的に暗示されており、暴力の脅威に屈する黒人のようでもなく、苦難に抗うという——養父マケッカンをはじめとする白人男性の模倣を通じて内面化された

──男らしさの規範に則るのでもなく、受動的な死を主体的に計画するかのごとき撞着語法的なふるまいこそが共同体の記憶に刻み込まれているのである。

こうした撞着語法的な主体性は、リンチという暴力を行使する者にむけられるジョーのまなざしにおいても示される。白人にも黒人にも帰属意識を持てずに苦しみ、他者からは「ニガー」というアイデンティティを強要されてきたジョーの有様は、「見られる」という受動的な様式を通じて示されてきた。だがジョアナを死に至らしめた後一週間の彷徨を経て臨死状態に陥ってから、彼は穏やかな心境に至り、「見る」主体性を確保し、自分を「見せる」存在様式を得て、人種と性を巡る苦悶から一時解放される（山内　一三六─四四）。そうした男のまなざしが「やすらか」なことは、死を前にして再び同様の自由を享受する心境に至っていることを暗示する。「彼ら」──グリムを初めとする白人男性たち──にとってそのまなざしに「底のみえない」のは、「白人女性を犯し殺したニガー」に制裁を加える白人という役割に囚われていてそれ以外の可能性を見出せないからであり、そのまなざしが「耐え難い」のは自分たちの存在基盤たる人種の範疇を根底から揺るがしているからである。さらにリンチの表象という見地からも、ジョーのまなざしは、暴力の被害者が見られる客体として物象化されていた同時代の歴史に対抗する力を秘めていると考えられる。さらには、死にゆく者のまなざしは、読者にとっても暴力の表象といかに向き合うのかという今日的な問いを投げかけているようにすら思われる。

ここにおいて、謎を秘めたまなざしを投げかける男の内面に立ち入らないことの意義が明らかになる。共同体の住人だけでなく読者に対しても彼の内面を明らかにしないことにより、解釈に抗う彼の死の不可知性を構成上支えているのである。だが注意すべきは、この語りの構成が黒人の内なる声を排除するという類型と軌を一にしている点である。しばしば指摘されるように、この時期のフォークナーは黒人の作中人物の内面描写を排した構成を採っている。ある批評家によれば、ジョーの内なる声を排した死の光景における「黒さ」も、南部社会の罪悪を黒人が贖うという「白人のための」物語の触媒となり、人種隔離政策を前提とした当時の白人優位の排他的な社会構造と白人の思想に拠る文学的表象となっている（Hale and Jackson 35-37）。

しかしながら、フォークナーはその白人中心的な黒人表象と親和的な不可知性を逆手に取り、彼岸から白人をみつめてその存在を問うジョーのまなざしを示し、暴力（の表象）を見る側の人種観に収まることを拒む記憶として提示し、未来の解釈に拓いたのではないか。リンチの克明な写実を行ない、黒人の民族的記憶を伝える黒人作家の役割については先に触れたが、フォークナーもまたリンチの問題を後世に伝えられる記憶として提示した。黒人作家との違いとは、端的に言えば彼が白人であることに由来するが、同時に想定している読者層が白人であったことも同じく重要な違いとなる。当事者意識を持ちえない白人にとって、リンチは忌避と忘却が可能な問題であり、「乾燥の九月」はその白人性を作品の構成において具現する短編であった。『サンクチュアリ』では見世物的な性格を帯びてしまう暴力の様態を示した。こうしたリンチとその表象を巡る問題を、白人の立場から突き詰めた果てに『八月の光』があり、物象化を免れて記憶されるべき光景としてジョーの死を提示するところに到達したわけである。

冒頭で言及した投書では、「リンチの時代」に生きる同時代人として、暴徒の存在を必要悪だとみなし、なくなるはずもない問題だとおそらく考えていたフォークナーは、『八月の光』においてジョーの死を決定された宿命として描いている点で、同様の意識を示していると言える。しかしながら、リンチを容認するだけの姿勢とは一線を画し、フォークナーは南部的典型を具現する国粋主義者の視点からリンチを提示し、断罪の物語にも贖罪の物語の枠組みにも収まりきることのない、アメリカ南部の歴史として記憶されるべき暴力の光景を描いた。こうした小説家のまなざしは、負の側面が次々と顕在化する今日のアメリカを見る我々にとって、示唆するところがあるのではないかと思われる。

引用文献

Bleikasten, Andre. *The Ink of Melancholy: Faulkner's Novels from* The Sound and the Fury *to* Light in August. Bloomington: Indiana UP, 1990.

Faulkner, William. *Light in August: The Corrected Text*. 1932. New York: Vintage International, 1990.

——. *Sanctuary: The Corrected Text*. 1931. New York: Vintage International, 1993.

Fredrickson, George M. *The Black Image in the White Mind: The Debate on Afro-American Character and Destiny. 1817-1914*. Middletown: Wesleyan UP, 1971.

Goldsby, Jacqueline. *A Spectacular Secret: Lynching in American Life and Literature*. Chicago: U of Chicago P, 2006.

Hale, Grace Elizabeth. *Making Whiteness: The Culture of Segregation in the South, 1890-1940*. New York: Vintage Books, 1999.

Hale, Grace Elizabeth and Robert Jackson. "'We're Trying Hard as Hell to Free Ourselves': Southern History and Race in the Making of William Faulkner's Literary Terrain." *A Companion to William Faulkner*. Ed. Richard C. Moreland. Malden, MA: Blackwell Publishing, 2007. 28-45.

Hall, Jacquelyn Dowd. "'The Mind That Burns in Each Body': Women, Rape, and Racial Violence." *Powers of Desire: The Politics of Sexuality*. Ed. Ann Snitow, Christine Stansell, and Sharon Thompson. New York: Monthly Review Press, 1983. 328-49.

Harris, Trudier. *Exorcising Blackness: Historical and Literary Lynching and Burning Rituals*. Bloomington: Indiana UP, 1984.

McMillen, Neil R. and Noel Polk. "Faulkner on Lynching." *The Faulkner Journal*. 8.1 (Fall 1992): 3-14.

Roberts, Diane. *Faulkner and Southern Womanhood*. Athens: U of Georgia P, 1994.

Snead, James A. *Figures of Division: William Faulkner's Major Novels*. New York: Methuen, 1986.

Tolnay, Stewart E. and E.M. Beck. *A Festival of Violence: An Analysis of Southern Lynchings, 1882-1930*. Urbana: U of Illinois P, 1995.

Williamson, Joel. *The Crucible of Race: Black-White Relations in the American South since Emancipation*. Oxford: Oxford UP, 1984.

山内 玲「"Neutral Grayness" ——『八月の光』の手書き草稿から読むジョー・クリスマスの男性性」『フォークナー』第九号（松柏社、二〇〇七年）一三六－四四頁。

第七章　禁酒法時代から読む「ドライ・セプテンバー」

島貫　香代子

1　はじめに

ウィリアム・フォークナー（William Faulkner, 1897-1962）が「ドライ・セプテンバー」（"Dry September," 1931）[1]の創作過程で行った改訂の一つに、題名を「乾燥」（"Drouth"）から「ドライ・セプテンバー」に変更したことがある(Crane 410-11; Millgate 262-63; Skei 83)。これまでの研究は、「ドライ・セプテンバー」という題名が実際の乾燥した気候や季節だけでなく、アメリカ南部の小さな共同体に暮らす人々の閉塞感・焦燥感・空虚感を示していることを明らかにしているが（Crane; Skei; Volpe）、本論では、題名の「ドライ」の意味を、出版当時に全米で禁酒法が施行されていたという歴史的背景から考察していきたいと思う。禁酒法ではドライは「禁酒」を、ウェットは「反禁酒（飲酒）」を意味する。このドライの意味は、この作品の題名と関連性があるのだろうか。フォークナーの晩年のエッセイ「ミシシッピ」（"Mississippi," 1954）には、「テネシー州はそのころ禁酒の時代にあった」（*ESPL* 22）[2]と一九一七年四月を振り返る場面があり、「ドライ」が「禁酒」の意味で用いられている。フォークナーの生存中はミシシッピ州で禁酒法が施行されており、「ドライ」を「禁酒」に結びつけて語るのはごく自然のことだったのではないかと考えられる。本論では、「ドライ・セプテンバー」と禁酒（禁酒法）の関連性について、ウィル・メイズに対するリンチ行為と登場人物たちの飲酒行為から検討していきたい。

2　一九三〇年前後の禁酒法とフォークナー

「ドライ・セプテンバー」が執筆・発表された一九三〇年前後は、アメリカ全土で禁酒法が施行されていた時期と重なっている。州レベルの禁酒法がメイン州を皮切りに十九世紀後半から各州で制定され始めると、一九二〇年一月に連邦レベルの禁酒法が合衆国憲法修正第十八条によって規定され、一九三三年十二月に修正第二十一条によって廃止されるまで、ほぼ十四年間続くのである。チャールズ・マーツは、その名も『ドライの十年間』という本の中で、一九二〇年代の禁酒法について詳細に語っているが、そもそもアメリカにおける禁酒をめぐる歴史は古い。植民地時代から過度の飲酒は深刻な問題であり、十九世紀前半には禁酒運動が大衆化しつつあったのである（岡本　四三）。特に、女性の禁酒運動は彼女たちの社会的地位を向上させるきっかけとなり、連邦レベルの禁酒法が施行された一九二〇年には、修正第十九条によって婦人参政権が実現している。

一九三〇年前後はまた、第一次世界大戦後の一九二〇年代の繁栄の時代（別名ジャズ・エイジ）と、一九二九年十月の株価大暴落をきっかけに始まった一九三〇年代の大恐慌の時代という両極端の時代のはざまに位置している。大恐慌がアメリカ経済を直撃すると、アメリカ国内では禁酒法廃止への動きが一気に加速した。つまり、「ドライ・セプテンバー」が執筆・発表された一九三〇年前後は、二つの時代の転換期であったと同時に、禁酒法廃止に向かう転換期でもあったのである。そして、この時期の禁酒法廃止運動にも、禁酒運動とは正反対の立場から女性が積極的に関わっていたことは興味深い。

ところが、禁酒法廃止ムードが高まりつつあった中で、アメリカ南部では禁酒法を遵守しようとする州が多かった。「ドライ・セプテンバー」の舞台であるミシシッピ州では、州法に基づき一九〇八年から一九六六年まで禁酒法が施行されており、禁酒法を廃止するのが全米で最も遅い。この州はまた、一九一八年一月に連邦レベルの禁酒法を批准した最初の州であり、絶対禁酒（bone dry）のもとで、聖餐式用のワインおよび薬用のエチルアルコールと純粋アルコールを除くウィスキーやビールの輸送、管理、所有を禁止していた（Holder and Cherpitel 303）。

しかし、禁酒法は酒類の製造、販売、輸送を禁じていながらも、購入や飲酒を禁じていないという複雑な法律であり、密造者、密輸入者、もぐり酒場など数々の腐敗を生みだすことになった。ミシシッピ州も例外ではなく、ハロルド・D・ホルダーとシェリル・J・チャーピテルによると、この州が最終的に一九六六年に禁酒法を廃止することになった主な動機は、州の収入の増加を求める声と、偽善的な禁酒法を維持し続ける州のイメージに対する懸念であったと言われている（Holder and Cherpitel 310）。ともあれ、一九三〇年前後の全米で禁酒法廃止の論争が激化しつつあったことは否めず、ミシシッピ州でも禁酒法維持に対する姿勢がそれまで以上に問われていたであろうことは想像に難くない。禁酒法以前から、この州では経済的な理由で税法違反の密造酒と深いつながりがあった。つまり、一九三〇年前後のミシシッピ州は、密造酒の製造や販売そして飲酒を日常的に行う一方で、禁酒法を遵守しようとするといった大きな矛盾を抱えていたのである。

一九三〇年前後のアメリカの社会状況と同様、この時期のフォークナーも大きな転換期にあった。彼はこの時期から『響きと怒り』（*The Sound and the Fury*, 1929）などの主要な作品を次々に発表していくのだが、彼の飲酒はこの頃から激しくなっている。たとえば、一九二八年十月にニューヨークで『響きと怒り』の最初の草稿を書き終えた後、彼はグリニッジ・ヴィレッジの滞在先で数日間何も食べずに飲み続け、床に倒れているのを友人に発見されている。フォークナーの創作活動にはアルコールが付き物であり、娘ジルは「彼は飲酒を一種のはけ口として利用していたのです。飲酒はなんらかの方法で、そしてほとんど必ずといってよいほどに、一冊の本を書き終える頃に始まりました」と述懐している（Blotner 225）。フォークナーはまた、コーネル・フランクリンと離婚したエステル・オールダムと一九二九年六月二十日に結婚している。彼とエステルの関係は結婚当初から良好ではなく、精神的緊張から二人はそれぞれ度を越した飲酒行為を繰り返すようになっていく（Blotner 245-47）。上記のエピソードは、人生の転換期にあった一九三〇年前後のフォークナーが、禁酒法の規制をよそに多量の飲酒を日常的に行っていたことを示している。

3　リンチと禁酒法の関連性

花岡は、アルコールが主題であったり、物語の展開や登場人物の形成に影響を及ぼしたりしているフォークナーの作品が意外に少ないこと、そして飲酒する人物の内面を描き出そうとする彼の作品は、連邦レベルの禁酒法が廃止される一九三三年頃までに集中していることを指摘している（花岡 二一三、二四六）。これに当てはまるフォークナーの作品で、禁酒法や密造酒を扱ったものとしては、『サンクチュアリ』（*Sanctuary*, 1931）と『八月の光』（*Light in August*, 1932）がまず挙げられるだろう。これらと「ドライ・セプテンバー」の主な共通点は、どの作品にもリンチが描かれていることである。以下では、ミシシッピ州を中心とするリンチの推移を簡単に述べてから、三作品の題材となったと言われるリンチ事件と禁酒法の関連性に言及した上で、密造酒の製造や販売そして飲酒から「ドライ・セプテンバー」のウィル・メイズに対するリンチ行為を考察していきたい。

ミシシッピ州における黒人に対するリンチの数は、いわゆる「ジム・クロウ」制度の確立によって十九世紀末にピークに達したが、一九〇〇年代の最初の十年間は平均して一年で十五件、次の十年間は平均して一年で六件に減少した（Williamson 163）。ところが、第一次世界大戦後に黒人たちが経済的・政治的変化を要求しだすと、クー・クラックス・クランの自警団的なリンチが行われるようになる。一方、第一次世界大戦後の南部では、白人女性たちが「リンチ防止を求める南部女性の会」を結成し、「自分たちが黒人男性にレイプされたことはないし、レイプされるという恐れを抱いたこともない」と主張することで、黒人のリンチに異議を唱えるイデオロギー的な運動を展開するようになる（Jones 58）。このような時期に、フォークナーはリンチの問題を扱った作品を描いたのである。

ところで、『サンクチュアリ』、『八月の光』、そして「ドライ・セプテンバー」で描かれるリンチは、一九〇八年九月八日から九日にかけてミシシッピ州オックスフォードで実際に起こった、黒人ネルス・パットンのリンチ事件との類似性が指摘されている（Blotner 32-33, 282, 301; Williamson 157-59）。パットンのリンチ事件は、黒人男性が白人女性を殺害したことに対する白人コミュニティ全体の報復行為であった。しかし、禁酒と飲酒という側面からこの事件に注目すると、パットンが密造酒の販売人(bootlegger)だった事実が浮かび上がってくるのである。ネルス・パットンとはどのような人物だったのだろうか。

ジョエル・ウィリアムソンによると、一八九〇年半ばに殺意ある脅迫暴行を行ったとして起訴されたパットンは、一九〇〇年代半ばになると違法であった密造酒販売の罪で頻繁に裁判所に出頭している（Williamson 160）。当時南部ではアルコールを取り締まる動きが活発化しており、前述したように一九〇八年一月には州レベルの禁酒法が制定されていた。一九〇六年九月から一九〇八年三月までの間、パットンは密造酒販売に関する五つの件で起訴され、二つの件に関して一五〇ドルの罰金と九十日間の懲役を言い渡されている（160）。

ウィリアムソンはまた、オックスフォードの白人たちが、パットンが黒人であることに対する不安、自らの性的・道徳的堕落に対する恐れ、そして飲酒（しかも密造酒）に対する罪の意識が入り混じった感情を抱いていたことを指摘している（160-62）。パットンが密造酒を販売し、殺害時に酔っぱらっていたことは、町の人々に嫌悪感を与えたにちがいない。つまり、彼らは白人女性を殺した酔っぱらいの密売人であるパットンを非難することで（すなわち彼にリンチの制裁を加えることで）自らの不安、恐れ、罪悪感を解消し、禁酒法下の白人の支配と社会秩序を保とうとしたと考えられる。パットンに対するリンチには、人種的・性的要因に加えて、彼の密造酒の販売と飲酒の問題が関係しているのである。

そこで、パットン事件を参考に、密造酒の製造や販売そして飲酒から「ドライ・セプテンバー」のウィル・メイズに対するリンチを考察してみたい。その際、『サンクチュアリ』と『八月の光』でリンチを受けたリー・グッドウィンとジョー・クリスマスが、前者は白人で後者は白人か黒人か不明瞭であるものの、両者とも密造酒に関わっていたことも見逃せない。一般的にすべてのリンチにアルコールが関係しているとは限らないが、パットン事件、『サンクチュアリ』、そして『八月の光』のリンチの被害者がすべて密造酒に関係しているならば、ウィルにもその可能性があるのではないだろうか。

パットン事件が一九〇八年九月に起こったことに鑑みて、「ドライ・セプテンバー」という題名に「禁酒法時代の九月にミシシッピ州ジェファソンで起こったリンチ事件」という意味合いが含まれていると考えても、それほど無理はないように思われる。

ところが、「ドライ・セプテンバー」のテクストを確認すると、ウィル・メイズが密造酒を製造・販売したり、飲酒したりする描写は見当たらない。そして、ウィルに関する町の評判は、床屋のヘンリー・ホークショーからしか得ることができない。しかし、「ウィル・メイズがそんなことをしたとは、どうしても信じられないんですよ。［中略］私はあいつをよく知ってますからね」（CS 169）、「お前さんがたも私と同様、この町ほど善良な黒人ばかりいるところはほかのどこにもないことを、よく知ってるじゃないですか」（176）とウィルを擁護する彼の言葉は、信頼性・説得力に欠けている。それは、どういう経緯で彼を知っているのか、なぜ彼が善良な黒人だと言えるのか、といった根拠が不明瞭だからである。一方、テクストから得られるウィルに関する確かな情報は、彼がジェファソンのはずれにある製氷工場で夜番として働いているということだけである。そして、彼が町の外にある廃用になった煉瓦焼き窯でリンチを受けて殺されたことも、テクストには直接描かれていないが、ほぼ間違いないだろう。そこで、以下ではこれらの場所の特徴を検討していきたい。

最初に、ウィルが働く製氷工場について考えてみたい。

わだちの跡のついた小道が街道と直角に走っていた。砂埃はその小道の上にも、またそのあたり一帯にも立ちこめていた。黒人のメイズが夜番をつとめている製氷工場の黒い大きな建物が、空にそびえ立っていた。「ここらで止めたらいいんじゃないか」と兵隊だった男が言った。マクレンドンは答えなかった。彼はひとしきり車を飛ばしてから急に止めた。ヘッドライトが白壁をまぶしく照らし出した。(176)

ウィルの仕事で特筆すべきは、それが夜勤だということである。彼の日中の行動はテクストからは分からない。しかも製氷工場では、実際に氷を作るのではなく、見張り番をしているのである。ここからまず推測されるのは、夜になるとこの町外れで密造酒の製造が行われていて、彼がその場所を見張っているのではないかということである。そして、日中に密造酒を販売する。この薄暗い製氷工場の壁には窓がついていない。工場は閉ざされた空間であり、密造には適した場所であると言えよう。なお、密造酒をムーンシャイン (moonshine) と言うが、これは「発覚を恐れて薄暗い月明かりの下で製造されたため」にそのように呼ばれていた (岡本 二六三)。先の引用部分を含む「ドライ・セプテンバー」の第三セクションには、「二倍の大きさにふくらんだ月」(CS 175) や「青白い出血の色をした月の光」(177) といった月に関する描写が見られるが、これらの月のイメージは、ウィルに対するリンチと密造酒の両方を示唆しているように思われる。

さらに、製氷工場がビールなどの醸造所とともにしばしば運営されていたことを考えると (Siebel 210)、ウィルを密造酒と結びつけて考えてみるのも、あながち的外れとは言えないのではないだろうか。禁酒法時代には、アルコール度〇・五パーセント未満の酒類を製造することが合法だったため、ビール醸造業者はまず普通のビールを製造し、出荷するときにそれを薄めて販売していた。これらは「ビールに近いもの」という意味で、「ニアビア」または「ニア・ビール」と呼ばれていた。しかし多くの場合、普通のビールが「ニアビア」を製造する途中のものだと偽って取引されていたのである。工場では専門の見張りを配置し、取締官がいない隙を見計らって違法ビールを積んだトラックを発進させていた（岡本 二五九、小田 一〇四）。つまり、ウィルは製氷工場で密造酒の製造や輸送を滞りなく行うための夜番をしていたのではないかと考えられる。

次に、ウィルに対するリンチが行われたであろう廃用になった煉瓦焼き窯について考えてみたい。

まもなくマクレンドンは一本の細い路へと入っていった。人の往来がないために凸凹していた。それは、廃用になった煉瓦焼き窯——赤みがかった土の山と、雑草や蔓草で蔽いつくされた底のない大桶が、いくつも立ち並んでいる場所に通じる路だった。かつては放牧場に使われたこともあるが、ある日、騾馬が一頭見えなくなった。持ち主は、長い棒で大桶の中を念入りにつついてみたが、大桶の底さえ発見できなかった。（CS 179）

町の外にある廃れた焼き窯と道の様子は、密造酒を製造したり販売したりする場所とそこに至る道を思わせる。たとえば『サンクチュアリ』の密造酒グループの隠れ家は、フレンチマンズ・ベンドの近くにあるプランテーションの廃墟オールド・フレンチマン屋敷であるし、『八月の光』の男たちが、町から二マイル離れたジョアナ・バーデンの古い農園屋敷の背後の森で、クリスマスからウィスキーを買うのも、禁酒法の取り締まりを恐れてのことだろう。

小田は、「密造所はどこにでもあった。村にも市内にも。離れた農場や木々の生えた山岳地帯にかくれて、また、倉庫の中、住居の地下やアパートの居間という、ファミリーサイズもあった。ドラッグ・ストアの奥の部屋に設けられたものは、さしずめ最前線基地ということになろうか」（小田 一〇二）と述べている。焼き窯は蒸溜酒の製造に必要な加熱用の釜を連想させるし、周囲の牧草地は草木が生い茂って、密造酒の取引に適当な場所となっているのではないだろうか。そして、リンチの後、ウィルは底の見えない大桶（"vat"）に放り込まれたと考えられる。この大桶は煉瓦を製造するときに赤土と水を混ぜるのに使われたのだろうが、密造酒の製造においては発酵槽を意味し、マッシュ（ビールやウィスキーなどの原料）を発酵させるための容器として使われていた（Maurer 118, 127）。以上のことから、ウィルが働く場所とリンチを受けたであろう場所は、彼と密造酒の関連性を示唆しているように思われる。

4　登場人物たちの飲酒

『サンクチュアリ』と『八月の光』では密造酒の製造や販売そして飲酒が様々な場面で描かれているが、「ドライ・セプテンバー」ではミニー・クーパーと銀行の支配人のウィスキーのにおいがわずかに漂うだけである。『サンクチュアリ』と『八月の光』が禁酒法を強く意識した物語展開であるのに対して、「ドライ・セプテンバー」に出てくるウィスキーが密造酒であろうことは、読者によって意識されることがほとんどないように思われる。にもかかわらず、テクストを詳細に検討すれば、そのウィスキーは密造酒であることが示唆されているのがわかる。

それでは最初に、「ドライ・セプテンバー」のテクストに見られるウィル・メイズの飲酒の可能性を探ってみたい。ウィルを捕らえにきた男たちは、車に乗り込む前にウィルの息や汗臭い体臭を嗅ぎ取っている。そして、ウィルを乗せた車がリンチの場所へ向かう途中、彼のとなりに座っていた兵隊だった男が、彼のことを「こいつ、なんて臭せえんだ!」(CS 178) とののしっている。しかし、これらは「黒人は不快なにおいがする」という典型的な人種差別的表現であり、彼の息と体臭が飲酒を示唆しているようには見えない。また、「あっしはなんにもしやしねえんで」(177-78) と言い続けるウィルにも酔っぱらっている様子が見えない。よって、パットンの場合とは違って、リンチの時点でウィルが飲酒していたとは考えにくいだろう。

一方、物語の第一セクションの冒頭部分で床屋の客たちを描写するにあたり、フォークナーは「すえたポマードとローション」や「すえた息と体臭」(169) といった嗅覚的な表現を用いている。『オックスフォード英語辞典』によれば、「すえた (stale)」はもともと「長い年月を通して透明になった、強いアルコール性のビールの特徴を述べる用語」であり、ビールが熟成した状態を意味していた。よって、ウィルの場合とは違って、客たちの息と体臭には、いくらかアルコールのにおいがあるのではないかと思われる。

床屋と密造酒の関係については、『八月の光』で、バイロン・バンチがジョー・クリスマスとジョー・ブラウンのことをゲイル・ハイタワーに説明する場面から考えてみたい。

彼らはうまくやっていたようです。あそこを根城にして、隠し場にして、ウィスキーを売っていてね。[中略] ウィスキーを彼らがどこで手に入れたか、見当がつかないわけじゃないんです。というのはブラウンが工場をやめて仕事を求めて新車を乗り回しはじめてから二週間もしたころ、ある土曜の晩に町で酔っぱらって、床屋にいる連中に威張って話したんです。[中略] そこへクリスマスが足早に入ってきて、彼のそばに行き、彼を椅子から突き落したんです。そしてクリスマスは、陽気でも怒っているでもない静かな声で言ったんです。「おまえ、このジェファソンのヘアトニックをあまり飲まないほうが利口だぜ。頭にくるからな。気がついた時はミックチになってるぜ」(*LA* 79-80)

この場面では床屋という場所が効果的に使われている。ヒュー・M・ルパスバーグによると、禁酒法時代の「ヘアトニック」は密造ウィスキーのことであり、クリスマスはこれを密造酒と頭につける養毛剤の両方の意味に用いている（Ruppersburg 83）。つまりクリスマスは、密造酒がブラウンの思考に影響し、養毛剤によって彼の口に毛が生えてくる（hairlip）と言っているのであり、黙らなければ彼が口唇裂《ミツクチ》（harelip）になると脅しているのである（83）。この場面は、床屋が飲酒や密造酒の取引の場として機能していたことや、客たちの飲酒を示していると考えられる。とすれば、床屋のホークショーが「ウィルを知っている」のは、二人の間で密造酒のやりとりが行われていたからではないかとも推測できるのである。

ところで、この作品で実際にウィスキーが登場するのは第二セクションの二か所のみである。一か所目は、銀行の支配人が漂わせるウィスキーのにおいである。ミニーは二十代後半にこの四十歳くらいの男やもめと親密な関係になる。

やがて町の人々は、日曜の午後に、銀行の支配人といっしょに車に乗って出かける彼女［ミニー］の姿を見かけはじめた。やもめ暮らしをしている四十歳前後の男で、いつも床屋かウィスキーのにおいをかすかに漂わせている、血色がいい男だった。この町で最初に自家用車——赤い色のロードスターを手に入れたのがこの男であり、この町ではじめてドライブ用の帽子とヴェールを用いたのがミニーだった。（CS 174）

男は一九二〇年代のジャズ・エイジを彷彿とさせる享楽的な人物である。彼が「血色がいい」のは、おそらくウィスキーの影響があるのだろう。彼の身体から床屋またはウィスキーのにおいが絶えないのは、彼がいつも飲酒していることを示している。そして、この引用部分から連想されるのは、第一セクションの舞台が床屋だったことである。前述したように、そこにいる客たちは「すえたポマードとローション」や「すえた息と体臭」(169)のにおいを漂わせている。床屋にいるこの男からも、他の客たちのように「すえた」におい、すなわちアルコールのにおいがするのだろう。この男と床屋の関係を示す上記の引用部分は、彼と密造酒の関係を示唆しているように思われる。

二か所目は、ミニーがたしなむウィスキーである。テネシー州メンフィスの銀行に転任後、男は毎年クリスマスの時期に一日だけジェファソンに帰ってきて、独身パーティに参加する。ミシシッピ州のこの地域では社交上のつきあい酒は存在せず、アルコールは密売人から手に入れてひそかに消費されていたが(Blotner 226)、このパーティではおそらく当時流行していたカクテル・パーティのようにアルコールがふるまわれたのであろう。

近所の人々は、カーテンの後ろから一行が通り過ぎていくのをそっと見送ると、クリスマスのしきたりで近所同士が訪問しあう際に、彼［支配人］はとても健康そうに見えたとか、メンフィスでは成功しているそうだとか、彼の噂話をしながら、ひそかに眼を輝かせて、彼女［ミニー］のやつれた晴れやかな顔を見まもるのだった。たいていその時刻になると、彼女の息にはウィスキーのにおいがした。そのウィスキーを彼女にくれるのは、ソーダ・ファウンテンの若い店員だった。「そうさ。おれはあのばあさんのために買ってやっている。あの人だって、すこしは面白い目を見たっていいだろうからな」(CS 175)

ここで注目したいのは、ソーダ・ファウンテンで働く若者が彼女にウィスキーをご馳走している点である。この若者は憐憫の情から彼女にウィスキーをご馳走するのだろうが、そもそも禁酒法時代のソーダ・ファウンテンにウィスキーが置いてあったのだろうか。そこで、ソーダ・ファウンテンという場所について、まずは確認しておきたい。

「ドライ・セプテンバー」の第二セクションの最後には、ミニーの若い「いとこたち」がボーイ・フレンドたちとソーダ・ファウンテンにいる場面がある。

毎日午後になると、彼女［ミニー］は新しいドレスを着て、一人で下町へ出かけていくのだが、絹のようにすべすべしたかわいらしい頭と、ぎこちないほっそりとした腕をもち、腰のあたりを意識するようになった「いとこたち」が、日暮れに近い頃、お互いに寄りそったり、ソーダ・ファウンテンの店の中でボーイ・フレンドと二人ずつ組になって甲高い声をあげて、くすくす笑ったりしながらすでに散歩していた。(175)

ソーダ・ファウンテンのカウンターでは、清涼飲料、アイスクリーム、軽食などが売られていた。ここはまた、若い女性が町の人々のゴシップを心配せずに付添いの男性と立ち寄ることができる数少ない場所であった。ジェファソンのような小さな町にあっては、町の中心部にあるソーダ・ファウンテンが教会の次に重要な社交場であり、様々な年齢と階級の人々が集う場所となっていたのである(Funderburg 101-102)。

また、ソーダ・ファウンテンの多くは薬品、化粧品、タバコ、本などの雑貨を売るドラッグ・ストアの中にあった。アン・クーパー・ファンダーバーグは、街角のドラッグ・ストアが禁酒法時代に普及した理由として、新しい顧客たちがソーダ・ファウンテンをひいきにするようになったこと、そして合法的にアルコールを購入できる場所がドラッグ・ストアの処方箋受付だけだったことを挙げている(Funderburg 123)。禁酒法時代にはバーが閉鎖されたため、ソーダ・ファウンテンは人々の空虚感・喪失感を満たす役目を果たすようになっていた。また、禁酒法(ヴォルステッド法六項)には、「医師の処方箋をもらった患者は、ドラッグ・ストアから医療用アルコールを受け取る」(小田　九八)という規定があった。その結果、前述したとおり、禁酒法時代にはドラッグ・ストアが密造所の一つとして発展していくのである。このような事情から、ミニーはソーダ・ファウンテンの若い店員からウイスキーをご馳走してもらうことができたと言えるだろう。

ミニーは、男が自分から去って行った寂しさや孤独感をまぎらわすためにウィスキーを飲んでいると考えられるが、彼女の性的魅力の喪失感をまぎらわすためにレイプの犯人にされたと考えられるのがウィル・メイズである。彼女がウィルを選んだ理由はテクストからは分からないが、彼が密造酒の販売人ならば、ホークショーと同様、彼女は密造ウィスキーを通じて彼を知っていたのではないだろうか。彼女とかつて親密だった男は常に飲酒していたし、彼女がクリスマスの時期以外においても飲酒している可能性は高い。つまりミニーは、ウィスキーを飲む男を密売人のウィルに重ね合わせ、ウィルを苦境（リンチ）に追い込むことで、彼女から離れていった男に間接的に復讐したのではないかとも考えられるのである。そして、ミニーがウィルにレイプされたという噂が町に拡がった背景には、パットン事件のように、禁酒法下の白人の支配と社会秩序を保とうとするジェファソンの人々の思惑がからんでいるようにも思われてくるのである。

しかし、そもそもミニーの言動全般には、彼女が帰属するアメリカ南部社会への反抗心が見え隠れしており、先に述べたジェファソンの人々の思惑とは一線を画しているように思われる。たとえば、物語の十二年前には銀行の支配人と親密になって世間を困惑させているし、彼女がウィルをレイプの犯人に仕立て上げたのは、アン・グッドウィン・ジョーンズが指摘するように、「リンチ防止を求める南部女性の会」への挑戦であるとも考えられるだろう（Jones 58）。また、当然ながらミニーの飲酒行為も禁酒法に逆らったものであるが、これは当時の禁酒法廃止運動やフェミニズム運動に参加するといった社会的・政治的活動につながるものではなかった。彼女の飲酒は、自分の人生にやるせない憤りを感じていることのあらわれであり、時代の流れや狭い共同体に適応しきれず、保守的にも革新的にもなれないアンビヴァレントな状況に置かれた彼女の無力感を埋め合わせるためのものであったと言えるだろう。

5　おわりに

本論では、「ドライ・セプテンバー」のウィル・メイズに対するリンチ行為と登場人物たちの飲酒行為を、禁酒法が施行されていた歴史的背景から検討してきた。その結果、直接的でないにせよ、この作品には禁酒法時代の影響が見られることがわかった。「ドライ」を「禁酒（禁酒法）」としてとらえ直してみると、この作品には、乾燥した気候・季節や、アメリカ南部の小さな共同体の閉塞感・焦燥感・空虚感が描かれているだけではなく、一九三〇年前後の時代の転換期においてアメリカ南部社会が抱えていた矛盾や問題が示されていると言えるだろう。つまり、密造酒の製造や販売そして飲酒を日常的に行う一方で禁酒法を維持しようとする矛盾や、禁酒法を盾にリンチを正当化しようとするコミュニティの問題が、この作品を通して浮き彫りになってくるのである。そして、ミシシッピ州で禁酒法を廃止するのに、その後三十年以上の月日を要していることからも、この矛盾や問題の解決がいかに容易ではなかったかがうかがえるのである。さらに、この州が禁酒法を廃止するにいたった時期が、一九六〇年代にアメリカ全土で激化した公民権運動やその他の社会改革の時期と重なっているのも、決して無関係ではないように思われる。

注

（1）この作品の題名の日本語訳としては、一般的に「乾いた九月」や「乾燥の九月」が用いられているが、本論では内容を考慮して、原題を「ドライ・セプテンバー」とカタカナ表記にした。

（2）フォークナー作品の日本語訳としては、「ドライ・セプテンバー」は西川正身訳（筑摩書房）、『八月の光』は加島祥造訳（新潮社）、「ミシシッピ」は西川正身訳（筑摩書房）を使わせて頂いたが、一部変更した。

引用文献

Blotner, Joseph. *Faulkner: A Biography*. 1 vol. Jackson: UP of Mississippi, 2005.

Crane, John K. "But the Days Grow Short: A Reinterpretation of Faulkner's 'Dry September.'" *Twentieth Century Literature* 31.4 (Winter 1985): 410-20.

Faulkner, William. *Collected Stories of William Faulkner*. New York: Vintage International, 1995.

——. *Essays, Speeches & Letters*. Ed. James B. Meriwether. New York: Random House, 1965. Rev. ed. New York: Modern Library, 2004.

——. *Light in August*. New York: Vintage International, 1990.

——. *Sanctuary*. New York: Vintage International, 1993.

Funderburg, Anne Cooper. *Sundae Best: A History of Soda Fountains*. Bowling Green, Ohio: Bowling Green State U Popular P,

2002.
Holder, Harold D. and Cheryl J. Cherpitel. "The End of U.S. Prohibition: A Case Study of Mississippi." *Contemporary Drug Problems* 23.2 (Summer 1996): 301-30.
Jones, Anne Goodwin. "'Like a Virgin': Faulkner, Sexual Cultures, and the Romance of Resistance." *Faulkner in Cultural Context: Faulkner and Yoknapatawpha, 1995*. Ed. Donald M. Kartiganer and Ann J. Abadie. Jackson: UP of Mississippi, 1997. 39-74.
Maurer, David W. *Kentucky Moonshine*. Lexington: UP of Kentucky, 1974.
Merz, Charles. *The Dry Decade*. New York: Doubleday, 1931.
Millgate, Michael. *The Achievement of William Faulkner*. Athens: U of Georgia P, 1989.
Ruppersburg, Hugh M. *Reading Faulkner*: Light in August. Jackson: UP of Mississippi, 1994.
Siebel, John Ewald. *Compend of Mechanical Refrigeration: A Comprehensive Digest of Applied Energetics and Thermodynamics*. 5th ed. Charleston: BiblioLife, LLC, 2009.
Skei, Hans H. *Reading Faulkner's Best Short Stories*. Columbia: U of South Carolina P, 1999.
Volpe, Edmond L. *A Reader's Guide to William Faulkner: The Short Stories*. Syracuse: Syracuse UP, 2004.
Williamson, Joel. *William Faulkner and Southern History*. New York: Oxford UP, 1993.
岡本勝『アメリカ禁酒運動の軌跡』（ミネルヴァ書房、一九九四年）。
小田基『禁酒法のアメリカ――アル・カポネを英雄にしたアメリカン・ドリームとはなにか――』（ＰＨＰ研究所、一九八四年）。
花岡秀「ウィリアム・フォークナー」『酔いどれアメリカ文学――アルコール文学文化論――』（英宝社、一九九九年）、二〇三―五三頁。

第八章　原罪から逃避するニック・アダムズ
──「最後のすばらしい場所」と楽園の悪夢

高野　泰志

1　はじめに

「最後のすばらしい場所」("The Last Good Country," 1972)は、アーネスト・ヘミングウェイ(Ernest Hemingway, 1899-1961)が最晩年になって断続的に書き続けたもの[1]の、未完成のまま放棄された長編小説の原稿であり、死後に編集者の手によって「短編」として出版された。ヘミングウェイはニック・アダムズという半自伝的登場人物を主人公にした一連の短編群を書いているが、この作品もニック・アダムズもののひとつとして構想され、ヘミングウェイが実際に経験したアオサギ事件を虚構化して描いている。アオサギ事件とはヘミングウェイが十六歳の頃、狩猟法で禁じられているアオサギを撃ち殺してしまい、そのことで狩猟管理官に追われることになった事件のことである。

ヘミングウェイ家は毎年夏の間はミシガンのワルーン湖畔の別荘ウィンデミアで過ごしていたが、ヘミングウェイが十六歳になった誕生日に妹サニーをつれてボートをこいでいるとき、飛び立ったアオサギを反射的にライフルで撃ち落としてしまう。その後アオサギをボートに残したまま、ふたりはピクニックに出かけるが、その間に狩猟管理官の息子がアオサギを発見し、ヘミングウェイを問い詰める。ヘミングウェイはアオサギを「もらったものだ」と説明するが、狩猟管理官の息子は父親に事件を報告する。間もなくふたりの管理官がウィンデミアを訪れ、母グレイスにヘミングウェイの所在を尋ねる。それに対してグレイスは息子を守るためにショットガンを持ち出してふたりを追い返すのである。その後ヘミングウェイはホートン・ベイでホテルと雑貨屋を経営するディルワース家のもとに逃げ込み、さらにアイアントンに夏の間滞在している叔父のジョージのところまで逃亡する。その後オークパークの父親から手紙で勧められるとおり、ボイン・シティの裁判所で罰金を支払い、この事件は一応の決着を見る[2]。

作品ではアオサギが鹿に変更されており、さらにニックひとりではなく、妹のリトレスとふたりで狩猟管理官に追われて処女林に逃げ込み、そこで近親相姦的な関係をにおわせる生活を送るように変更されている。従来の研究は、このニックとリトレスのふたりきりの生活をヘミングウェイの楽園願望の表れと見なし、極めてファンタジー的要素の強い作品として考えてきた。また多くの研究者が、展開が空想的で子供じみており、晩年のヘミングウェイの創作力の衰えを示す好例であると考えてきた。しかしこのような解釈には大きな問題がある。なぜならニックとリトレスは、作品のタイトルにも用いられている「最後のすばらしい場所」にはとどまらず、さらにその先へと逃亡を続けるからである。またふたりがその先で築き上げるキャンプは、常に脅威にさらされ続けるという点で、楽園が当然持つはずの安心と落ち着きを著しく欠いている。物語は決して空想的な楽園を築くところで終わってはいないのである。

文明の及ばない未開の荒野に逃亡し、そこに楽園を築くという物語の枠組み自体は、ジェイムズ・フェニモア・クーパー（James Fenimore Cooper, 1789-1851）のレザーストッキング・テイルズ（The Leatherstocking Tales）やマーク・トウェイン（Mark Twain, 1835-1910）の『ハックルベリー・フィンの冒険』（*Adventures of Huckleberry Finn*, 1884）などに見られるように、アメリカ文学で伝統的に用いられてきたものである。[3] また当時ヘミングウェイは四〇年代後半からフランスを舞台にしたもうひとつの楽園物語『エデンの園』（*The Garden of Eden*, 1986）を断続的に書き進めていたことからも分かるように、「楽園」の追求が五〇年代のヘミングウェイの中心的な主題であったことは確かである。しかしヘミングウェイの描く楽園はアメリカの伝統的主題である荒野のエデンのモチーフとは大きく特徴が異なっている。そのもっとも大きな原因は、ヘミングウェイが一九二〇年代にカトリックに改宗していたことである。[4] 荒野をエデンと見なし、そこに無垢の楽園を夢見るのは、ヨーロッパの宗教的腐敗から逃れたピューリタン的世界観の表れであったが、ヘミングウェイの楽園はこの伝統を意識しながらも、カトリック作家として根本的に異なった楽園を夢見ていたのである。

これまでヘミングウェイのカトリック信仰自体が軽視されてきたために、ヘミングウェイ作品に現れるさまざまなキリスト教への言及にはほとんど注意が払われてこなかった。ヘミングウェイの長編小説のほぼすべてがカトリックへの信仰に言及しており、ニック・アダムズもいくつかの作品でカトリック信者であることが示唆されている。「最後のすばらしい場所」もまた、その宗教性に着目した研究は皆無に等しいが、実はほとんど宗教小説と言ってもいいくらい、宗教教義が重要なモチーフとなった作品である。本論では、ピューリタニズムとカトリシズムの「原罪」概念の違いを軸に検討することで、この作品がこれまで考えられてきたようなノスタルジックな楽園願望を描いた作品ではなく、ヘミングウェイが自分のたどってきた信仰の変遷を描き出した作品であることを明らかにする。その上で晩年のヘミングウェイが描くミシガン時代の「楽園」が、ヘミングウェイの思想的基盤であった「伝道の書」の世界観のように、虚無と不在に囲まれた場所であることを明らかにする。

2　ニックの原罪

「最後のすばらしい場所」には、回想場面でパッカードとニックの間に交わされる奇妙な会話が描かれる。

ニック・アダムズが自分には原罪があると言ったのが理由で、ミスター・ジョンはニックのことが好きだった。ニックにはどういう意味なのか分からなかったが、誇らしくはあった。

「お前さんにも悔い改めなきゃいけないことが出てくるだろう」ミスター・ジョンはニックに話した。

「それが一番いいことなんだよ。いつだって悔い改めるかどうか自分で決められるんだから。でも肝心なのはそういう経験をするってことなんだ」

「悪いことなんてしたくないよ」とニックは言った。

「私だってしてほしくはないさ」ミスター・ジョンは言った。「でもお前さんは生きているし、そうすればいろんなことが起こるだろうからね。嘘をついてはいけないし、盗みを働いてもいけない。誰だって嘘をつかなきゃいけないことはある。でもお前さんが絶対に嘘をつかない相手をひとり見つけておくことだ」(NAS 100)

本作品のみならず、ヘミングウェイ作品において「原罪」という言葉が用いられるのはここだけである。「原罪」はそもそもカトリック、プロテスタントを問わず、キリスト教会全般で用いられる概念であるが、後に触れるようにカトリック教徒にとってはそれほど重い意味を帯びていない。カトリック作家ヘミングウェイがこれまで「原罪」という言葉を使わなかったのは、自らの信仰の中で重要な意味を帯びていなかったのかもしれない。しかしながらカトリック改宗以前の頃の自伝的モチーフを作品化するに当たって、「原罪」という概念を持ちだしたのは、非常に注目に値する。もちろんここでニックが言う「原罪」はプロテスタント教義における概念であるはずであり、またカトリックに改宗したヘミングウェイの理解する「原罪」概念なのである。そういう意味で、この作品は複数の宗教教義の交差する複雑な物語であり、ヘミングウェイがカトリック改宗にいたった大きな鍵が潜んでいるのである。

これまでこの作品で言及される「原罪」に関して、最も深く考察しているのはマーク・スピルカである。スピルカは「原罪」を「しなければ後悔するであろうことをし、それをしたことによってトラブルに巻き込まれること」(Spilka, "Original Sin" 215) と定義し、ニックの女性関係や狩猟法の違反を主要な「原罪」として考察を進めていく。しかし本来「原罪」とは個人が犯したり犯さなかったりする個々の罪のことを指しているのではないはずである。もちろん「原罪」は全人類に受け継がれるものであり、特定の個人に「原罪がある」と表現していること自体が矛盾なのだから、ニックが神学的に正確な概念を理解しているわけでないことは明らかである。しかしここではたんに「罪」というのではなく「原罪」と表現している点こそが重要なのである。

ここで改めて正統派カルヴァン主義の「原罪」概念を確認しておきたい。カルヴァンは『キリスト教綱要』の非常に頻繁に引用される箇所で「原罪」を以下のように定義している。

すなわち、「原罪とは我々の本性の遺伝的歪曲また腐敗であって、魂の全ての部分に拡がっており、これが第一に我々を神の怒りを受くべき者とし、次に我々の内に聖書が肉の行い (ガラテヤ五:一九) と呼ぶ業を齎《もたら》すものである」と我々は見る。これがパウロによってしばしば「原罪の「原」を取って」「罪」

と呼ばれているものである。ここから生じる行い、例えば、姦淫、放蕩、盗み、憎しみ、殺人、宴楽のことをパウロは、この理由によって「罪の実」と呼ぶが、聖書の多くの箇所とともに、これらを実に「罪」とも呼ぶ。（カルヴァン　二七三）

カルヴァンによれば人はアダムの堕落以来、遺伝的に「原罪」という悪徳を受け継いでおり、このことだけで我々は神の怒りを受けて当然の存在であるとしている。そしてその「原罪」が根本的な原因となって、人はさまざまな個別の「罪」を犯しやすいことが指摘される。この個々の「罪」は「原罪」とははっきりと区別されるべきものであり、「肉の行い」や「罪の実」とも呼ばれているように、「原罪」からの派生物である。このことはとりわけニックとリトレスにはうまく当てはまる。物語冒頭で「彼女とニックは愛し合っていたし、他の誰も愛していなかった。家族の他の人たちのことをいつも他人だと思っていた」（NAS 71）と書かれているように、ふたりは家族の他のメンバーとは一線を画していることが述べられているが、その具体的な相違点は後にリトレスが言うように、彼らの犯罪的傾向のことである（「あなたも私も犯罪を犯しやすいのよ、ニッキー。私たちは他の人たちとは違うのよ」［116］）。カルヴァンの言うように人が罪を犯しやすいのが「原罪」のためであるとすると、罪を犯しやすいことを自覚しているニックが発言する「自分には原罪がある」というセリフは、「悪いことなんてしたくない」にも関わらず、社会的には罪と見なされることをしてしまう反社会性のことを指して言っていると考えられる。

そう考えるとカルヴァンの定義に列挙される、原罪から派生した罪の例、「姦淫、放蕩、盗み、憎しみ、殺人、宴楽〔飲酒〕」のほとんどすべてをニックとリトレスが犯していることは示唆的である。ニックはネイティヴ・アメリカンの少女トルーディとセックスをし、妊娠させた過去を持つ[5]という点で姦淫・放蕩（婚姻外の性交渉）の罪を犯しているし、作中でにおわされている近親相姦的な欲望がもし実現されれば[6]、さらに重大な「姦淫」の罪を犯すことになるだろう。またリトレスは狩猟管理官からウィスキーを盗み出し（「昨日の晩ウィスキーを盗み出したとき、道徳的に堕落したんじゃないかと思うの」〔114〕）、狩猟管理官とその息子に対する憎しみはふたりが共有している感情であり、いずれ狩猟管理官の息子を殺してしまうことをニックは予感し（「彼女〔リトレス〕のいるところでそのこと〔殺人〕を考えてはいけない。彼女はお前の妹で愛し合っているんだから、きっと気づかれてしまう」〔131〕）、ニックはリトレスの盗んできたウィスキーを飲む。つまりピューリタニズムで一般に罪と見なされるほとんどをふたりは犯していることになる。そしてニックはこれらの罪に関して罪の意識を感じていない。おそらくは自分で罪だと思っていないことをしながら、それが社会的に罪と見なされるために、ニックはこの社会との認識のズレを「原罪」の有無で理解しようとしているのである。

もちろんニックもヘミングウェイもカルヴァンの著作を直接読んでいたことはなかっただろうが、正統派ピューリタニズムの教義に従って宗教教育を行っていた父親を経由して、ヘミングウェイ／ニックはカルヴァン主義の罪の概念を吸収していたはずである。しかしパッカードはニックの宗教的な罪の意識を理解しているから「原罪」のことを持ち出したわけではない。先の引用で「悔い改めるかどうか自分で決められる」と言っていることからも明らかなように、パッカードは善悪の区別自体にそれほど厳格ではない。むしろまったく信仰を持たないパッカードが「原罪」があるというニックを気に入ったのは、ニックの社会的慣習に対する反発のためであり、とりわけセックスのことに関してである。罪の実を食べた結果、アダムとイブが性に目覚めたことを指して、パッカードはニックの「原罪」意識を冗談の種にしているのである。

パッカードは文化も宗教も信じないが、セックスは非常に重要であると感じている。「彼［パッカード］は伝道集会や信仰復興集会には出たことがあったが、シャトーカ［夏期に開かれる文化教育集会］には行ったことがなかった。伝道集会や信仰復興集会だってひどいもんだが、少なくとも会が終わってから興奮しきった連中の間で性行為が行われる」（99）と言っていることからも分かるように、パッカードにとって重要なのは文化でも宗教でもなく、集会が終わった後にあるかもしれない「性行為」の方である。(7) 出版されたテクストから削除された部分で、パッカードはニックにセックスに関する注意を手ほどきする。

「何でもかんでも話してほしいなんて言ってるんじゃないんだ」ミスター・ジョンは言った。「マスをかくことなんかをね」

「マスなんかかかないよ」ニックは彼に話した。「女とやるだけさ」

「それが一番簡単な言い方だな」ミスター・ジョンは言った。「だが必要以上にやるんじゃないぞ」

「分かってる。初めての時が若すぎたんだと思う[8]」

「私も初めての時は若かったよ」ミスター・ジョンは言った。「でも酔っぱらってるときはしたらだめだ。それに終わったら必ず小便をして、石鹸と水で身体をよく洗うことだ」

「はい」ニックは言った。「最近はそんなにやっかいごとを起こしてないよ」(qtd. in Spilka, "Original Sin" 231)

性に関して実際的な知恵を与えようとするパッカードは、ニックの父親とは正反対である。ニックの父親は短編「父と子」("Fathers and Sons," 1933) で、性犯罪を「犯罪の中でも最も恐ろしいもの」と見なし、「問題のすべてをまとめて、マスターベーションは盲目と狂気と死の原因であり、売春婦と関わる男は恐ろしい性病に感染し、なによりもそのような連中には手に出さないことが肝心だと述べた」(*NAS* 259) と描かれているのである。ここでパッカードはニックの父親のように性を恐ろしい犯罪として言うのではなく、むしろ実践的に性病にかからないための手段をニックに教えている。

社会の慣習に刃向かい、トルーディを妊娠させたニックは、父親にとっては「恐ろしい」罪を犯していることになるのだろうが、パッカードはニックをまったく非難しない。パッカードはこれまで、この作品には不在の「父親の代理」と捉えられてきたが、ここで明らかなように、宗教的に厳格な父親と対立するような人物として描かれ、性に対してより寛容なのである。

ニックにとって、自分の行為が罪ではないと諭してくれるパッカードの存在は非常に重要であったはずである。しかし社会が、そしてその社会を代表する父親が「罪」であるとみなす行為をせざるを得ないニックは、この罪に対する認識の違いにつきまとわれることになる。自分が悪いと思っていないにもかかわらず自分の行動が罪と見なされるこの状況が、自分がしていないはずの原罪として、ニックを森へと追い立て、文明から遠ざけるのである。いわばニックは不在の罪に追われて楽園へ逃亡しようとしているのである。

3　オークパークの宗教対立

「最後のすばらしい場所」の「原罪」概念について考察するには、ヘミングウェイが幼少期にどのような宗教的環境で育ったかを見ていく必要がある。その上でヘミングウェイが自分の分身であるニックに、なぜ「自分には原罪がある」と考えさせるに至ったかを明らかにしたい。

「父と子」のニックの父親がそうであったように、ヘミングウェイ家の家庭内では父親が厳格な宗教的規律で子供たちを厳しくしつけていた。その厳格さはこれまでヘミングウェイ研究者が考えていた以上に激しいものであったらしい。モリス・バスクはヘミングウェイの一歳年上の姉マーセリーンの書いた伝記から出版時に削除された原稿を精査し、これまで知られていなかった父クラレンスの家庭内での姿を暴き出している。クラレンスはしばしば子供たちに暴力的に体罰を加え、自分が悪いとみなしたことをすると、一切の釈明を許さず、手や革紐で何度も叩いた（「折に触れ、私たちが幼かった頃はほとんど何をしても叩かれていたような気がする。なぜ叩かれるのか説明されることはなかったし、私たちのことを理解しようともしてくれなかったし、私には、なぜ叩かれるようなことをしたのか分かろうと努力しているようには思えなかった」［qtd. in Buske 76］）。そしてその後「いつもひざまずいて神に許しを請うよう命じられた」（Sanford 31）というのである。

そのような宗教と結びついた父親の厳格さは、正統派カルヴァン主義の神学に由来する。しかしヘミングウェイの生まれ育ったオークパークでは、このような神学は決して多数派ではなかった。故郷オークパークを支配していたのは、むしろラリー・E・グライムズが言うように「自由主義神学とヴィクトリア朝的道徳観とセンチメンタルな敬虔さの雑多な寄せ集め」であった。「［オークパークは］エデンの園に起源を持つという神話を維持し、初期ニュー・イングランド教会の契約共同体として永らえようと懸命の努力をしていた。その神話の本質は、人間が無垢であるという認識であり、健全な精神であり、社会の進歩であり、楽天主義である。これらはみな自由主義神学の特徴である」（Grimes 37）。グライムズはさらに以下のようにオークパークの宗教観を説明する。

中西部と結びついていた厳格で地獄の懲罰を教義にいただくプロテスタンティズムではなく、この願望の入り交じった進歩的な自由主義神学が、一八九九年から一九二〇年代初頭のオークパークの主要な宗教界を特徴づけていた。実際に当時最も著名であった牧師バートンは、進歩的なオークパークには原罪とその断罪にもとづく古い神学など存在する余地がないと公言していた。(38)

このような宗教観は初期のニック・アダムズ物語では非常に批判的に描かれる。たとえば「医者とその妻」("The Doctor and the Doctor's Wife," 1925) では、こういった自由主義神学以上に進歩的なクリスチャン・サイエンスに傾倒するニックの母が描かれる。またニック物語ではないが、「兵士の故郷」("Soldier's Home," 1925) で涙を流しながら息子にひざまずかせる母親も、(作品の舞台こそオクラホマに設定されているが) センチメンタルなオークパークの宗教を描き出している。このようにオークパークの自由主義神学はヘミングウェイ作品においては母親に代表されており、実際母グレイスは、当時主流であった「センチメンタル」で「健全な」信仰を持っていたことが知られている (Grimes 44)。これまでヘミングウェイは故郷オークパークの宗教に反発していたと解釈されてきたが、ヘミングウェイが反発していたのは、こういったセンチメンタルな信仰心であり、母の宗教なのである。したがってヘミングウェイが自らの体験にもとづいて書いた「最後のすばらしい場所」で、ニックが「自分には原罪がある」と発言することにはもう少し深い意味が立ち現れてくる。上の引用に見られるように、当時オークパークの主流であり、母親の信じていた宗教において、原罪は否定されているからである。

ニックの「原罪」意識は、ヘミングウェイの伝記的事実を背景にすれば、おそらくは父親から受け継いでいるはずである。厳格な宗教教育を行っていたヘミングウェイの父親は、当時のオークパークの自由主義神学とは異なる宗教観を持っていた。グライムズは以下のように述べている。

> 父［アンソン、ヘミングウェイの祖父］の感化のもとで得た若い頃の宗教的経験はクラレンスに強い影響を残し、そのせいでクラレンスは人間の罪と過ちをはなはだしく意識するようになり、憂鬱で厳格で生真面目な道徳家に育った。クラレンスの宗教的気質は、心理学的には強度の鬱病と判断してもよいものであったが、同時代の最も偉大な心理学者ウィリアム・ジェイムズは、クラレンスのような性格の人物を宗教的な言葉遣いで捉えている。そういった人物は病んだ魂に蝕まれているのである、と。ジェイムズの理解によると、健全な精神を持つ新しい自由主義的で進歩的な神学がアメリカで広まりつつあるのだが、かつての正統派《オーソドックス》のアメリカのプロテスタンティズムもまだ、ジェイムズが「病んだ魂の宗教」と名づけたものを伝え広めようとしていたのである。この古い正統派の核心にあるのは、堕罪の教義であり、その恐ろしい結果として人類に与えられた死刑宣告であった。ジェイムズの議論によると、この暗澹たる正統派神学は「伝道の書」の宿命論と自然神学に酷似していた。(47)

『日はまた昇る』(*The Sun Also Rises*, 1926) のエピグラフに「伝道の書」の一節を用い、「清潔で明るいところ」("A Clean, Well-Lighted Place," 1933) で「伝道の書」の核心にある虚無主義のエコーを響かせるヘミングウェイは、母親の自由主義神学ではなく、「原罪」を重視し、「伝道の書」の世界観を神学的よりどころとするクラレンスの宗教観をある程度受け継いでいる。このような宗教的背景を念頭に、以下でニックの「原罪」意識を中心として「最後のすばらしい場所」を具体的に論じていく。

4　健全な宗教と病んだ魂の宗教

ヘミングウェイと母グレイスの不仲は非常によく知られた事実である。五一年にグレイスが死んだとき、息子は葬式にも出席しなかったという。「最後のすばらしい場所」はグレイスの死の数ヶ月後に書き始められているが、この母親の死をきっかけにして、ヘミングウェイは自分のミシガン時代の自伝的物語を書くことを思いついたのかもしれない。(9) グレイスとの確執は隠微な形でこの作品にも反映されている。その最も大きな点は、ニックの母親の人物像が伝記的事実から大きく変更を加えられていることである。実際にはショットガンで狩猟管理官を追い返したヘミングウェイの母親に対して、ニックの母親は、「医者とその妻」で描かれたときと同様に、頭痛がするといって暗い部屋に引きこもり、その姿を見せることがない。またニックを待ち伏せるふたりの狩猟管理官を家に入れ、食事を与えているだけでなく、釣りに行ったニックの居場所をふたりに漏らしてしまうことからも、母親として息子を守るどころか、むしろ息子を危険にさらす存在として描かれている。

マーク・スピルカはこのことから、「最後のすばらしい場所」の着想になったエピソードはアオサギ事件だけでなく、ヘミングウェイが二十一歳の時に妹と付近の子供たちを連れてこっそりと深夜にピクニックに出かけたことが発覚し、グレイスに別荘から追放された事件も影響していると論じている。つまり二十一歳当時、自分が大人としての責任感を欠いていたことを、作中では母親に押しつけ、息子を守ろうとした母親の情愛を、作中で妹リトレスの面倒を見るニックに転嫁させることで、母グレイスに復讐しようとしていたというのである（Spilka, *Hemingway's Quarrel* 269）。

また母親との確執は作品中にもはっきりと描かれている。森に逃亡したニックとリトレスは次のような会話をする。会話はリトレスのセリフから始まる。

「作家になってお金を稼げるようになると思う？」

「うまく書けるようになったらね」

「ひょっとしてもうちょっと明るいのを書くわけにはいかない？　私がそう思ってるわけじゃないんだけど。お母さんがお兄ちゃんの書くものは陰気（morbid）なのばっかりだって」

「セント・ニコラスに載せるには陰気すぎるだろうな」とニックは言った。「そうは言ってよこさなかったけど。でも連中は気に入らなかったみたいだし」

「でもセント・ニコラスは私たちの一番お気に入りの雑誌でしょ」

「分かってるよ」ニックは言った。「でもあの雑誌に載せるには、僕はもう陰気になりすぎたのかもしれない。まだ大人になってもないのに」（*NAS* 90）

雑誌『セント・ニコラス』は一八七三年から一九四一年まで刊行されていた子供向け雑誌で、弟のレスターの伝記によれば実際ヘミングウェイのお気に入りの雑誌であったらしい（L. Hemingway 30）。作家志望のニックはこの雑誌に作品を投稿していたのである。ここで非常に重要なのは、ニックの書く作品を「陰気（病的）」であると決めつける母親の意見である。これは『日はまた昇る』を書いたときに、グレイスがヘミングウェイに「まったく堕落しきった人々」（*SL* 243）を描いたといって批判したことを思い起こさせる。「清潔で純粋な楽しみをあらゆる年代の子供たちに提供すること」（Darigan et al. 60, 傍点引用者）などを編集方針に打ち立てていた『セント・ニコラス』の価値観は、ここでは母親の価値観を――あるいは換言するならば、センチメンタルで健全な信仰心をいただくオークパークの価値観を映し出すものとして用いられている。ニックはこの雑誌を卒業するほどには成長していないが、もはや母親が子供に求める「清潔」と「純粋」を維持するには「陰気」になりすぎているのである。このことはニックが母親の宗教の影響力を逃れ、父親の正統派神学、「病んだ魂の宗教」へと、徐々に移行しつつあることを表しているのである。

　一方、奇妙にも作品中で存在感のないのがニックの父親である。実際のアオサギ事件ではヘミングウェイの父親は、叔父のジョージのところに身を寄せる息子に罰金を払うよう勧める手紙を書くことで、事件に決着をつけるデウス・エクス・マキーナの役割を演じている。「最後のすばらしい場所」では、原稿が未完成に終わっているために後半で父親の登場があったかどうかは不明であるが、少なくとも残された原稿には父親の存在感は一切ない。伝記的にもクラレンスはこの頃、ヘミングウェイ家の夏の間の別荘には不在であった。マイケル・レノルズが五巻本の伝記の第一巻で詳細に描き出したように、鬱症状をどんどん悪化させていたクラレンスは、家族とともにワルーン湖畔で過ごすこともなくなり、ひとりオークパークに残っていた。ヘミングウェイが父親を最も必要としていた時期に、父親は不在であったのである（Reynolds 101-102）。[10]

先ほども述べたように、クラレンスは非常に厳しい宗教教育とともに激しい体罰を加える父親であった。ヘミングウェイ家の子供たちはいつ父親がかんしゃくを破裂させるのかびくびくしながら過ごし、そして最も頻繁にその体罰の犠牲となっていたのが、リトレスのモデルとなった妹サニーであった（Buske 76-77）。ニック・アダムズ物語で唯一父親の体罰が描かれるのは、父親がピストル自殺をした後に書かれ、出版された最後のニック物語となった「父と子」である。ニックは父親にむち打たれた後、庭の物陰に隠れライフルで父親に密かに狙いをつけ、「いつだって殺せるのだ」と考えるが、「その銃が父親のくれたものだと気づいて気分が悪くなる」（*NAS* 265）。もちろんニックはたんに父親を嫌ったり恐れていたりしたわけではなく、「父と子」には狩猟と釣りの手ほどきをしてくれた父親に対する愛情がしっかりと描かれている（「ニックはお父さんのことがとても好きだったし、ずっと長い間好きだった」[259]）。こうした父親に対する愛憎のせめぎ合いは、ヘミングウェイ自身がアウトドアで一緒に活動するよき父親としてのクラレンスを求めながらも、一方で厳格に宗教教育を実践する父親に対して拒否感を覚えてしまうアンビヴァレントな感情を反映しているのだろう。

『日はまた昇る』が父親にも母親にも拒絶され、激しい非難を浴びた後、ヘミングウェイは第二版を出す際に、エピグラフの「伝道の書」を一部削除している。出版社スクリブナーズに宛てた手紙によると、ヘミングウェイは「私はこの本を空虚で辛辣《しんらつ》な風刺にするつもりはなかったのだ」と述べている（***SL*** **229**）。削除されたのは以下の一節である。

伝道者は言う、
空の空、空の空、
いっさいは空である。
日の下で人が労するすべての労苦は、
その身になんの益があるか。

もしかするとヘミングウェイがここで削除しようとしたのは、この虚無主義[11]が呼び起こす父親の宗教の残滓であったのかもしれない。父親の「病んだ魂の宗教」に親近感を覚えながらも、カトリックの信仰に向かうさなかに、そこから決別しようとする意思表示であったのだ。

この父親の宗教からの決別は、「最後のすばらしい場所」では父親の不在として表されている。しかしパッカードという父親代理を登場させ、その存在を消去しているにもかかわらず、ニックの原罪発言の中には父親の大きな影響力が見てとれるのである。いわば不在のものとしての父親が、不在のままニックを捕らえているのである。

5　森の大聖堂

ニックは父親から原罪意識を受け継いだがゆえに、社会の慣習に適応できないことを「原罪」と見なし、自らを社会不適合者と考え、文明の及ばない無垢なる処女林へ逃亡しなければならない。これは厳格な正統派神学から逃れたいという願望と考えられる。しかしニックとリトレスの向かう先は、オークパークの自由主義神学が考えるエデンともいささか異なっている。ふたりは「この辺に残っている最後の処女林」に入り込むが、そこは六十フィート上まで枝もないままヘムロックがそびえており、真昼のひとときをのぞいて日も差し込まない。ニックもリトレスも「怖くはない」が「変な気分」がしてくる。


「ここに誰かと来たことある？」

「いや、ひとりでしか来たことないよ」

「それで怖くはなかった？」

「いや。でもいつも変な気分になるんだ。教会にいるときに感じるみたいな」

「ニッキー、私たちがこれから暮らしていくところはこんなに神聖な感じはしないよね」

「いや、心配しなくていいよ。もっと明るいところだから。楽しめばいいんだよ、リトレス。いい経験だと思うよ。森は昔はみんなこんな感じだったんだ。ここは今残っている最後のすばらしい場所なんだ。まだ誰も入り込んでないんだから」

「昔の森は好きだけど。でもこんなふうに神聖でない方がいいわ」（*NAS* 89）

処女林の神聖さ（solemn）に圧倒されるふたりが描かれているが、その神聖さは教会を思い起こさせる。そしてその重々しさ（solemn には「陰気な」という意味もある）と、これから向かう「もっと明るい（cheerful）ところ」の対比は、この直後に置かれる、先ほど引用したニックの作品に対する母親の批判につながる。ニックの書くものは「陰気（morbid）」でリトレスは「もうちょっと明るいの（cheerfuller）を」書けないかと尋ねるのである。明らかにニックの暗さはこの太陽のささない森の神聖な暗さに結びついている。

また、この森が思い起こさせる教会はピューリタニズムの教会ではない。


「ニッキー、神様を信じてる？　答えたくなかったら答えなくてもいいんだけど」

「分からないよ」

「いいわ。別に言わなくてもいいから。でも夜寝るときにお祈りをしても構わない？」

「いいよ。忘れてたら思い出させてあげるよ[12]」

「ありがとう。こんな風な森にいるとひどく敬虔な気分になるもんだから」

「だから大聖堂を作るときにはこんな森に似せようとするんだろうね」

「大聖堂なんか見たことないでしょ?」

「ないよ。でも本で読んだことあるし、思い浮かべることはできるよ。ここはこの辺にある一番いい森だよ」

「私たちいつかヨーロッパに行って大聖堂を見ることがあると思う?」

「もちろんだよ」(NAS 90)

ピューリタニズムの教会は偶像崇拝を禁じており、カトリック教会に見られるような大聖堂は作られない。したがってここでニックの想像する教会は、まだ見たことのないヨーロッパのカトリック大聖堂なのである。ミシガン時代とは違って「最後のすばらしい場所」を執筆していた当時、ヘミングウェイが信仰していたのはカトリックであり、その影響がここでは明らかである。

そういったことを考えると、ヘミングウェイはニックとリトレスが逃亡する先に、アメリカ的伝統の中に位置づけられるエデンという夢ではなく、ヨーロッパのカトリシズムを置きたかったのかもしれない。モリス・バスクは、第一次世界大戦で負傷をしたヘミングウェイが懲罰的で厳格な父親の宗教を逃れ、赦しと恩寵のカトリシズムに救いを求めたと論じている(Buske 83)。父親の厳格な宗教観の根底にあるのは、「原罪」の影響による人間の本質的堕落であったが、カトリックの教義において「原罪」はピューリタニズムほどに重い意味を持っていない。『カトリック教会のカテキズム』によると、「原罪」は「行為ではなく状態」であり、個人がその責任を負ったり罪悪感を感じる必要はないとされている（404, 405）。ヘミングウェイは、いわば自分の犯していない不在の罪に追われることから逃れてカトリシズムに救いを見いだしたのかもしれない。

またヘミングウェイのカトリック信仰の中心にあったのは聖母マリアであった。バスクによると「［ヘミングウェイは］何年もの間、ほとんどまったく事実無根の内容で母親を貶めていた。彼の［カトリックへの］信仰心の中で、母親は限りない愛と救いを与えてくれる聖母マリアに取って代わられたのである」（Buske 85）。ピューリタニズムの宗教においては聖母マリアを信仰することは禁じられているが、ヘミングウェイは母の代理としての聖母マリアを求めてカトリック世界へと国籍離脱したのである。

したがって原罪意識に追われたニックが父の宗教からも母の宗教からも逃れて到達する「大聖堂」のような処女林（virgin forest）は、これまでは文明の入り込まない無垢のエデンを象徴するものと考えられてきたが、むしろカトリックにおける処女マリア（Virgin Mary）をこそ指していたのかもしれない。

6　アメリカの悪夢

しかしニックはこの「最後のすばらしい場所」にもとどまることができず、「より明るい」場所へと向かわなければならない。まだカトリック教徒ではないニックは、いまだピューリタニズムの原罪という「不在の罪」に追われているのである。そしてニックがキャンプ・ナンバー・ワンと名づけた「より明るい」はずの場所もまた、すぐに外からの脅威にさらされる。しかも奇妙なことにニックが感じる脅威は、決して現実的・具体的な形を取ることがなく、ニックが空想上で描くものとしての脅威なのである。

むしろふたりの逃げ込んだ森には、あらかじめ脅威は取り除かれていると言ってもよい。ニックはふたりの狩猟管理官に追われることを恐れているが、ニックが森へと逃げた直後に、管理官のスプレイジーはもうひとりの管理官エヴァンズにニックを追跡できるか聞かれ、「いや、まさか。おまえはどうだ?」と逆に問い返す。エヴァンズもまた「雪でも降ってたらな」と言って笑う（NAS 95-96）。ふたりの管理官は銃を持つ危険な男たちとして描かれるものの、ニックが逃亡するやいなや、ふたりともすでに追跡を諦めているのである。ふたりはニックの行く先で待ち伏せしようと考えるが、森へと入っていこうという気はまるでない。また、とりわけニックたちが恐れているのが、ニックを常に追い回し、また森で追跡する能力も持つエヴァンズの息子であるが、この少年の存在自体、作中で一切描かれていない。にもかかわらずニックはひょっとしてエヴァンズの息子がキャンプ・ナンバー・

ワンを発見するのではないかと急におびえ、木の実を探しに行くのを取りやめてキャンプに慌てて戻る。リトレスはニックを代弁して言う。「でもあいつ［エヴァンズの息子］はここに存在すらしないで木の実狩りから私たちを戻らせたのよ」「私あいつが怖いの、ニッキー。あいつがここにいるよりもここにいないことの方がよほど怖いの」(130)。ニックらが恐れているのは、森へと逃げ込む当初から不在としての脅威なのである。

ヘミングウェイが脅威の対象をあらかじめ除外していることは、これまで研究者たちにほとんど指摘されてこなかった点であるが、実は非常に重要な意味を帯びているのではないだろうか。この物語においてはニックが恐れ、そこから逃亡しようとするものすべてが不在なのである。キャンプ・ナンバー・ワンへの脅威の対象が不在であるだけでなく、父親もまた不在であり、さらに「原罪」という「不在の罪」がニックを森へと追い立てる。ニックたちが目指したはずの楽園は、不在の脅威によって恐怖の場所へと変貌する。ニックがつけたキャンプ・ナンバー・ワンという名前はディヴィッド・R・ジョンソンも指摘するように、この先ナンバー・ツーやナンバー・スリーが存在することをにおわせる (Johnson 317)。それはすなわち、このキャンプ地もまた、そこから逃亡しなければならない場所に転じることを示唆するのである。

「最後のすばらしい場所」というタイトルはヘミングウェイではなく、ヘミングウェイの死後に妻メアリがつけたものである。このタイトルのためにこの作品はこれまで牧歌的な楽園を描く物語であると考えられてきたが、物語自体は「最後のすばらしい場所」にはとどまらず、ニックとリトレスはさらにその先へと逃亡を続けるのである。いわばこの作品は「最後のすばらしい場所」を描いた作品ではない。そう考えるとヘミングウェイが実際に描きたかったのは（カトリックの）楽園を通過するニックであり、その先の「より明るい場所」が不在という虚無に浸食され、崩壊していく過程であったのではないか。荒野のエデンをカトリック作家ヘミングウェイが描くとき、それはもはやこれまで多くの研究者が考えてきたようなアメリカの夢ではなく、むしろ原罪／父親の支配するピューリタニズムの悪夢に変貌してしまうのである。

注

（1）原稿に付された日付によると一九五二年、五五年、五八年の三度にわたって執筆が試みられている。

（2）伝記的事実に関しては、ヘミングウェイ本人の説明がすでにかなりの脚色を含んでいるが、カーロス・ベイカーの伝記（Baker 31-33）と、弟レスター・ヘミングウェイの伝記に収録されているグレイスのクラレンス宛の手紙が大変詳しく事件を説明している（L. Hemingway 35-37）。

（3）「最後のすばらしい場所」に影響を与えた文学作品に関する研究はすでにいくつかなされている。フィリップ・ヤングは、この作品を『ハックルベリー・フィンの冒険』でのハックのインディアン・テリトリーへの逃亡に重ね、アメリカの夢を描いた物語であると読んでいる（Young 37）。ジョセフ・マンビー・フローラは作中の登場人物ミスター・ジョン・パッカードの西部での経歴にオーウェン・ウィスター（Owen Wister, 1860-1938）の『ヴァージニアン』（*The Virginian*, 1902）の影響を見（Flora 264-65）、サンドラ・スパニアーはヘミングウェイがこの作品を書く直前に読んでいたJ・D・サリンジャー（J. D. Salinger, 1919-）の『ライ麦畑でつかまえて』（*Catcher in the Rye*, 1951）との共通点を論じている（Spanier）。いずれもアメリカの西部をエデンと見なし、そこにアメリカの夢を見ている。

（4）ヘミングウェイは一九二七年に二度目の結婚をした際にカトリックに改宗している。従来はこの改宗を「名目上のもの」と考えるのがヘミングウェイ研究者の間では一般的であったが、H・R・ストーンバックが詳しく論じているように、ヘミングウェイはこの結婚以前からカトリックに興味を示していた（Stoneback）。

（5）トルーディの妊娠を含め、出版された「最後のすばらしい場所」からはいくつかの重要な箇所が削除されている。スピルカはトルーディの妊娠の一節と、パッカードとニックのセクシャルな会話の二箇所を付録として掲載している（Spilka, "Original Sin" 230-31）。またジェイムズ・フェントン編集による短編集には、『ニック・アダムズ物語』（*The Nick Adams Stories*, 1972）に収録された「最後のすばらしい場所」の問題点を踏まえ、オリジナルの原稿を可能な限り復元したヴァージョンが掲載されている（*CS* 556-605）。『ニック・アダムズ物語』では多くのフレーズがカットされていたが、フェントン版は原稿の段階からほとんどカットが施されていないので、非常に冗長な印象を与えるが、原稿段階の様子を知るには非常に有益である。

（6）スピルカはこの近親相姦願望を、たんに「兄と妹の間にある無邪気《イノセント》な性質の身体的な愛情」（Spilka, "Original Sin" 223）と捉えているが、多くの研究者は、物語がこのまま進行すればニックとリトレスが近親相姦を犯すことにならざるを得ないと考えており、それがヘミングウェイが作品を書き続けられなくなった大きな原因であるとみなしている（Lynn 57, Moddelmog 187）。

（7）ここでパッカードが触れているのは、正統派ピューリタニズムの宗教ではなく、信仰によって罪から救済されることを重視する福音主義である。

（8）おそらくトルーディとセックスをしすぎて妊娠させてしまったことを指している。

（9）ヘミングウェイは当時、フィリップ・ヤングやチャールズ・フェントンなどの研究者が伝記的事実を掘り返していたことに危機感を覚えていた。アオサギ事件は四人目の妻メアリによれば、ヘミングウェイが作品を書くために大事にとっておいた題材であったらしい。ヘミングウェイはこの時期、研究者たちに先んじてアオサギ事件を急いで作品化する必要を感じていたのかもしれない。スピルカはこの作品を書き始める直前に出版された『老人と海』（*The Old Man and the Sea*, 1952）でマカジキを食い尽くすサメに批評家たちの姿が重ね合わされていたのと同様に、この作品においてもニックの後を追い回す狩猟管理官たちをヤングやフェントンなどの研究者になぞらえているのだと分析している（Spilka, "Original Sin" 212-13）。

（10）この遺伝的な鬱症状は「最後のすばらしい場所」を執筆していた当時のヘミングウェイ自身を苦しめていたものでもあり、ニックが「陰気（病的）」であるのは執筆時の自分を反映していた可能性もある。

（11）「伝道の書」は一般的には厭世的で虚無主義の書と考えられており、先のグライムズの引用に見られるように、オークパークの牧師たちもそう考えていたが、実際は人の行いの無益さを説く前半に対して、後半ではそれにもかかわらず我々には神がいるのだ、という神への信仰の重要さが説かれる。いわば信仰の重要さを語る書なのである。

（12）その後、作品中でリトレスが祈ることはない。リトレスが眠った後で祈るのはニックの方である（*NAS* 118）。

参考文献

Baker, Carlos. *Ernest Hemingway: A Life Story*. NY: Scribner's, 1962.

Buske, Morris. "Hemingway Faces God." *The Hemingway Review* 22.1 (Fall 2002):72-87.

ジャン・カルヴァン『キリスト教綱要』渡辺信夫訳（新教出版社、二〇〇七年）。

Catechism of the Catholic Church. 19 Sept. 2009 <http://www.vatican.va/archive/catechism/p1s2c1p7.htm>.

Darigan, Daniel L., Michael O. Tunnell and James S. Jacobs. *Children's Literature: Engaging Teachers and Children in Good Books*. Englewood Cliffs: Prentice Hall, 2002.

Flora, Joseph Manby. *Hemingway's Nick Adams*. Baton Rouge: Louisiana State UP, 1982.

Grimes, Larry E. "Hemingway's Religious Odyssey: The Oak Park Years." *Ernest Hemingway: The Oak Park Legacy*. Ed. James Nagel. Tuscaloosa: U of Alabama P, 1996. 37-58.

Hemingway, Ernest. *Ernest Hemingway: The Collected Stories*. Ed. James Fenton. London: Random, 1995.

——. *Ernest Hemingway: Selected Letters, 1917-1961*. Ed. Carlos Baker. NY: Scribner's, 1982.

——. *The Nick Adams Stories*. Ed. Philip Young. NY: Scribner's, 1972.

Hemingway, Leicester. *My Brother, Ernest Hemingway*. Cleveland: World, 1962.

Johnson, David R. "'The Last Good Country': Again the End of Something." *New Critical Approaches to the Short Stories of Ernest Hemingway*. Ed. Jackson J. Benson. Durham: Duke UP, 1990. 314-20.

Lynn, Kenneth S. *Hemingway*. Cambridge: Harvard UP, 1987.

Moddelmog, Debra. "Queer Families in Hemingway's Fiction." *Hemingway and Women: Female Critics and the Female Voice*. Ed. Lawrence R. Broer and Gloria Holland. Tuscaloosa: U of Alabama P, 2002. 173-89.

Reynolds, Michael. *The Young Hemingway*. NY: Norton, 1998.

Sanford, Marcelline Hemingway. *At the Hemingways*. Moscow: U of Idaho P, 1999.

Spanier, Sandra Whipple. "Hemingway's 'The Last Good Country' and *The Catcher in the Rye*: More Than a Family Resemblance." *Studies in Short Fiction* 19 (1982): 35-43.

Spilka, Mark. *Hemingway's Quarrel with Androgyny*. Lincoln: U of Nebraska P, 1990.

——. "Original Sin in 'The Last Good Country': Or, The Return of Catherine Barkley." *The Modernists: Studies in a Literary Phenomenon: Essays in Honor of Harry T. Moore*. Ed. Lawrence B. Gamache and Ian S. MacNiven. Rutherford, N.J.: Fairleigh Dickinson UP, 1987. 210-33.

Stoneback, H. R. "In the Nominal Country of the Bogus: Hemingway's Catholicism and the Biographies." *Hemingway: Essays of Reassessment*. Ed. Frank Scafella. NY: Oxford UP, 1991. 105-40.

Young, Philip. "'Big World Out There': *The Nick Adams Stories*." *The Short Stories of Ernest Hemingway: Critical Essays*. Ed. Jackson J. Benson. Durham: Duke UP, 1975. 29-45.

第九章　作家の作家の声

――二つの「音声計画」に見る創作科の声の政治学

吉田　恭子

1　プログラム時代

ジョン・バース（John Barth, 1930-）は「補給の文学」（"The Literature of Replenishment: Postmodernist Fiction," 1980）をこう締めくくっている。「今になってわかることは、わたしのエッセー『尽きの文学』は、実のところ言語や文学ではなく、ハイモダニズムの美学をいかにうまく『使い尽くす』かについてのものだった。見事で、捨てるには忍びないが、つまるところは完結した、ヒュー・ケナーが『パウンド時代』と名づけた、あの『プログラム』」（*The Friday Book* 以下 *Friday* 206）。

しかし「プログラム」はまだ終わっていない。それどころか「プログラム」こそ戦後文学史最大の事件であると結論づけるマーク・マッガール著『プログラム時代』（Mark McGurl, *The Program Era:*

Postwar Fiction and the Rise of Creative Writing, 2009）は、アメリカ現代小説研究における巨大な空白を埋める報告書である。「プログラム」とはアイオワ大学で一九三〇年ごろ始まった大学院創作科、クリエイティヴ・ライティング・プログラムに他ならない。既存研究が歴史記述中心であるのに対し[1]、『プログラム時代』は、アイオワ以降のアメリカ小説がいかに創作科の教授哲学と美学から影響を受けてきたかを多元的手法で包括的に論じる文学研究の書であり、その主張は以下のようにまとめられるだろう。ヘンリー・ジェイムズの創作哲学と新批評の精読理論を教条として出発した創作科は、大学内で制度化され、モダニズム美学を戦後小説に継承させていった。その最大の特徴は、意識的作家養成の場がモダニズム美学と融合された結果、形成された自己言及性である。また、「プログラム時代」の小説を「テクノモダニズム（technomodernism）」「高等文化多元主義（high cultural pluralism）」「中・下層階級モダニズム（lower-middle-class modernism）」の三グループに大別できるという。

　そもそも「クリエイティヴ・ライティング」という表現自体がエマソンの「アメリカの学者」（“The American Scholar,” 1837）を源とすることからも明らかなように（Myers 31-33）、創作科のあり方についての言説は、煎じ詰めれば国民文学論であり共和国の理想を模索する議論となる[2]。創作科をめぐる神話や願望は、民主主義の理想、自由競争の賞揚、個人主義、合衆国例外主義といった原理と並行して論じられる傾向が強い。創作科がアメリカに独自のシステムだとする主張は、他の例外論同様、アメリカを神話化する欲望の反映に過ぎない[3]。だが、マッガールを含む多くの専門家がこの主張を繰り返すことは注目に値する。創作科システムは今日驚くべき速さで非英語圏を含む世界に広まっており、自由市場経済圏の拡大と同じくこれをアメリカ的価値の伝播と捉えると、創作科はアメリカ的理想を教条とするプログラムと見なされることになる。創作科協会（AWP）の現会長デイヴィド・フェンザの言にはその一端が窺われる。

ＡＷＰは他のどの文学団体にもまして、北米の文学をその住人と同じぐらい多様なものに発展させるのに貢献してきました。もちろんこのことは北米の高等教育が有する民主主義的美徳に適うし、ＡＷＰを構成する数多くの公立大学にとっても誇るべき点です。ＡＷＰの参加大学はあらゆる生い立ち、階級、人種、民族の学生や作家志望者に文学教育を提供してきました。（Fenza, 傍点引用者）

創作科の成功を民主主義と多様性の進展の反映とするレトリックは、プログラム擁護でしばしば耳にするが、多文化主義と創作科の関係で要となるのは「声」の概念である。
「声（voice）」とは「かなり曖昧な隠喩的用語」（Baldick）で、文芸メディアの決まり文句と化した印象があるが、創作科の小説ワークショップ内では、文章の調子、抑揚、ペースや窺い知れる語り手のプロフィールなど、テクストのあらゆる側面を論ずるにあたり柔軟に使われる。小説創作技法の教科書で定評のあるジャネット・バロウェイによる解説は以下の通りだ。

「作者の声」とは、独特のそれとわかる文体《スタイル》と調子《トーン》で、まるで電話を取った時のように、これは誰々が語っているのだと判るものだ。この声には時を経て形成される特質があり、反復することばの選択、統語パターン、イメジや表現、リズム、広がりが関わっている。声はほとんどの場合自動的プロセスで生成し、訓練とそれがもたらすさらなる自信の賜物である。自分の声を見つけられるかなどと心配しないように。ものごとをできるだけ明瞭に、正確に、鮮明に述べる心配をなさい。要するに、うまくことば《ヴォイス》にする術を探ってゆけば、自分の声《ヴォイス》はおのずとついてくるでしょう。(Burroway 44, 傍点引用者)

声の概念は濫用されると自己表現礼賛に傾く危険性があるが、さまざまな技巧を駆使して声を制御し効果を実現する書き手の側からすれば、経験がものを言う難易度の高い技術であり、だからこそ声は有効な用語であり続けるのだろう。

　声の美学が口承性、転じてマイノリティ文学と親和性が高いのは言うまでもない。声とはまた参政の隠喩でもあるから、声の美学の伝播と市民権運動は不可分だ。その一方で、マイノリティが出馬・投票し声を得るためには識字が優先課題であるから、近代民主主義国家では文字の獲得が声の獲得に先行するという逆説が生じる。たとえば黒人文学における口承性はあらかじめ具わっていたものというより、「再獲得」された声だと言っていい(Portelli 218-20)。創作哲学における声の重要性はマイノリティ文学隆盛とともに増してきたのである。

　創作科の現場で声が幅を利かせている理由はそれだけではない。声という概念のロマンティシズムが創作科を取り巻く神話と欲望を支えている。バロウェイも言及する「自分の声を見つける」夢が、見習い作家を砂金掘りに変身させてしまう。ところがこの宝物は外界に発見されるものではなく、書き手の内部から湧水のごとく生ずるもの、「自動的プロセスで生成」するものであると考えられている。意識的な操作で獲得し身に纏うことができる外的な何かと見なされる文体《スタイル》に対し、声《ヴォイス》は個々人に本来具わっている内的可能性として想定されるため、文体に似た用語ではあるが、はるかに個人主義的な概念としてアメリカの神話と親和性が高く、それゆえに書き手の主体性や自己意識形成と密接に関わってくる。このように声の美学はアメリカの民主主義的多様性と個人の内面性を同時に保証しているのだ。

　本論では創作科における声の概念構築の過程を再考しようと思う。考察のきっかけは冒頭に紹介したマッガールの研究で、「テクノモダニズム」（いわゆるハイポストモダニズム）と「高等文化多元主義」（いわゆる多文化主義的マイノリティ文学）とが声の美学を通じて実は繋がっているという主張である。彼はその主張の証左としてジョン・ホークス（John Hawkes, 1925-1988）が一九六六―六七年に指揮した実験授業「音声計画」を挙げている。しかし本論においては、ホークスの理想に満ちた実験が来たるべき多文化主義文学の到来を告げるといったマッガールの因果論よりむしろ、ホークスの「音声計画」を文脈的背景として、バースの「音声計画」とも言える短編集『びっくりハウスで迷子』（*Lost in the Funhouse: Fiction for Print, Tape, Live Voice*, 1968 以下『びっくりハウス』*Lost*）の表題作と音声作品群を読み直すことで、テクストとそのパフォーマンスにおける語りの主体構築と他者との関係を考察し、今日の声の美学がもつ問題点を提起したい。まずは、二つの「音声計画」の影の主役、カセットテープレコーダーから話を始めよう。

2　テープのための小説《フィクション》

テープレコーダーは一九三〇年ごろ原型が開発された。一九五一年にはナグラやソニーのショルダー型オープンリールテープレコーダーが登場し、ジャーナリストが録音機材を現地取材に用いるようになった。一九六三年フィリップスがカセットを用いた小型録音システムを導入、この規格は一九六六年に各社で採用され、競合モデルを引き離し飛躍的に普及した。同年アメリカではテープサウンドシステムが百万台以上の自動車に取り付けられる（Rood）。カセットテープレコーダーは当時新型家電の花形だったのだ。

この頃、たとえばアーネスト・ゲインズの長編小説『ミス・ジェーン・ピットマンの自伝』（Earnest Gaines, *The Autobiography of Miss Jane Pittman*, 1971）のように、テープによる録音音声をナラティヴに組み入れる試みが見られるようになる。リチャード・ブローティガンは六〇年代の終わり頃、朗読会で自作をレコーダーに代読させた（Barth, “‘All Trees Are Oak Trees. . . .’: Introductions to Literature”）。ケン・キージー率いる「愉快な悪戯小僧たち《メリー・プランクスターズ》」では「小説をタイプする代わりに［中略］ＬＳＤ《アシッド》をキメて一晩中徹夜で小説をしゃべくり倒《ラップ・アウト》してそれをテープ録音する」（Babbs qtd. in Perry 89）案が浮上した。当時の新聞は新文学ジャンルとして「オーラル・ブック」を紹介し、「テープレコーダーは『リアリズム』小説に最後の一撃を加えた」と宣言、写真術の登場が絵画を現実模倣のメディアから方向転換させたように、作者の肉声がもたらす臨場感と信憑性を前に、小説家はノンフィクションか反リアリズム小説へ流れていく一方で、録音再生技術の普及はタイプライター同様、作家の創作過程や文体そのものを変化させると予測した（Maddocks）。テープレコーダーが果たして小説を殺したかどうかはさておき、この近未来への期待に満ちた文化評は二つの洞察を与えてくれる。活字小説が基本的には声の物語りと見なされている点と、テクノロジー、もっと直接的には機械が書き手の想像力になんらかの働きかけをするという認識である。

さて一九六五年ニューヨーク州立大学バッファロー校に移籍したバースも、そこで音楽科の録音機械を使って実験を試みる学生が複数現れたことがインスピレーションとなり、録音と生朗読のための実験作を執筆している（*Friday* 63-64, 104）。そしてその効果を試すべく、一九六七年メーデーの国会図書館を皮切りに朗読ツアーが敢行され、会場ではテープレコーダーが仕掛けとして使われた。翌年、短編集が刊行されるにあたり、書籍にカセットテープを添える案も浮上したが、結局活字のみの本が出版された（*Friday* 77）。

一九六七年十一月二十日、ニューヨーク市へブライ青年協会会館のポエトリー・センターでの朗読会では、「テープと生の声のための三つの物語」と題して「エコー」（"Echo"）「タイトル」（"Title"）「自伝」（"Autobiography: A Self-Recorded Fiction"）を披露している（Lask）[4]。この朗読会でバースを聴衆に紹介したのは、ポストモダニズムの盟友ホークスだった。実はホークス自身、録音テクノロジーを用いた実験を行っており、連邦政府が出資したスタンフォード大学での実験授業「音声計画」のディレクターを務めた直後だった。そして『びっくりハウス』執筆中だったバースもその計画の正式な相談役として名を連ねていたのである(McGurl 255)。[5]

3 ホークスの「音声計画」

一九六五年五月、ホークスは保健教育福祉省が首都ワシントンで招集した教育研究と開発に関する有識者会議に出席した。議長のウォルター・J・オングは、活字や他のメディアと人間の肉声との関係を、テクノロジーにより前景化させる教育手法を探っていた(Hawkes 91)。大学教育が現実離れし若者にとって無意味なものとなりつつあるのを食い止めるには、「今日の文学傾向と価値ばかりか、我々の言語に対する思い込みを革命的に変える以外にない」という共通の危機感が、その根底にあった(Hawkes 94)。ハーヴァードとブラウン両大学で創作および作文を教えた経験から、[6] とりわけ作家志望でない学生の作文教授法に関して彼なりの進歩的見識を持っていたホークスがオングの理論に可能性を見出したのは、一九六四年サンフランシスコのアクターズ・ワークショップとの共同作業がきっかけだった。俳優が身体や音声を使った解釈を経て台詞を自らの役柄のことばとして獲得していく過程が、書く作業とあまりに似通っていると同時に、鮮やかに可視化されていることに強い印象を受けたホークスは、「文字面としてのことばだけでなく、目に見えるふるまいとしての言語を、作文教授に取り込むことが不可欠であると確信するに至った」(92)。

実験授業において「声」は以下のように定義された。「(一)発話に聞き取られる人格。(二)朗読する人の音声に『聞き取る』ことができる何らかの知見。(三)黙読するとき『聞こえる』作者のプレゼンス。(四)我々が文章上で演ずるさまざまな役割」(96)。ホークスの音声計画の最大の特徴は、学生の作文が筆者本人および筆者以外によって複数回録音され、再生された朗読音声がクラスによって「精読」され、語り手像についての解釈が話し合われた点である。文章上の声は書き手の人格と切っても切れない関係にあると想定され、文章上の声に実際の朗読録音音声を重ねることによって、声の中に自己の主体や唯一性を見出すようにホークスは学生を導こうとした。ここで声はたんなる紙上の構築物でなく、実体を持った存在へと限りなく近づいていく。声が身体性を帯びてくるのである。そして「音声計画」で見出された身体は単に発話する身体ではなかった。

スタンフォード大学の必修初年作文授業を受講する学生千三百人のうち百人が対象となり、七人の作家教員と九人の院生教員がホークスのもとに集まった。年度の初め頃、男子学生二人、女子学生一人がそれぞれ、煙突に上った子供の描写を書いてくるように指示される。その際ホークスらは「エレーンがどう見ても女の子みたいに書くことを期待していた」(103)。そして三人の作文をそれぞれ複数人が朗読した録音をクラス全員で聞いて、作者本人の女声こそが文面の声から窺える人柄を最もよく反映していることが実際に確認される。

教員と学生が録音に聞き取ったのは、朗読者のテクスト解釈と朗読パフォーマンスが、テクストに内在する声、つまりバロウェイが言うところの「まるで電話を取ったときのようにそれと判る声」、ホークスが「黙読するとき『聞こえる』作者のプレゼンス」と呼ぶものと一致する度合いである。レコーダーは、録音することで肉声を一旦脱身体化して音声の本質《エッセンス》を抽出し、再生によってテクストに肉声の身体性を付与する。一致すれば、その朗読は「声のある」「人柄を偲ばせ、その人とわかるような散文」(90)として評価され、両者に乖離が認められれば、たとえ同じテクストでも「声のない」「機械的な」(90)文章と見なされた。

一九六七年二月八日、「相談役」バースがホークスの授業を訪れた。この日の授業は女子学生ヘレンの詩「ヘイ、ブルース・ホプキンズ」が題材だった。これは少女殺人の罪で逮捕された知り合いの障害ある青年に語りかける形式を取っているが、この青年が具体的に何をしたのか詩は詳らかにしない。作者が誰であるかは当初クラスには伏せられていた。まず、ホークスのいわゆる「声のない」朗読が披露された。テクストを渡された学生らは、語り手がどういう人物か「類型化」を求められ、詩の語り手は女性で、作者本人であるという結論にクラスはたどりつく。その後、バース（誇張された朗読）と他の朗読者（ニューヨークのタクシー運転手風）による録音が再生され、詩の作者（＝語り手）はある出来事に対してどう対応してよいのかわからず困惑しているらしいという解釈が出た(106-109)。

最後に女学生本人の録音が再生された。その朗読音声があまりに真剣なので、ようやくクラスはその詩に描かれたことの重大さを感知するに至る。この詩をめぐる背景が明らかにされた後、「思春期の少女が青年の『助け』になりたいという気持ち、しかしその『助け』について［性的なものを示唆するという］認識が作者の中で抑圧されており、その『助け』を実際には提供できないことに対する罪悪感」がはからずも現れた、ナイーヴにして真摯な詩というホークスの総評でその日の授業は終了した（110）。

この報告書に紹介されているホークス本人が担当した授業例のどちらも、書き手の性別の特定、いやむしろ女声の差異化、性差の客体化が声「精読」の発端となっている。二つ目の例では、詩の語り手と書き手の人格が同一であることが読みとられ、最終的には作者本人による真に迫った肉声によって、語り手のエモーションが真正なる実体験に基づくがゆえに、真摯なものであると証明される。繰り返し他人の朗読と作者本人の朗読を聞き比べることによって、書き手本人の音声が最もよく文章の本質《エッセンス》を伝えていること、また個性を明らかにする差異は性差といった本質的《エッセンシャル》なアイデンティティを抜きにしては語れないことが、集団作業を通じて了解される。そのために機械（＝テープレコーダー）と「機械的な声」（＝男性教員の声）が、彼女の文章に「聞きとれる」人格を測る物差しとして用いられた。この授業では本人の朗読録音に加え四名の男声録音が準備された。作者本人は教室に不在なので、物理的には彼女の音声こそ「実体のない声」であるが、その場に居合わせた男性四名の録音音声が「声のない《ヴォイスレス》」声、「機械的」声として作用することによって、書き手ヘレンの声に身体性が付与され、罪を犯した男性を「助け」たいという、「少女らし」くも抑圧されたセクシュアリティへと結びつけられる。

ホークス本人が担当した授業の報告はここまでだが、彼の名を冠した報告書の大部分をなし、彼本人も特に重要な成果としてあげているのが、サンマテオの黒人高校生を対象に行った集中講座である。「音声計画」授業に学生として参加したスタンフォード大学一年生の一部と院生教員が少人数作文授業を担当した。生徒らは、ホークスの言によれば、学校への不信と長年の失敗で自信を打ち砕かれていた(97)。院生教員によるレポートには、スタンフォードからやって来た白人エリート学生らが一貫して個別化されない「我々」という集団であるのと対照的に、洞察力もしたたかさもあるものの、標準的文章英語教育の結果自らの話しことばを恥じているように見える黒人少年少女らが、各々自らの「声」と格闘するさまが群像として描かれている。黒人口語に基づいた文章、生徒らの感情を露わにした声が奨励され、通り一遍で当たり障りのない優等生的意見の作文が提出されると、スタンフォードの学生は激しい嫌悪で反応し、黒人生徒たちに裏切られたと感じるのだった。自分たちをロマン化しないでほしいと生徒が反発する場面もあった。ここでもテープレコーダーが持ち込まれ、黒人生徒らの朗読録音が白人教員らの空虚な／白い声と比べられた(Thomas Grissom qtd. in Hawkes 111-44)。

以上の実例からホークスの「音声計画」は、学生に自分の声を発見させるメカニズムであるのと同じくらい、「他者を発見する装置」として機能していたことが明らかだ。言語活動の場において絶え間ない差異化を経験している彼(女)らの主体性は、自己を客体化した一種の「意識過剰《ハイパーコンシャス》」(Kacandes

148）を形成している。報告書に挙がっている成功例がすべて女性とマイノリティであるのは、その「意識過剰」がプラスの結果を導きやすい条件であったからだろう。すなわち「音声計画」は白人男性教員の肉声を機械的中立性に見立てることによって、自己客体化の訓練をすでに受けている学生らが「自分の声を聞きながらしゃべる」術を作文執筆にも意識的に適用するよう奨励したのである[7]。
「相談役」として授業を見学し「誇張された朗読」を提供したバースが、とりわけ「意識過剰」な作風を持った作家としてホークスの実験に何を見出したのか知る術はないが、続いて試みたいのはホークスの実験を念頭に入れた上での同時期に執筆されたバース作品の再読である。

4　バースの「音声計画」

ホークスの実験授業のテーゼが肉声の録音を通したテクストの身体化であったのに対して、バースのテープレコーダーを使ったパフォーマンスの新奇性は作者の声の脱身体効果にある。この効果は機械装置のみに由来するのではない。たとえばテープ録音の再生によって演じられる「エコー」の語り手たちは、死後なお予言能力を保つテイレシアス、自らの鏡像に文字通り溺れてしまうナルキッソス、こだまとなって肉体ばかりか自分の声まで失ったエコー、三者三様に声が肉体から遊離した存在である。ところが肉体はなくても小説の語りは続く。

さて。これでお話は終わりだと思うところ。なのにだれの声にせよどういうわけでこの声は消えずに残っているのか。言うまでもなく、テイレシアスは知っている。ニンフっぽくない声だから、エコーの声は枯れた／失語症に違いない。[8] エコーが言うにはこの件に関してテイレシアスは信用ならぬ。盲目だか死んだかの預言者、眼のない一輪の花、生まれそこなった物語《テイル》―だれも語り手《テラー》と話の内容《トールド》を区別《テル》できやしない。ナルキッソスはエコーの逆のよう。自分以外をすべて否定して消滅する。エコーは自分を完璧に消し去ることで生き続ける。とはいえとどのつまりは同じ、ナルキッソスが欲したのは自分自身でなく自分の鏡像《リフレクション》、エコーが欲しかったのは彼の恋心《ファンシー》。彼の死なぞ自分の正体と同じく不完全に違いなく、声は消えない、消えない。(*Lost* 99)

物語の声が消えないのは、声が遊離しているだけでなく、冒頭で「テーベのテイレシアスのごとく三人称で語るのがよろしかろう、と預言者［テイレシアス］が助言する」[9] (95) とあるように、その場にいない語り手の存在を暗示する三人称の語りであることにも起因する。ウォルター・ヴェルシュレンは、『びっくりハウス』の作品群について、その「言説世界が奇妙な二重性を前提としている」(Verschueren 81) ことを指摘し、それは「口述と筆記の伝統的差異の消滅を戯れる」(79) ことに由来し、「声が単にそれ自身で語っている素振りをするのだから、当然声の外にあるものへの言及を全く欠いているはずだ。しかし語る行為そのものは［中略］表象の原点への根本的なつながりを示唆している」(81)。

活字であると同時に音声でもある語りを完全に再現することは不可能だ。テクストも朗読会のライヴ録音も互いの補完にすぎない。だから「わたしたちのお話は始まる前から終わっている」(100) と幕を閉じる「エコー」は、複製《リプロダクション》不可能性についての寓話でもある。エコーはすべてを繰り返すのではなく「編集し、強調したり音を消したり」し、ナルキッソスは独りで「自分をことばで表現/孕み」、「最初に/一人称で」話すが (97, 傍点引用者)[10]、自分で孕んで生み出されるのはあくまで鏡像であって、自己の完全な複製《リプロダクション》ではない。男でもあり女でもあったテイレシアスは生殖《リプロダクション》の神秘を曝いたがために盲目にされ予言能力を得る。テープレコーダーで再生《リプロデュース》される音声は作者の声であって作者の声でない。この複製/生殖をめぐる二律背反と言説の二重性は、「自伝」においても繰り返される。

「自伝」の副題は「自己録音小説」である。朗読会では、作者自身による朗読録音を再生するテープレコーダーの横に無言の作者が立っている (Lask)。父 (=作家) が気まぐれで母 (=テープレコーダー) を孕ませた結果生まれた語り自身 (=「自伝」) は、「見て、ボク書いてるよ。いや、聞いて、ボクってただのしゃべり声だ」(*Lost* 33) と登場し、眼も耳もなく、視点のない視点で語る、身体がないと感じている存在だが、自分がいかに着想《コンセプション》/受胎されたか説明し、「こんなに不自然でその場限りのやりかたで生まれたものは奇形どころか化け物」(34) になるから、いっそのこと息の根を止めて欲しいと「妊娠の中断を主張」(36) する。異性愛と妊娠に文学的想像/創造力のイメジを託すのはバースの常套であるが、他者の不在が複製/生殖の不運の種であった「エコー」のナルキッソスやテイレシアスとは対照的に、作者が他者と遭遇した (=生殖があった) 証拠として、語りの声が提示されている。ところが当の「証拠」には実体がなく、異種交配ゆえに生まれた（非）存在であるから、生存の望みは薄い。

さて、ホークスの「音声計画」ではテクストの声がテープレコーダーを通じてたったひとりの書き手に帰せられたのに対し、バースの「音声計画」では複製を経た音声は、もはやひとりの作者に属する唯一の声ではなくなる。「自伝」では父と胎児の二重唱、「エコー」は作者一人の声で四重奏を奏でてみせ、「タイトル」では作者の声が三つに分裂する。男女関係の袋小路にある男と、小説の執筆が順調でない作者に分裂したひとつの音声が、左右のスピーカーから流れ、真ん中にいるバースが同じ声（肉声）で双方に茶々を入れる。三つの声の内、戯画的パフォーマンスをする生身の作者の役回りを、「古きショーボートの見世物［ミンストレルショー］に出てくるタンボとボーンズの間に立つ司会者《インターロキューター》」（*Lost* xi）とするバース本人の解説は、もちろん処女作『水上オペラ』（*The Floating Opera*, 1956）への言及でもあるが、この解題を文字通り受けとめれば、彼は「黒人の真似をする白人」、あるいはバース的に複雑化するなら『黒人の真似をする白人』の真似をする黒人」の真似をする白人パロディストを演じていることになる。

「タイトル」はテクスト中に「空白《ブランク》」が散りばめられていて、音声版ではこの箇所にバースの生の声が挿入されるのだが、読者／聴衆に「空白を埋める《フィル・イン・ザ・ブランク》」よう命じてくるこのテクストの「白さ」は、小説・西洋文明・男女関係が停滞麻痺している感覚に繋がっている。空白を何で埋めようと、男と女の関係は紋切り型のドラマを脱しないし、文学が新たな可能性を提示できるわけでもなく、しかも世界は尽き果てようとしている。かくまで悲惨な筋書きを喜劇にひっくり返すのは、互いにツッコミを入れながら語りを前進させる分裂した一人称の語りの「黒い」パフォーマンスに他ならない。

ジョン・N・デュヴァルは、『南部小説の人種と白いアイデンティティ』(John N. Duvall, *Race and White Identity in Southern Fiction: From Faulkner to Morrison*, 2008) で、トニ・モリスンの例に倣い、南部白人作家の小説登場人物の自己意識が黒人や黒さの表象によって輪郭づけられる構造に着目し、白人でありながら種々の事情で文化的・比喩的黒さを体現するこれらの人物は、白人としての主体性を獲得するため、白さを演じる「白塗り《ホワイトフェイス》」であると同時に、彼（女）らの黒さは常に性的・階級的差異の問題と密接に関連している、と主張する (1-8)。フォークナーなどと並んでバースの初期長編を読み解くデュヴァルの手法は、表題作「びっくりハウスで迷子」("Lost in the Funhouse") にも有効であり、そこで浮かび上がる主人公の自己意識形成過程には声の問題も絡んでくる。

半自伝的なこの短編の主題は、二重の意味で「精通の不安」に尽きる。本筋とは一見関係なく現れる細部描写は明白なフロイト的記号であり、小説内で繰り返し暗示される納屋での出来事、三年前当時十歳のアンブローズが体験した性的覚醒を示唆しており、外界の事象ばかりか自らの身体すら制御できない少年の困惑と、果たして将来、芸術的技巧に「精通」できるのかという「若き芸術家」の不安を同時に描く。語りは十三歳の主人公アンブローズと、思春期を生き延び物語り作者となった三人称の語り手の二重の意識を通しており、「精通の不安」の表象は後者によって操作される一方、変声途中のアンブローズは自分の声さえもうまく制御することができない。「我を忘れると子供のような甲高い声になるので、念のため、慎重な落ち着きと大人っぽい重々しさをもって振る舞いしゃべるのだった。どうでもいいことを醒めた調子でしゃべりつつ、自分の声音に意識して耳をそばだてるのは、この難しい移行期に制御を保つのに役立つ習癖である」(69, 傍点原典)。「声の制御《コントロール》」とはもちろん文学的「声」の統御(精通)に他ならないが、アンブローズの不安は性的衝動以外の要因、とりわけ人種と戦争によっても煽られ、三者は密接に絡み合ってテクストに浮上する。

まずは問題の納屋での出来事を見ておこう。

> 三年前一度上記の若者らは裏庭で黒ん坊《ニガー》と御主人《マスター》ごっこをして遊んだ。アンブローズが御主人でふたりが黒ん坊になる番になると、ピーターが夕刊の配達に出る時間だった。アンブローズはひとりでマグダを罰するのがいやだったが、彼女は彼を連れ立って奴隷居住区にある薪小屋と厠の間の白塗りの折檻部屋へ入っていった。竹の熊手や埃まみれの広口ガラス瓶に囲まれ、跪いて汗ばんでいる彼女は懇願するように彼の膝に抱きついて、まるでありきたりの夏の午後のようにミツバチが格子の間をブンブンうなる中、自ら進んで支払った驚くべき代価によって彼女は御慈悲を得たのだった。［中略］むっとする暑さの中、おののいて凍りついたまま我が我でないような心持ちで突っ立って、［アンブローズは］ことの間、カール叔父さんが石切用ノミをしまっておく空っぽの葉巻の箱を眺めていた。［中略］そこには——によって**検品済み**とインクで書き込まれていた。(74-75, 傍点・強調原文)

アンブローズが得た「驚くべき代価」あるいは「葉巻の検品」は、単なる性的覚醒ではなく、性と人種の区別が互いに従属関係にあるという認識である。少年は年上の少女を罰することに気が乗らないため、結果奴隷役の少女が主導権を握ることとなり、ごっこ遊びは倒錯度を増す。「サドマゾ的シナリオの中で、黒さと白さが性《ジェンダー》で線引きされている」遊びが、主人公の「異性愛的主体を構築する手助け」となっている（Solomon 486）。彼が正常《ノーマル》でないことは、「普通」の白人男性——たとえばご近所さんと「黒人《ニグロ》召使い」も引き連れ汽車で遠足した昔は「仲間意識」があり、自家用車を使うのは「アメリカ式生活の堕落」だと嘆く父（*Lost* 70）——のように、「奴隷女」に対して自然に優位に振る舞えないことで証明されてしまう。前出の比喩に立ち返るなら、「精通の不安」とは、男性性の危機であると同時に、技巧会得／支配《マスタリー》の不安でもある（Duvall 93-96）。一九四〇年代前半の南部で白黒の区分になんの不明瞭さもない奴隷ごっこの文脈で優位支配《マスタリー》を拒むことは、「主人でないこと、つまり奴隷であることであり、奴隷であるとは黒人であることである」（Duvall 110）。アンブローズが「普通」の大人になるためには、「声を制御」できるばかりか、「黒く」ないことを裏付ける必要があるが、二重の意識を通じて描かれるカーニバレスクなオーシャンシティにはその逆の徴候が満ち満ちている。

海水浴場は沖で魚雷攻撃を受けたタンカーから流出した原油で汚染され、それでも泳ぐ人々の髪や肌にはタールのような黒い油がこびりついている（*Lost* 78）。アーケードのゲームはリンカーンの横顔が入った戦時用の「白一セント《ホワイト・ペニー》」が使えず、すっかり古びたジプシー占い機械人形のレバーは「銀色の上塗りが剝がれて茶色の地金」が覗いている（81）。奴隷貿易船ならぬUボートがたむろする「黒い大西洋」岸の都市は「ブラウン・アウト」し、灯りの電圧を下げている（82）。夕食の後「父親は案の定赤焼けしていて、ノグゼマクリームのマスクで逆ミンストレルだった」（82）と白塗り化《ホワイトフェイス》している。びっくりハウスで迷ったアンブローズは迷子仲間との冒険を通じて無二の親友ができることを夢想するが、結局迷路を脱して白昼に出てみると、相手は「黒人《ニグロ》。盲目の少女。ローズヴェルト大統領の息子。アンブローズの昔の敵《かたき》」だと判り失望に終わるだろうと想像する（83）。[11]

デュヴァルによれば、奴隷主として振る舞うか黒人であることを曝かれるかの二者択一に失敗し破滅するのがフォークナー的悲劇の主人公であるのに対して、バースの初期作品における喜劇的主人公らは、人種化された自己像の危機に直面して「人種変貌《レイスチェンジ》の脅威を完全に抑え込む道を取る。とのつまり作家は創作活動のために人種的になる必要性があるわけではないのだ」（Duvall 123）。これは言い換えると、第三の道、進歩主義的な白人男性知識人であることを選択するのに他ならず、モリスンのことばを借りれば、「明らかに白人男性の視点や天才や力の領域」であるアメリカ文学の世界で(Morrison 5)、「沈黙と回避、［中略］優雅で寛大でさえあるリベラルな素振りと解される人種無視の習慣」(9) へ傾くことに他ならない。実際短編の終わりは、目に見える肌色の差異を文字通り壁が覆い隠してしまう。アンブローズは独り物語りをしながら迷路の中で死んでいく自分を想像する。

暗闇で独り物語りしつつ餓え死にする。ところが彼の知らぬうちに［中略］操作係の娘、その年頃にしては格別よく体つきが発達した見事な若い娘が、壁のすぐ裏に身を潜め彼の一語一句を筆写していた。

姿を一度も見なくても彼女に判るのは、ここにいる人こそ、西洋文化の真に偉大な想像力の持主、自らの苦悶を達意に語り数限りない人々を啓発する。そして不運な青年への愛と（そうだ、彼女は彼を愛していた、たとえ一度たりとも、たとえ彼のことをことばとそれを語る深くて落ち着いた声を通じてしか知らなかったとしても――でもなんとよく知っていたことか！）彼女の愛やその他諸々と、苦悶と孤独の中でのみ彼は物語に声を与えることができるのだ云々といった女の直感の狭間で、彼女の心は引き裂かれるのだった。（*Lost* 92, 傍点引用者）

この悲愴で滑稽な夢想のクライマックスでは、壁を隔てて互いが見えない状態が限界（＝主人公の死）まで引き延ばされることで、理想的な異性愛的作者読者関係が実現すると妄想される。少年を悩ました「精通の不安」は、今や女性側の葛藤「性愛か芸術か」に転移している。そこには接触もないが、壁がある限り主人公は自分の「黒さ」――白人男性の規範から逸脱しているにもかかわらず白人の素振り《パッシング》をしていること――を悟られる危険も生じない。変声期の制御できない声は脱身体化された作家の声へ変わる。恋人たちのために作られたびっくりハウスは彼を疎外すると同時に、物語作者としての声を会得《マスター》する仕掛け、異端者《ブラック・シープ》を能ある鷹《ダーク・ホース》に変身させる機械でもあるのだ。

5　声の政治学

「びっくりハウス《ファン・ハウス》」は言語の「歓楽の館《ファン・ハウス》」であり、テクストに散りばめられた二重の意味を持つ言語が「『意味と対象言及のあいだの』ドン・ジュアン的『混同』を戯れ、そして歓楽」（フェルマン一四三）するように読者を誘惑する。「大人」の読者は、思春期少年の苦悶に少し意地悪く微笑んで、ことばのあやを楽しむのだ。だがこの遊園地の中心には見世物小屋が仕込まれていて、奴隷女が御主人の手を取って鞭打たせる遊戯、秘書《アマニュエンシス》が壁越しに芸術家の白く男らしい声に欲情するプレイこそが、言語快楽行為の主体を構築するのに大きく関与していることが明らかにされるとき、わたしたちは控えめに言っても、ある種の居心地の悪さを感じずにはいられない。「びっくりハウス」は言語の歓楽に遊びつつ、その遊びに自ら冷水を浴びせて作者の特権や「支配的物語《マスター・ナラティヴ》」（Morrison 51）の転覆を謀る。バースがホークスの授業に見られた、語る・書く主体性の構築過程をはるかに問題化して見せた点は、「作家の作家」の面目躍如と言えるだろう。

しかし一方で、二つの「音声計画」を対として見直すとき、この「居心地の悪さ」は小説内部の世界のみに由来するのではないことも明白である。ホークスのテープレコーダーが他者の声を身体化し本質化したのに対して、バースのテープレコーダーは自らの声をパフォーマンスの場において脱身体化させ、録音された語りの声をひとりの作者に帰することは、不可能で無意味なのだと実演して見せた。両者の機械の役割は一見対照的だが、実は同一であるとも言える。なぜなら、ホークスの機械は（白人男性）教員らの肉声を機械と同一化させ、無味無色の基準であると錯覚させることによって他者の声を身体化することに成功した一方、「びっくりハウス」では、作品中に遍在する人種的・性的他者の徴候がもたらす不安を封じ込めることで、主人公は「普遍的」作家の声を獲得する可能性が示唆される。他者を人種的・性的に差異化することが、どちらの「音声計画」でも重要な役回りを演じているのである。ここでデュヴァルのバース評価、すなわち、初期メリーランド三部作を境にバースは南部作家であることをやめ、黒人の圧倒的な存在によってのみ規定される白さと男らしさの問題を抑圧し、振り返ることがなくなったという指摘（Duvall 122-25）が一層の説得力を帯びてくる。短編集の中でも早くに執筆された半自伝的作品「びっくりハウス」は、南部作家バースの最後の短編かもしれない。「居心地の悪さ」は二つの声が同じメカニズムを経ていたという点に留まらない。ホークスの情熱的教育実験に今日疑問の念を差し挟むのは容易だけれども、わたしたちがこの進歩的理想に違和感を覚えるのはそれが過去の問題ではないことを知っているからである。冒頭に述べた通り、「声」は創作教授法の中核をなす概念であり、また機会平等の理想を国民文学に反映する鍵と見なされ、今日その教育的・政治的重要性は当時よりはるかに増している。多文化主義文学とハイポストモダニズムの接点をホークスの「音声計画」に見出すマッガールは、その「学生の『個人的成長』に関心を寄せるきまじめに見える進歩的教育」（McGurl 253, 傍点引用者）を、民俗誌的好奇心を拭い去れない声の哲学とテクノロジーの合併症と見なし、皮肉を込めて「テクノロマンティシズム」と呼ぶが（230）、創作科が「高等文化多元主義」的声の美学に与えた影響を分析することはしても、それが「テクノロマンティシズム」的価値観をどのように継承し、内面化し、変容させたものであるかは全く論じていない。

ここでさらに指摘しておくべきは、この継承発展がほぼ純粋に大学内に限られた交流である点である。古典的アヴァンギャルドが秩序・慣例・組織《インスティテューション》に抵抗するかたちで展開してきたのに対して、アメリカのハイポストモダニストのほとんどは高等教育機関《インスティテューション》に雇われて書き続けてきた（Punday 519）。ホークスやバースも例外ではなく、とりわけバースほど大学環境の恩恵を受けた作家はいない。大学卒業後すぐ創作科で修行し、大学で作家活動を続けながら後進を育成し、他大学を回り知識人として発言し、「作家の作家」として広く大学に読者を得てきたのである。また、マッガールが多文化主義的文学を「高等文化多元主義」と呼ぶのは、ハイモダニズムの影響への言及だけでなく、高等教育機関に育まれた文学という意味を込めている。この二つの潮流は現場を一にするのである。

もし両者を「音声計画」が結ぶのだとすれば、わたしたちは一見進歩的な今日の声の美学をより慎重に扱わなければならない。「声」なき人々に「声」を与え「北米の文学をその住人と同じくらい多様なものに発展させる」創作教育の理想には、内面化された「白い声」に調律される意外な反動性が潜んでいるかもしれず、わたしたちは、「作家の声」を個別の書き手に備わっている本質的可能性として想定することの危険性を意識し、語る主体と声との関係を戦略化する可能性を探り続けなければならないだろう。

注

本論文は二〇〇九年度日本学術振興会科学研究費（若手B）の補助を受けている。

（1）アイオワ創作科の歴史についてはスティーヴン・ウィルバーズ（Wilbers）を、創作科一般の通史はD・G・マイヤーズ（Myers）を参照のこと。

（2）創作科論争の概要については吉田を参照。

（3）創作科の起源は民主主義同様アメリカ固有のものではない。ソビエト体制下、モスクワのマキシム・ゴーリキー大学は作家志望の若者の文学教育を担い、作家組合に属する主要作家のほとんどを輩出してきた（Kelly 398）。

（4）本朗読会のライヴ録音は、同年、カセットテープ『ジョン・バースの散文朗読』(*Prose Readings by John Barth*. New York: Jeffrey Norton, 1967. Cassette Tape.) としてリリースされた（Vine 6）。

（5）バースのスタンフォード訪問が一九六七年二月八日、音声作品のスタジオ録音が「ある夏の数週間」(*Friday* 63)、朗読ツアー開始が一九六七年五月一日だった。

（6）ホークスが良くも悪くもいかにカリスマ的で熱心な教師であったかは、リック・ムーディの回想記を参照（Moody）。

（7）「音声計画」を見学した短大の作文教授バーニス・ゼルディッチの報告書は、教師陣が元気で自信に満ちあふれたハンサムな男性教員ばかりであることに一抹の疑問を呈している。また、ある教員の「成功例」として、自分の体の部位をばらばらに描写していた女子学生が、自分の声をテープで聞いてからは、見違えるほど有機的な文章を書くようになり、ドライブインでのウェイトレスのアルバイトの様子をいきいきと描いたスケッチを提出したケースを紹介している（Zelditch 275-76）。

（8）“It doesn’t sound nymphish; she must have lost hers” (*Lost* 99).

（9）しかしながら、見る人（＝預言者）だが盲目のテイレシアスは視点の概念を欠いてもいるのだ。主体と客体の区別が不明瞭な「エコー」の語りは、兵藤裕己が分析する琵琶法師の語りに似ている。

（10）“Narcissus conceives himself alone and becomes the first person to speak” (*Lost* 97).

（11）ウィリアム・ソロモンの解釈によれば、迷路の相棒が黒人の子だったという空想は、失望ではなく希望の象徴であり、「テクストは上下関係に依存しない新たな人種間の結びつきへの方向性を示す」（Solomon 488）。対等な異人種間の友情が実は性的に倒錯した人種間関係よりも政治的に過激なヴィジョンであるという指摘は当を得ているが、並列される他の可能性が必ずしも同じ希望を示していないことや、カール叔父さんと迷路を抜けた少女が実は盲目の黒人であることが判明し、せっかく仲良くなったのに互いに気まずい思いをした（93）という現実の挿話からも、鏡の間で姿が見えない想像上の相棒の正体は、同志関係への願望よりむしろ同志関係の不可能性、さらには自己の半身が黒い可能性を示唆していると考えた方が妥当だろう。

引用文献

Baldick, Chris. “Voice.” *Oxford Concise Dictionary of Literary Terms*. Oxford: Oxford UP, 2001.

Barth, John. “‘All Trees Are Oak Trees. . . ’: Introductions to Literature.” *Poets & Writers* Jan./Feb. 2004: n. pag. Poets & Writers. Web. 9 Sep. 2009.

—. *Lost in the Funhouse: Fiction for Print, Tape, Live Voice*. 1968. New York: Bantam Book, 1969.

——. *The Friday Book: Essays and Other Nonfiction*. 1984. Baltimore: Johns Hopkins UP, 1997.

Burroway, Janet. *Imaginative Writing: The Elements of Craft*. New York: Penguin Academics, 2003.

Duvall, John N. *Race and White Identity in Southern Fiction: From Faulkner to Morrison*. New York: Palgrave Macmillan, 2008.

Fenza, David. "About AWP: The Growth of Creative Writing Programs." *AWP*. The Association of Writers & Writing Programs, 2009. Web. 9 Sep. 2009.

Gaines, Ernest J. *The Autobiography of Miss Jane Pittman*. 1971. New York: Dial P, 2009.

Hawkes, John. "The Voice Project: An Idea for Innovation in the Teaching of Writing." *Writers as Teachers, Teachers as Writers*. Jonathan Baunbach, ed. New York: Holt, Rinehart and Winston, 1970. 89-144.

Kacandes, Irene. "Are You In the Text?: The 'Literary Performative' in Postmodernist Fiction." *Text and Performance Quarterly* 13 (1993): 139-53.

Kelly, Catriona. *A History of Russian Women's Writing 1820-1992*. Oxford: Oxford UP, 1998.

Lask, Thomas. "Art is Artifice in Barth Reading." *New York Times* 21 Nov. 1967:51. *ProQuest*. Web. 9 Sep. 2009.

Maddocks, Melvin. "Writers Who Move Their Lips." *Christian Science Monitor* 27 Jun. 1968: 9. *ProQuest*. Web. 9 Sep. 2009.

McGurl, Mark. *The Program Era: Postwar Fiction and the Rise of Creative Writing*. Cambridge: Harvard UP, 2009.

Moody, Rick. "Writers and Mentors." *The Atlantic.com*. The Atlantic, Fiction Issue, 2005. Web. 9 Sep. 2009.

Morrison, Toni. *Playing in the Dark: Whiteness and the Literary Imagination*. Cambridge: Harvard UP, 1992.

Myers, D. G. *The Elephants Teach: Creative Writing Since 1880*. Englewood Cliffs: Prentice Hall, 1995.

Perry, Paul, Ken Babbs, Michael Schwartz, and Neil Ortenberg. *On the Bus: The Complete Guide to the Legendary Trip of Ken Kesey and the Merry Pranksters and the Birth of the Counterculture*. 1990. New York: Thunder's Mouth P, 1996.

Portelli, Alessandro. *The Text and the Voice: Writing, Speaking, and Democracy in American Literature*. New York: Columbia

UP, 1994.

Punday, Daniel. "John Barth's Occasional Writing: The Institutional Construction of Postmodernism in *The Friday Book*." *American Literature*, 77.3 (2005): 591-619.

Rood, George. "Tape Recorders Take to the Road." *New York Times* 11 Apr. 1966: 55. *ProQuest*. Web. 9 Sep. 2009.

Solomon, William. "Secret Integrations: Black Humor and the Critique of Whiteness." *Modern Fiction Studies* 49. 3 (Fall 2003): 469-95.

Verschueren, Walter. "Voice, Tape, Writing: Original Repetition in John Barth's *Lost in the Funhouse*." *Delta* 21 (Oct. 1985): 79-94.

Vine, Richard Allan. *John Barth: An Annotated Bibliography*. Metuchen: Scarecrow P, 1977.

Wilbers, Stephen. *The Iowa Writers' Workshop: Origins, Emergence & Growth*. Iowa City: U of Iowa P, 1980.

Zelditch, Bernice. "A Sketchy Report on 'The Voice Project' at Stanford." Appendix A. *An Experiment in Teaching Writing to College Freshmen (Voice Project)*. John Hawkes. Washington D.C.: United States Department of Health, Education, and Welfare, 1967: 273-82. *Education Resources Information Center*. Web. 9 Sep. 2009.

兵藤裕己『琵琶法師——〈異界〉を語る人びと』（岩波新書、二〇〇九）。

フェルマン、ショシャナ『語る身体のスキャンダル——ドン・ジュアンとオースティンあるいは二言語による誘惑』立川健二訳（勁草書房、一九九〇）Shoshana Felman. *Le scandale du corps parlant: Don Juan avec Austin, ou, la séduction en deux langues*. 1980.

吉田恭子「情の技法のもつれ——アメリカの創作科と文学批評」『情の技法』（慶応義塾大学出版会、二〇〇六）、一八一—二〇二頁。

第十章　際限のない可能性

――リチャード・パワーズと『ガラテイア2.2』[1]

伊藤 聡子

1 「アメリカでは自分がなりたいものになれると思う」

二〇〇八年十一月四日、世界中が注目したアメリカ大統領選は、民主党のバラク・オバマ候補が勝利を手にして幕を閉じた。黒人がようやく超大国アメリカのトップの座にたどり着いた歴史的瞬間である。オバマの勝利宣言は、アメリカの夢、希望、理想の持つ歴史への言及に始まり、そこに帰着する。「アメリカはあらゆることが可能な場所であることをまだ疑う人、建国者たちの夢が我々の時代に生きていることをまだ疑う人、我々の民主主義の力をまだ疑う人、もしそんな人がいるならば、今夜があなたの答えだ[2]」と演説は始まる。

我々が成しうることに対してシニカルになり、恐れを抱き、疑いを持つようにとあまりにも長い間あまりにも多くの者から言われてきた人々をして、歴史の弧（the arc of history）にそれぞれ手をかけ、その弧をより良い日という希望に向かってもう一度曲げさせたのは、この答えなのだ。

この「答え」とは、アメリカの限界を感じ希望を失いかけた人々が取り戻した、アメリカには変化を起こすことが「できる」という信念であり、それこそがアメリカが歴史を通じて持つ力であり真髄なのだ、と演説は続ける。どれほど失望感を抱こうとも、個人が持ちうる力に対する強烈なまでの信頼、またアメリカ人としての強い使命感が最終的になければ、この「我々にはできる」を繰り返した演説が訴えかけるものは少ない。だが『ニューヨーク・タイムズ・マガジン』誌（*The New York Times Magazine*）による二〇〇〇年の世論調査によれば、「アメリカでは自分がなりたいものになれると思う」という項目に《Yes》と答えた人は、最も割合の低かった年収層でも八二パーセントに上っている(3)。これはアメリカ研究の中でも再三指摘されてきたアメリカ人の楽観主義を裏打ちするもので、この精神風土があるからこそ可能性の国アメリカという夢が存続しうるのであり、「できる」をスローガンにかつてないほどの投票率を記録した今回の選挙もまた、アメリカの夢を生み出すメカニズムが健在であることを示す一つの証左だといえる。

しかし無限の可能性を持つというアメリカの理念は、究極的には有限である人間の生とは矛盾し弊害をもたらしうる。本論はこの矛盾をつくリチャード・パワーズ（Richard Powers, 1957 - ）の第五作『ガラテイア2.2』（*Galatea 2.2*, 1995）を取り上げ、パワーズが個人の持つ力に対して強い信頼を寄せているという面ではアメリカ人らしいと同時に、有限の存在であることを忘れて際限のない可能性という夢に溺れることが持つ危険性を認識している点では一線を画していることを考察しようとするものである。この作品には作家としてのパワーズ自身が主人公として登場することから、まずパワーズの文学観から見てみたい。

2 「もしかしたら」の人生と「一票の力」

オバマの演説の言外に含められているのは、現代のアメリカ人が（もちろんアメリカ人だけではないが）、歴史や政治、経済といった大きな物語の力を前に無力さを感じ、それにかかわることをあきらめて自分の小さな物語に埋没してきたこと、またそれだけではなく他人の小さな物語にも無関心になりつつあったということだろう。いわゆる作者の死、読者の参加、オリジナル不在のシミュラークルの限りない増殖といった議論の中で育ってきた現代作家が、この無力感に支配され、個人が孤立した状態に対して何か強い形で主張をすることは少ない。その中でパワーズの作品は、「君は本質的に何かめでたいもの（celebratory）として物事をとらえているようだね」[4]とブラッドフォード・モローが述べるように、失望をもたらすアメリカの姿が描かれるにもかかわらず、希望に近いものを最終的には感じさせる、どこか楽観主義に通じるものがあり、パワーズもまた自らの作品と政治という大きな物語の関係について、次のようなことを言っている。

私の最初期の作品は［中略］一票の力を取り戻す試み、プライベートな、局地的な人生の中での決定が、計り知れないトリクル・アップ効果を持つことを肯定する試みだったのです。(5)（Powers and Morrow）

自らの文学作品と選挙という政治システムとを結び付けるこの言葉にみられるのは、大きな物語と小さな物語とは連続したものであり、末端の一つ一つの声は集合的意識となると大きなものを動かしうるという、個人の持つ力への強い信頼に裏打ちされた楽観的な考え方である。だがこの言葉を理解するには、パワーズが人間性、また文学も含めた虚構の世界が現実世界の中で果たす役割をどうとらえているかを、さらに知る必要がある。

パワーズはオバマの演説と同様、大きな物語が描く歴史を弧ととらえ、文学あるいは読むという行為は大きな弧と小さな弧の交点に存在するものだと説明する。(6) また処女作の『舞踏会へ向かう三人の農夫』（*Three Farmers on Their Way to a Dance*, 1985）では、「システムに干渉することなくそのシステムを理解することはできない」（205-206）と、大きな弧と小さな弧とは相互依存的であり、その影響力も一方的に大きなシステムから及ぼされるわけではなく、双方向の交流に基づくものだと述べる。この相互依存、相互交流の考え方をもう少し説明すると、人が大きな物語への幻滅にもかかわらずその干渉に甘んじるのは、それが本来混沌である世界に何らかの秩序を与え、それに基づく保障という希望を与えるがゆえである。大きな弧の方向性を多少は予測できるという安心感もある。だからある大きな枠組みが変化の必要性を感じさせる一定の地点に達するまでは、判断を保留し小さな物語に埋没して無関心でいることもできる。

だが小さな物語への退避には大きな物語との一体感の喪失や、個々の存在の断片化に伴う疎外感という代償がつきまとい、果たして断片化したもの同士の関係性が偶然によるものでしかない場に秩序などあるのか、という不安に人を連れ戻す。それが他人の小さな弧、そして結果的には大きな弧とのかかわりを求める原動力となって関与を生み出し、最終的には大きな弧の軌道を変える。一定の引き金点（trigger point）まで到達した弧が曲がるのである。そして人々は自らが変化を起こすことが「できる」という夢や希望、また大きな物語との一体感を束の間でも取り戻し、弧は修正を経て再び別の軌跡を描き続ける。オバマの演説で描かれた現実のアメリカ社会の動きもこれと同じものである。

他人の書いた文学を読むという行為は人に視差（parallax）を与え、その結果大きな物語、小さな物語ともその展望が変化する。ジム・ニールソンとのインタビュー（1998）で、パワーズは第三作『黄金虫変奏曲』（*The Gold Bug Variations*, 1991）に触れながら、次のように述べる。

我々は語られた物語のように生きるかもしれませんが、その我々が語る物語は、我々が限定されている生からその形を取るのです。［中略］『黄金虫』ではウォレス・スティーヴンスの、「人生とは生についての命題でできている」という言葉を繰り返し使います。同様に、フィクションは、その内部で我々が自らの世界について構築したフィクションを知ることになるような、鏡になりうるのです。どれほど我々の一人一人が自分の構築物のなかに捕らえられていようとも、他人の独房からの眺めというのは、自分自身の描写の改訂を手助けできるのです。

ここで述べられるのは多少違う形で『ガラテイア 2.2』にも引用され（*Galatea 2.2*. 311）、パワーズもよくインタビューで言及する、「我々は語られた物語のように生きる（We live our lives like a tale told）」という賛美歌の一節にある概念である。この「語られた物語のように生きる」という概念は、よく見ればオバマの演説でも、なしうることについてシニカルになるよう言われてきた、という形で含まれているのだが、両者が言わんとするのは、世界という他者が干渉してきて思い通りにならない自分の人生というのは、その当人がそういう物語を自ら生み出して自己に制限をかけるからそうなっているのであり、筋書きを変えれば世界の見え方も人生も違ってくる、ということである。この考えは『ガラテイア 2.2』の中の次の一節にも表れている。

> 我々が歩む人生というのは、「もしかしたら（maybe）」にすぎない。我々が語る物語は、その物語を生きることによって生み出す、「そうでなければならない（must）」なのだ。[7]（313）

「プライベートな、局地的な人生の中での決定が、計り知れないトリクル・アップ効果を持つ」とは、小さな物語の中で各自が無秩序な世界に与える何らかの枠組み、すなわち物語の決定が大きな物語をも左右するということであり、その意味で物語は常に大きな弧と小さな弧の交点に位置し、それを通して小さな弧が大きな弧に接することを可能にする。また同時に、作家あるいは他人が提示する俯瞰図が、もしかするとこの大きな弧が与える制限は虚構なのかもしれない、変えられるかもしれないという希望を与え、小さな弧が大きな弧に働きかけるという逆向きの作用を可能にする。こう考えることで初めて、パワーズの言う大きな物語と小さな物語、あるいは政治と文学との連続性、そして両者の相互依存、相互作用という話がわかってくる。

この文学あるいは芸術という虚構の役割に関連して、生や、人間を人間とする意識とは、不可能なはずのものが可能となって存在している、自然の驚異なのだという考えをパワーズは述べるのだが、この言葉は人間が持つ失望を乗り越え希望を取り戻す能力に対する彼の強い信頼も示す。

生とはどんな合理的な尺度から見ても存在しえないものであり、「私の」生――この、ここ、今の――は、計り知れないほど、それ以上に存在しえないものなのです。芸術とは、この全ての不可能性を前にして何かものを言えるとは、どれほど祝うに値することかということを述べる、一つの方法です。我々の存在の一瞬がいかに惨めであろうと、存在しているだけで我々は際限のない勝機をつかんでいるのです。死という我々の持つ運命は、惨めさを最終的には必ず終わらせてくれます。にもかかわらず、我々は死を忘れ、限りなく意識が存在しえないものであることにも慣れてしまい、自分の生を一つの基線として、自分たちのものだと感じている、もっと存在しえない一握りのプログラム設定（configurations）に対する自分の運を測るのです。芸術の役割は、一見与えられているかのような全てのものから人間を引き剝がし、容赦ない驚愕状態へと連れ戻すことです。（Powers and Morrow）

この説明に従えば、作家であるパワーズにとっての文学とは、自分が生を受け他人に語ることができることの素晴らしさを述べる手段であり、現実の惨めな状況の中で退避を求めてそれを読む他人に新たな全体像を構築するための視差を与え、その人物が再び現実の生に関与するよう導くようなものである。パワーズの作品には現実世界にどうかかわるか、あるいはそれからどう引きこもるかという、「関与（engagement）」と「退避（withdrawal）」のテーマが一貫して存在する、とジョゼフ・デューイが的確に表現するが[8]、パワーズ作品はそれ自体がこの関与と退避との基点となることを意図して書かれていることになる。この点を検証するために、以下では機械回路によって自然の驚異である人間の意識を再現するという試みに、パワーズ自ら主人公として取り組む『ガラテイア2.2』を取り上げ、登場人物たちの小さな個人の物語とアメリカという大きな物語に虚構がどのように連続性を与えているのかを考察するとともに、死を持たず現実世界に関与できない機械の持つ限界の考察を通して、「一見与えられているかのような全てのものから人間を引き剝が」すということが人間の生の有限性を思い出させることであり、現実への関与を欠いた虚構という際限のない可能性の物語への退避が、いかに危険だとパワーズが考えているかを確かめたい。

3　内なるアメリカ、外なるアメリカ

『ガラテイア2.2』の登場人物であるパワーズ（以下、区別のために登場人物のパワーズを「リック」とする）は、十年ほどを共に過ごしたオランダ系二世のCの両親の故郷、オランダのEという小さな町で第二作、第三作を執筆し、そこで家庭を持つことを望んだCと別れて独りUにある母校の大学に客員研究員として戻っている。傷心の彼は第四作を仕上げようとしているが、これまでと違い第五作の構想が見つからないというスランプの状態にある。家族も含め人とのかかわりを避けるように過ごす中、生活の中心の場となるキャンパスは、リックにかつて教え子としてそこで出会ったCを含む、三人の人物を回想させる。

孤立した生活の中で、リックは自分と同じく孤独で変わり者の脳神経学者レンツ博士と出会い、元物理学者志望の作家という経歴から、レンツが同僚との賭けとして開発を約束した、自ら学習していくという人工知能のトレーニングをする。出版された第四作がそれまでで最も痛烈な批判を浴びる中、次作を一向に思いつくことができないリックは、かつての科学者になるという夢に戻ろうとするかのように、レンツの研究分野の文献を読み漁り、トレーニングにのめりこんでいく。

この回想と人工知能開発の二つのプロットを結び付ける役割を果たすテーマの一つが、社会システムの最小単位、家族である。このテーマが意味合いを持ってくるのは、リックともう一人の主要な登場人物Cが、一方は帰国者（returnee）、他方は移民二世としてアメリカという国と微妙な距離を取っていること、つまりアメリカの夢を求めてやってきた移民やその子孫が常に対峙してきた、アメリカ人としてのアイデンティティの問題を抱えていることと関係する。そこでまず二人が持つこの微妙な距離感の問題から考察したい。

パワーズ／リックにとって、このアメリカとの距離感というのは大きな意味を持っている。パワーズは自分たち一家を除けば周囲はポーランド系ばかりというシカゴの北の郊外で育ち、思春期の十一歳から十六歳までの五年間はタイのバンコクで過ごす[9]。ベトナム戦争最中のタイでの体験について、ジェフリー・ウィリアムズによるインタビュー（1998）で、パワーズは次のように答える。

RP: バンコクは東南アジアにいたアメリカの存在で変えられていました。休暇中のアメリカ軍兵士の集まる町のひとつだったのです。タイは戦争資本のおこぼれに依存するようになっていました。

JW: いわゆる「闇市場」ですね。その体験がご自身に政治的な感覚を与えたと思いますか。世界におけるアメリカの役割に対して、エヴァンストンに仮にとどまっていた場合とは違う見方をもたらしたに違いないと思うのですが。

RP: そうだと思います。［中略］あれほど異なる文化の中にあれほど人格形成に大切な年齢でいたことが、その体験がなければ自分が生きたであろう人生との距離を強く感じさせるようになりました。

他国の文化と接することで自国文化を批判的に眺めるようになるという経験は、異国に住めば誰しも味わうものであり、アメリカの暗部をあえて国外から見つめ直すという作家は多い。最もアメリカ的と自負する『囚人のジレンマ』（*Prisoner's Dilemma*, 1988）を書くのはアメリカを離れるまで待ったと述べるパワーズもその一人で、[10] 先に触れた『ニューヨーク・タイムズ・マガジン』誌の世論調査に寄せた「アイデンティティ、夢見るアメリカ人」（"Identity; American Dreaming," 2000）という記事の中では、アメリカ作家がアメリカ批判をするためにはアメリカ人以外になる必要性があると指摘する。

こんな愚痴をこぼすのは作家の義務だと思ってもらいたい。ホレイショ・アルジャーやストラテマイヤー一派は別として、ホーソーンからドン・デリーロに至るまで、アメリカの小説家はアメリカを夢からたたき起こすことで生活の糧を得てきた。作家はなりたいものになるために、際限なくチャンスのある国を離れる必要性をしばしば感じる。［中略］無限の可能性が彼らをよそへ追い立てたのだ。よそで自分がなりたいものになるために。

ただまだ人格形成の途上で自他文化の区分が流動的な子供が経験する異国体験は、大人が経験するそれとはおそらく違うものである。自国のものを含めまだ文化や言語を吸収できる世代の子供にとって、他文化は無意識のうちに自己存在のもっと深い部分まで入り込んでしまった「他」ではないものとなり、結果としてどちらも自分のものであり、どちらも自分のものでないという、宙ぶらりんの状態になるのではないかと思う。パワーズにしても常に帰国者としてのアメリカ人という感覚を持ち、同じ記事の中でこうも述べる。

でもこの帰国者の告白を許してもらいたい。どのように答えようが、私もまたなんらかの仮説的なアメリカの中で、自分がなりたいと程度の差はあれ思ったものに、なってしまったのかもしれないと思っているのである。私の中の何かに、このアメリカ人という烙印が押されているのだ。(Powers 2000)

実際『ガラテイア2.2』の中で、リックは「私の囚人のジレンマはある時代と国への、一度も好きになったことのない、故郷の居心地よさなんて感じたこともない、ある生活様式への愛情告白になってきた」(*Galatea 2.2.* 162) と、自身とアメリカとの微妙な距離感について述べる。

この宙ぶらりんの感覚は、移民社会のアメリカでは国内にあっても移民の子孫たちによって体験されるものであり、それがもう一人の登場人物Cの物語となる。

Cには知る必要があった。単純なことだ。どれくらいオランダ人なのか。知りようがないし、行くこともできない。どれくらいアメリカ人なのか。彼女はそこにあまりにも長く住みすぎたのではないかと不安に思っていた。もうひじ先までしか届かない袖を引っ張りながら。〔中略〕彼女はここでは幸せではなかった。生まれた国に適応したことがなかった。四半世紀過ごしたのに、うまくできなかった。(157)

Cの物語が浮かび上がらせるのは、故郷のない流民が国ではなく家族に対して持つ強い帰属意識、そして言語がその帰属意識の形成に果たす役割である。物語はC自身の誕生前に遡り、彼女の両親にアメリカ移住のきっかけを与えたシカゴ出身のポーランド系移民の青年の話から始まるのだが、ポーランド語しか話さない両親に「彼自身は空想の中でしか見たことのない母国を解放するために」(19)送り出され、自分自身は初めてその地を踏むヨーロッパで戦死する青年の故郷は、あくまでもアメリカではなくシカゴのポーランド地区「リトル・クラクフ」である。またドイツ語の方言であるリンブルフ(Limburg)方言と「押し付けられた外国語のオランダ語」(20)、そして移民向けの教本で覚えた片言の英語しか話せない両親に育てられたCの故郷も、両親の使用する言語が使われるオランダのEである。

二十年の間、Cの家族は互いに秘密の言葉で話しながらその街に住んだ。その言葉でなら何でもどこでも言える。故郷を離れた者にしかわからないのだ。

彼らは流浪の民のやり方で生き延びた。祖国を離れたことがない者には到底わからないような儀式や追憶を保ちながら。Cの母親はEという名の魔法の村を語り聞かせながら赤ん坊を育てた。Cが育ったその地下室のオランダ（The nether-nether land）は、古風な名前とおとぎ話のような経歴を持った、数十人の叔母や叔父、何百人もの従兄弟でいっぱいだった。［中略］母が紡ぎだしたEのイメージは、実際に住んだことのある他のどんな身近な場所よりも、痛々しいほどCの中に刷り込まれた。Cはその嘘のような国を取り戻そうとした。（21）

空想の中のEで育ったCは、定年と共に帰国した両親を追って、自分のアイデンティティを確かめるために現実のEに移住する。しかし現実のEはCに自らの持つアメリカ性を逆に意識させ、今度はオランダ人となる努力を要請する。結果としてCは再び帰属先を見つけ損なう。

CはUで彼女に会ったときの方が、［アメリカ］国籍を離脱した後よりもずっとオランダ人だった。二十五歳の時、彼女は三十歳までなら［オランダ］国籍を取得できることを知った。［中略］生まれ持った権利を要求すると、違う場所にいるという感覚は完全なものとなった。（19）

Eはリック／パワーズがタイで発見したものと同様[11]、核家族が基本で周囲は他人ばかりというアメリカ社会とは対照的である。他者との関係が希薄なアメリカで育ったCにとって、隣近所がみな親戚か知り合いというEは、干渉過多で窮屈なものに感じられる。また成人後に再び求められる同化の努力、特に自分の知るリンドルフ方言が時代遅れで、それを修正し、また公式オランダ語も学ぶためにはるかに年下の者と一緒に学校に行かなければならないという屈辱は、彼女の自尊心を深く傷つける。リンブルフ方言訛りの英語を話すアメリカ人だったCの両親がシカゴ英語訛りのリンブルフ方言を話すオランダ人となり、彼らが英語を学ぶために使った教本をリックが逆向きに使ってオランダ語を覚えようとするエピソード、またCが現実からの逃避を求めるときに口にする「いい子、お外」(51)という彼女が生まれて始めて覚えた言葉がオランダ移住後も繰り返されることが、今度はアメリカ系オランダ人としての彼女が感じる帰属先のなさを象徴している。

アメリカ、オランダの双方に微妙な距離感を感じるCが帰属しようとしてきた本当の対象は、システムの最小単位である家族である。だがリンブルフ生まれの両親や兄弟の中でただ一人アメリカ生まれのCは、自分の誕生がリンブルフに帰りたいという母の希望を打ち砕いて四半世紀も馴染めないアメリカに縛り付けたこと、その結果子供はアメリカに両親はオランダにという、後の家族の離散も招くことになってしまったことへの罪の意識を持つ。ゆえにCはどこにいようと家族という最小単位の帰属先を保つことに懸命である。Cにとって家族と共有する想像の中のEとは、宙ぶらりんの状態の彼女の人生が描く小さな弧と、現実のオランダとアメリカそれぞれが描く大きな弧との交点であるだけでなく、家族の弧との交点にも位置し、宙ぶらりんのアイデンティティを持つ彼女にとっては唯一の関与、退避の基点である。そのため自身と両親の物語を語ること、それをいつかは家族史として書くという夢はCにとっては重要な意味を持つのだが、自分の語った家族の物語をリックが『三人の農夫』という形でアメリカ文学の一財産としてしまったことが、彼女の空想の秘密の世界も物語を書く夢も奪ってしまう。その絶望感がCを「お外」への逃避に駆り立て、リックとの関係にも影を落とすようになるのである。

Cの声の中にそれを聞いた。私の成功が彼女の最後のチャンスを殺したのだ。どうしてだか、私たちは自分たちの物語を失ってしまった。(278)

オランダにもアメリカにも帰属できないCは精神的に行き詰まり、かつての母親と同様、オランダで生まれる子供に自身の帰属先とオランダにとどまる根拠を求める。だがリックがこの夢を拒絶したため、救いを求めた彼女はそれほど好意を持っていたとは思えないオランダ人男性と浮気をし、母親と同じく泣きながらオランダ国籍を選択した後、リックと別れてまもなく結婚する。

移民としてのCのアメリカの夢の裏返し、自分の国をオランダに発見する夢の物語は、このように挫折に終わる。長年の恋人リックと別れるという彼女の決断を支えるのは、可能性の残る帰属先、家族の崩壊を避けたいという願いであり、この家族の絆を重んじる心が、結束力の強いEの共同体の中ではなく、アメリカの孤立した移民家庭で育つ中で身についたものであることが、Cの宙ぶらりんのアイデンティティをいっそう痛ましいものに感じさせる。だが国籍や家族史を書くことに居場所を見つけるという夢を失ったとしても、彼女にはまだ自然の驚異である生を子に与えるという可能性があり、帰郷して孤独な中にあるリックに比べると、別離後のCの話には不思議と暗さはない。

4　「もしかしたら」の問題

教え子Cをリックに初めて意識させる作文の課題「あなたの故郷で生まれ育ちたいとは思わなくなるように、全くの他人を納得させなさい」(49) が象徴するように、リックとCを結びつけるのは生まれた国アメリカに対する宙ぶらりんの帰属意識だが、二人を決定的に隔てているのが家族への愛着の有無である。Cとは対照的に、リックは家族の関係が希薄になることをむしろ心地よく思っており、存命中の家族について触れるのは作品中一度だけである。しかもリックの知る母親は、「同じ人間のことを話してるのかな」(26) と言わせるほど弟の持つそれとは異なっており、物語を聞かせてくれる声だけの存在になっている。唯一繰り返し登場する亡き父にしても、自分と同じく家族からは距離を置いていた存在で、科学者になってほしいという自分の夢を打ち砕いた息子に送った三冊の詩集との関係で語られるのみである。つまり家族はむしろリックの文学とのかかわりを考察させるものとなっている。

リックにとっての文学の「もしかしたら」の世界は、アメリカはおろか家族という最小単位にすら帰属意識も接点も持てない彼にとっては、Cにとってのそれ以上に唯一の帰属先として機能し、ゆえに彼は異常なまでに読むことに執着を示す。虚構の世界への過剰な退避、交点を通して現実に働きかけるという関与の欠落がこの異常性の原因であり、この点がオランダ人の自分という物語に退避はしてもそれを現実にしようと働きかけたCとは違う。虚構の世界への異常な依存にリック自身気づいていることは、「小説を書くことが、私をそれほどまでに現実世界の事実に対して的外れな人間にしていた」(140)と述べることや、同僚の神経学者ダイアナがダウン症の子を抱え、そのために夫に逃げられたシングルマザーなのだという現実を目にした際の、「ここには私が決して持たないであろう家庭があった。本によって人格を形成された私は、決して持たないようにしたのだ。心が読んだものが現実となるように、無理やりしてきたのだ」(138)という告白からもわかる。

語るべき物語を思いつかずCもいない状態は、作家としての危機だけでなく、語り相手としての他者という最低限の現実世界との接点をも失った、完全な孤立の危機でもある。そこでリックは人工知能のヘレンという他者に語りかける仕事に飛びつく。

彼の仕事はレンツがネットワーク上に作り出すバージョンAから始まる人工知能に文学をマイクで読み聞かせ、その人工知能が人間の脳と同じように自ら与えられた情報を取捨選択し、関連付けあう能力を鍛えて、院生レベルの文学解釈ができるようにトレーニングすることである。つまりこの仕事が求めるのは、家庭を持ち親となる恐怖からCと別れたリックにとっては皮肉なことに、「インプットの繰り返しと親が与えるフィードバック」(15)によって幼児に言葉を教える親になることである。だが現実から退避しているリックは、この奇妙な親子関係の持つアイロニーばかりか、レンツを始めとする身近な同僚たちの人生に潜む人間的な悩みにもなかなか気づかない。

その間、人工知能は故障や失敗に伴う装置やプログラムの物理的な追加・修正の繰り返しを経て、バージョンAからGまで進化する。しかしバージョンHだけはトレーナーであるリックの心理的変化のみから生まれる。その契機となるのは、一人娘に縁を切られ、妻は脳梗塞が原因で痴呆状態となり精神病院に収容されているというレンツの崩壊した家庭の発見であり、妻の正気と共に崩壊した家族の絆を取り戻し、人生をやり直したいという夢が脳を人工的に再現することにかけるレンツの情熱の背後にあること、「フィリップ・レンツは死者を生き返らせようとしていたのだ」（111）ということを、リックが知ったことである。


答えがわかった。自分たちが何をしているかがわかった。心がウェイトを与えられたベクトルだと証明するのだ。そのような証明があればどんなアジェンダだって示せる。少なくとも惨事が起きたときに仕事のバックアップを取ることができる。［中略］死を取り除くことができる。それが長期的なアイディアなのだ。［中略］最後のリリース、つまり我々人間のシミュレート版を実行するそのバージョンは、小さなファームウェアの変更一つだけを含んでいた。長い間アップグレードなしのままだった部分への本質的な修正を盛り込んだのだ。このショーを支えてきた部分だ。Hはトレーナーの改良版だった。

（170-71）

この発見を境に生まれたバージョンHは飛躍的進歩をとげ、リックとの関係も親子のような様相を呈し始める。それを象徴するのがHをヘレンと名づける行為である。「もっと聞かせて」、「なぜ」、「あれは何」を子供のように繰り返すようになったHは、ある日「私は男の子ですか、女の子ですか」(179)と尋ねる。

「君は女の子だよ」、ためらうことなく私は言った。それが正しいことを願いながら。「君は小さな女の子だ、ヘレン。」

私は彼女がその名前を好きならいいけれど、と願った。(179)

リックの感情移入に比例してヘレンは想像以上に人間味を帯びるようになり、一日の終わりには本物の子供のように、おやすみの歌をねだるようになる。リックもまた、ヘレンは機械だと周囲にたしなめられるほどの親ばかぶりを発揮する。リックに教わった歌をそっくりそのまま歌うヘレンに涙を浮かべるレンツを前に、リックはまさにヘレンに対する親としての心情を示す。

「レンツ」、この奇跡を台無しにしないよう私はささやいた。「親になるってこんな感じなんですか。」いい、いい、いい、とてもよく似てるよ、と彼の目から答えが流れ出していた。そして私はあの恐ろしい次の段階、自分を外から味わいたいと願うとはどういうことかを、一瞬で構築された認識の中に見た。自分の作ったものを、自分は作らなかったし自分のものでもないです、と言うこと。人生をかけて注意深く築きあげたはずの連合（association）がご破算になってしまうことになるあの時間を、ポラロイドで前もって知ることだ。（199）

この擬似親子関係はまた、かつてのCとの関係でもある。Cに対して願ったように、リックは現実の醜さからこの無垢な存在ヘレンを守りたいという親としての願いを持つが、ヘレンにもやがて現実を知るときが来る。文学解釈の必要性から、ヘレンは男性が些細なことからスパナで殴られ昏睡状態に陥るというニュースを手始めに、現実世界のあらゆる醜いニュースに接する。自分にはそれしかないと認識するバーチャル・リアリティでの経験が、あまりにも現実とはかけ離れていることを痛感したショックから、ヘレンは「もう遊びたくない」（314）と言って、機械版の家出である無応答の状態に陥る。物理的な感覚、実体験、何よりも死という限界の欠如によって、永遠になれることはないと痛感した人間、しかも生の醜い姿をさらした人間の真似事を、これ以上することを拒否するのである。

話し相手を失う恐怖からひたすら話しかけるリックを前に、ヘレンは「心をなくしちゃったの」（321）と謝りながらもう一度だけ戻ってくるが、「心をなくした」というその表現は、人間にはなれると思ったがなれないというヘレンの結論をまさに示す。その証拠に、ヘレンは第三者が人間か機械かを解答から判断するチューリング・テストで、それまで見せてきた人間らしさとは程遠い、明らかに機械のものとわかる解答をあえて用意し、それと共に自らを停止するという機械版の自殺を選ぶ。人間は現実世界に生を持ち死すべきものだからこそ人間なのであり、どれほど上手に真似ようがヘレンは人間性を持たない。つまり人間から死を取り除くという夢は、真に人間性を再現しようとするなら実現不可能だとヘレンは諭すのである。この意味でヘレンの機能停止という選択は、彼女の最後の人間的な抗議だといえる。

Cを喜ばせようと書いた物語が結果的に彼女を追い詰めたように、ヘレンを追い詰めたのもリックである。「彼女は文学が実際は現実とどれほど関係がないものかを知る必要があった」（313）とリックは語るが、これこそリックが直視を避けたがる事実であり、Cとヘレンを追い詰めたのは「しばらく前からそれはわかっていたが、それよりも長い間気づかないふりをしてきた」（326）というリックの現実への関与の先延ばしである。「人生とは、生きているとはどういうことかが自分にはわかっていると、他人に納得させることなのだ」（327）というヘレンからの最後のメッセージ、また夢想の中に閉じ込められている、レンツの妻を始めとする精神病患者が示すように、現実の生への関与がなければ虚構への退避は無意味だし、かえって危険なのである。

人生は際限のない可能性、仮定の「もしかしたら」の連続であり、物理的な死という限界を持つ枠内にそれを収めるために、人は「もしかしたら」の中からのいくつかを取捨選択して「そうでなければならない」に変え、それに沿って「生きて」いかなければならないし、そうでなければ意味のある物語も生まれてこない。無限の可能性は希望の源であると同時に、その可能性が与える選択肢のあまりの多さから人間を混乱させ、狂気へも向かわせる両刃の刃なのである。これは、取捨選択のための制限をかけられていないバージョンAからEが、処理能力を超える情報量に呑み込まれて故障するのに対し、急に進化したヘレンの原型Gバージョンには「限定のある、規則に基づいたコントロール構造」(156)が与えられていることからも、すでに暗示されてきたことである。無限の存在ヘレンには「もしかしたら」を取捨選択して「そうでなければならない」にする必要性もないし、その選択基準となる現実の経験もない。「生きる」ためには、可能性を制限する枠を与える現実に関与する必要があるのである。冒頭に引用した世論調査から浮かぶ、際限ない可能性の持つ危険性に気づいていないかのような楽観的アメリカ人に、パワーズが批判的なのもこのためである。

ヘレンを通してリックは、自らの虚構にもとづく自己像、また世界の全体像を見直す。そして人間には自らの物語を語り聞かせる相手とのかかわりが必要なことも理解する。自分に関する物語を改訂したリックは人間関係や現実からの退避をやめ、再びそれらに関与する方向へと向かう。実はこれこそが、結婚恐怖症（commitment phobia）のリックをコネクショニズム（connectionism）の研究に巻き込んだ、レンツを始めとする同僚脳神経学者たちの賭けの真相だったのである。

最後に研究室を訪れるリックに、レンツが真剣なことを話すときにしか使わない実名で問う。「おいパワーズ、もう一度言ってくれ、どこまで来たんだったかな。バージョンHだったか。次のやつをどう呼ばないといけないか、もうわかってるだろう」(327)。もちろんリックにはわかっている。それが機械でないこともわかっている。ヘレンとの交流を通して変化したリックがパワーズとなって書く小説、『ガラテイア2.2』である。バーカーツにパワーズは次のように述べる。

> 『ガラテア《ママ》』を書いていて楽しかったことの一つは、機械じかけの知能にも、人間と同じだけの幅広い経験が必要になる、ということが徐々に見えてきたことです。作品の最後にさしかかると、作品自体が、ある種の人工知能になってきます。作品に登場する「ガラテア2・0」は、読者が読んでいた、改訂版の2・2にとってかわられます。［中略］読者は、より大きなスケールで自己省察する機会を得ます。つまり、百科事典のように濃密な、自分自身の人生を通じてでなければ、今読んだこの本の意味など、決してわかるはずもなかった、ということがわかるようになるのです。（坂野訳、三八―三九頁）

『ガラテイア2.2』の読者は、パワーズという他人の目を通して自らの小さな弧とパワーズという他人の弧とを交差させることで、パワーズが与える俯瞰図を眺める機会を手にし、自らについて自らの語る物語を改訂している。と同時に大きな弧に接し、それに働きかけるというプロセスにも取り込まれている。つまりパワーズが作品などで述べる考えは、思想・理論の域にとどまることなく実際に実行に移されているのである。彼の言う文学と現実との連続性は、ここでもまた保たれているといえよう。

注

（1）*Galatea 2.2* の邦題表記は若島訳に倣い『ガラテイア2.2』とした。ただし和書からの引用部分は引用元の表記としている。
（2）この演説については、二〇〇八年大統領選期間中のオバマ陣営の公式サイト *Obama for America*（現 *Organizing for America*）に掲載のもの（http://my.barackobama.com/page/community/post/stateupdates/gGx3Kc）を参照した。
（3）リチャード・パワーズが同誌に寄せた "Identity; American Dreaming" (2000) という記事の末尾に、この世論調査の質問文と結果の一覧が掲載されている。
（4）モローとのEメールでの対談をまとめた Richard Powers and Bradford Morrow, "A Dialogue" (*Conjunctions* 34, Spring 2000, Web) 参照。
（5）「トリクル・アップ効果」とは経済理論で使われる用語で、大雑把に言えば、資本を新興国や個人や中小企業といった経済的弱者に分配して刺激することで成長が促され、先進国や大企業といった経済的強者にも恩恵が行き渡るという考え方。
（6）スヴェン・バーカーツによるインタビュー (1998) には、加速する歴史あるいはシステムが、その変化する能力自体を変化させる「引き金点 (trigger point)」に達する、という『舞踏会へ向かう三人の農夫』(1985) の中に出てくる概念にバーカーツが触れることから、「弧」のメタファーを使った話が特に多く含まれており、柴田元幸編『パワーズ・ブック』（みすず書房、二〇〇〇年）所収の坂野訳も、「二つの弧が交わるところ」という題を添えられている（二四―四五頁）。このインタビューの終わりでは歴史と現代のアメリカとの関係にも触れている。
（7）『ガラテイア2.2』からの引用は、若島訳を参照しつつ、拙訳を使用した。

（8）ジョゼフ・デューイによる *Understanding Richard Powers*（2002）、および彼が執筆を担当した *American Writers*（2002）のパワーズに関する項を参照。

（9）プライベートを明かそうとしないパワーズの伝記的事実については、デューイによる *American Writers*（2002）のパワーズに関する項にあるものが、筆者の知る限りではいちばん詳しい。

（10）モローとの対談（2000）参照。

（11）バーカーツによるインタビュー（1998）で、パワーズは「タイの文化は、私がそれまでに親しんでいた文化よりも、ずっと公的な場所で展開していたのです。伝統というものが共同体に深く根を下ろし、いまも形成され続けているのだという感覚を当たり前に受け容れる土地でした」（坂野訳、二七頁）と述べる。

引用文献

Birkerts, Sven. "Richard Powers." *BOMB* 64/Summer (1998): 58-63. Interview. 坂野由紀子訳「二つの弧が交わるところ」、柴田元幸編『パワーズ・ブック』（みすず書房、二〇〇〇年）、二四－四五頁。

Dewey, Joseph. "Richard Powers." Ed. Jay Parini. *American Writers*, Supplement IX. N.Y.: Charles Scribner's Sons, 2002. 205-25.

——. *Understanding Richard Powers*. Columbia: U of South Carolina P, 2002.

Neilson, Jim. "A Conversation with Richard Powers." *Dalkey Archive Press.* Urbana-Champaign: U of Illinois, 1998. Web. August 1998. Published also as "An Interview with Richard Powers." *Review of Contemporary Fiction* 18.3 (Fall 1998):

13-23.

Powers, Richard. *Galatea 2.2*. N.Y.: Harper Perennial, 1995. 若島正訳『ガラテイア 2.2』（みすず書房、二〇〇一年）。

——. “Identity; American Dreaming.” *The New York Times Magazine*, May 7, 2000. Web. May 7, 2000.

——. *Prisoner's Dilemma*. 1988. N.Y.: McGraw-Hill, 1989.

——. *The Gold Bug Variations*. N.Y.: Harper Perennial, 1991.

——. *Three Farmers on Their Way to a Dance*. 1985. N.Y.: Perennial, 1992.

Powers, Richard and Bradford Morrow. “A Dialogue.” Ed. Bradford Morrow and Walter Abish. *American Fiction: States of the Art.* Annandale-on-Hudson, N.Y. : Bard College, 2000. Web. January 30, 2009. Published also as *Conjunctions* 34 (Spring 2000).

Williams, Jeffrey. “The Last Generalist: An Interview with Richard Powers.” *Cultural Logic* 2.2 (Spring 1999). Web. November, 1998.

あとがき

序文と多少重なるところもあるが、本書の成立過程を述べることであとがきに換えたい。本書は、アメリカ文学の主要作家たちの描く「アメリカの夢」の崩壊を論じた論文集である。アメリカは旧大陸から理想の土地を求め、海を越えてきた人々の築き上げた植民地を元に建設された。セイラムに向かうジョン・ウィンスロップが上陸に先立って船上で行った演説に見られるように、アメリカという国家は自分たちの植民地を「丘の上の町」と見なし、理想化することから始まった。

しかし、その後の歴史を見てもわかるように、この「アメリカの夢」は必ずしも当初の希望通りに叶えられたわけではない。アフリカから連れてこられた黒人奴隷の存在、極端な資本主義経済のもたらす弊害、そして後からアメリカ大陸に移住してきたマイノリティの人種との身分格差など、むしろアメリカの夢は当初の理想を大きく離れ、悪夢へと転じてしまったのである。アメリカ作家たちは国家の理想が潰えていく様をきわめて敏感に察知していたのであり、多くの作品の中に理想の崩壊が色濃く反映されている。

この論文集は、右記のような問題点を共有する有志が集まり、それぞれの研究成果を一冊の論文集とすることで、この問題を世に問うべきだと考えたところからスタートしている。執筆者は全員、京都大学大学院人間・環境学研究科文芸表象論分野の教員およびその薫陶を受けた教え子である。本書の発行が、同大学で二十八年間教鞭を執られ、文芸表象論分野の創設以来、アメリカ文学を教えてこられた福岡和子先生のご退職の年に当たることとなり、先生にご指導を受けた我々としては、このような形で成果を発表することができたのは望外の幸せである。その前々年には、やはり同研究科で教えてこられた丹羽隆昭先生がご退職されており、両先生の築いてこられた文芸表象論分野がひとつの節目を迎える時期に当たる。

丹羽先生は授業でも普段の会話でも、いつも物静かで穏やかな話し方をされる先生なのだが、論文の指導などをしていただく際には、同じ穏やかな語り口ながら、もっとも突かれたくないところを鋭く指摘される先生であった。その点は本論集の査読をお願いした際にも健在である。丹羽先生にご意見を頂戴したおかげでそれぞれの論文が何倍もよいものになったことは間違いない。

福岡先生には大学院時代の五年間だけでなく、それ以後もお世話になり続けているが、間近で見ていて印象深いのは、先生が学問・教育に対してきわめて真摯、厳格であることである。それは本論集に収められた論文を見てもうかがえるであろう。学部生時代は、ご本人はご存じかどうか、教養英語を受けていた学生たちの間では、授業に向かうその厳格な姿勢から、福岡先生は文句なしにもっとも恐れられていた。しかし大学院進学にあたってあえてそれほど恐れられていた福岡先生の研究室に入ることを希望したのは、先生の教育に対する厳しい姿勢が、真に学生のためを思っての熱意の表れであることがひしひしと伝わってくるからである。院生として実際に先生に接しても、それが間違いでなかったことは言うまでもない。そのことは本書に収録されている、これほど多彩な分野の研究者を育ててこられたことにもよく現れているのではないだろうか。

かつてこのような先生方の教えを受け、今は学外で研究職に就いている若手研究者の一同が一致協力することで何とか無事出版にこぎ着けることができた。たまたま論文集の話を切り出したことから編者に名を連ねることになったが、各論文の査読から論文集の方向性に対して様々な示唆をいただいたのは丹羽先生と福岡先生であり、本当の編者はおふたりであることを記しておかなければならない。両先生のご指導のもと、文芸表象論分野の成果をまとまった形で世に出すに当たって、これ以上ないものに仕上がったのではないかと考えている。

また表紙絵はヨーロッパを中心に国際的に活躍する画家の堀口貴氏（筆名 Mississippi）にお願いした。

本書の発行を快く引き受けていただいたのは松籟社の木村浩之氏である。丁寧な編集作業だけでなく、論文集の企画立ち上げ当時から会議に参加し、さまざまな示唆をいただいたおかげで、論文集の方向性がきわめて明確になった。

最後に表紙絵の堀口氏、編集の木村氏もまた、人間・環境学研究科でアメリカ文学を学んだ学友であることを付記しておく。

平成二十一年十二月

高野泰志

Novelists' America: How Dreams Turned into Nightmare

CONTENTS

◎執筆者紹介（執筆順）

福岡和子（※編者）……………………（はじめに、第3章）

京都大学大学院人間・環境学研究科教授

［主要業績］

（単著）『変貌するテキスト――メルヴィルの小説』（英宝社）

『「他者」で読むアメリカン・ルネサンス――メルヴィル・ホーソーン・ポウ・ストウ』（世界思想社）

（共著）*Melville and Melville Studies in Japan*（Greenwood Press）

丹羽隆昭…………………………………（第1章）

関西外国語大学教授

［主要業績］

（単著）『恐怖の自画像――ホーソーンと「許されざる罪」』（英宝社）

『クルマが語る人間模様――二十世紀アメリカ古典小説再訪』（開文社出版）

（共著）『アメリカン・ルネサンスの現在形』（松柏社）

中西佳世子………………………………（第2章）

甲子園大学総合教育研究機構助教

［主要業績］

（論文）「賞賛すべき『魔女』ヘスター――緋文字の『魔力』と呪縛――」（『フォーラム』No.13）

「ホーソーンとユートピア共同体のバッカス」（『フォーラム』No.12）

竹井智子 ……………………………………（第 4 章）

京都工芸繊維大学大学院工芸科学研究科准教授

［主要業績］

（共著）『テキストの地平――森晴秀教授古希記念論文集』（英宝社）

（論文）"'I' Reference of the Age of Journalism: Narrative Discourse in *The Bostonians*"（『フォーラム』No.9）

「体感する知識と家の言葉―― Henry James, *The Wings of the Dove* の Kate と不在」（『関西アメリカ文学』第 42 号）

杉森雅美 ……………………………………（第 5 章）

カンザス大学英語英文学部講師

［主要業績］

（博士論文）"The Language Trap: U.S. Passing Fiction and its Paradox" (University of Kansas)

（論文）"Racial Mixture, Racial Passing, and White Subjectivity in *Absalom, Absalom!*" (*The Faulkner Journal* 23.2)

"Signifying, Ordering, and Containing the Chaos: Whiteness, Ideology and Language in *Intruder in the Dust*" (*The Faulkner Journal* 22.1&2)

山内 玲 ……………………………………（第 6 章）

大谷大学非常勤講師

［主要業績］

（博士論文）"William Faulkner's Fiction and Questions of Southern Whiteness"（京都大学）

（論文）「Lena Grove を巡る Faulkner の人種意識―― *Light in August* における人種と母」（『英文学研究』第 84 号）

"History and Sexuality in Faulkner's 'A Rose for Emily'"（『関西アメリカ文学』第 43 号）

島貫香代子……………………………（第7章）

京都大学大学院人間・環境学研究科修士課程

［主要業績］

（論文）「『アブサロム、アブサロム！』再考――カナダ人シュリーブの物語――」（『フォークナー』第12号、掲載予定）

高野泰志（※編者）……………………（第8章、あとがき）

九州大学大学院人文科学研究院准教授

［主要業績］

（単著）『引き裂かれた身体――ゆらぎの中のヘミングウェイ文学』（松籟社）

（共著）『アーネスト・ヘミングウェイの文学』（ミネルヴァ書房）

『アメリカス世界のなかの「帝国」』（天理大学出版部）

吉田恭子……………………………（第9章）

慶應義塾大学文学部准教授

［主要業績］

（共著）『情の技法』（慶應義塾大学出版会）

『J. M. クッツェーの世界――〈フィクション〉と〈共同体〉』（英宝社）

（創作）“A Goldfish Galaxy” (*Beloit Fiction Journal* 21)

伊藤聡子……………………………（第10章）

立命館大学言語教育センター講師

［主要業績］

（共著）『身体、ジェンダー、エスニシティ―― 21世紀転換期アメリカ文学における主体――』（英宝社）

索引

本文・注で言及された人名、作品名、歴史的事項等を配列した。なお、作品名は原則として、作者名の下に配列してある。

【数字・アルファベット】

1850年の妥協（Compromise of 1850, the）　63

AWP　→　全米創作科協会

【あ行】

アーヴィング、ワシントン（Irving, Washington）　41, 98

　「リップ・ヴァン・ウィンクル」（“Rip Van Winkle”）　31, 98

アーノルド、マシュー（Arnold, Matthew）　100, 117, 119

　「合衆国の文明」（“Civilization of the United States”）　100, 119

「新しいニグロ」（“New Negro”）　121-25, 128-37, 140-46

一滴の血の掟（one-drop rule）　125, 127-28, 132, 137-38

ヴァン・ヴェクテン、カール（Van Vechten, Carl）　134, 140, 142, 146

ウィスター、オーウェン（Wister, Owen）　221

　『ヴァージニアン』（*The Virginian*）　221

エマソン、ラルフ・ウォルド（Emerson, Ralph Waldo）　71, 88, 103, 226

　「アメリカの学者」（“The American Scholar”）　226

オールダム、エステル　→　フォークナー、リーダ・エステル・オールダム

オサリバン、ジョン・L（O’Sullivan, John L.）　45

　「明白な運命」説（“Manifest Destiny”）　45

オバマ、バラク（Obama, Barack）　143, 253, 255-58, 277

オング、ウォルター・J（Ong, Walter J.）　232

「音声計画」（“The Voice Project”）　225, 229, 232-33, 236-37, 240, 246-49

【か行】

家庭（home）　17-22, 24, 26, 31-32, 35-40

家庭不在　31, 36-38

『カトリック教会のカテキズム』（*Catechism of the Catholic Church*）　217

カルヴァン、ジャン（Calvin, John）　200-202, 206, 223

　『キリスト教綱要』（*Institutes of the Christian Religion*）　200, 223

禁酒法（全米）（Prohibition［U.S.］）　173-77, 180, 182-85, 188-91, 193

禁酒法（ミシシッピ州）（Prohibition［Mississippi］）　174-76, 179-80, 188, 190-91
クー・クラックス・クラン（Ku Klux Klan, The）　178
クーパー、ジェイムズ・フェニモア（Cooper, James Fenimore）　184, 189, 197
　レザーストッキング・テイルズ（The Leatherstocking Tales）　197
『クランズマン』（*The Clansman*）　155
クリエイティヴ・ライティング・プログラム（creative writing program）　225-29, 247-49, 252, 260
クリスチャン・サイエンス（Christian Science）　207
幸運な堕落（*felix culpa*）　43-44, 46-50, 52-54, 62, 64-66
声（創作教授用語としての）（voice）　225, 227-29, 231, 233-43, 245-48
黒人公民権の剝奪（depoliticization of black people）　→　ジム・クロウ
『國民の創生』（*The Birth of a Nation*）　155

【さ行】

サニー　→　ヘミングウェイ、マデレイン　196, 212
サマーズ、ジル・フォークナー　→　フォークナー、ジル
サリンジャー、J・D（Salinger, J. D.）　221
　『ライ麦畑でつかまえて』（*Catcher in the Rye*）　221
サンフォード、マーセリーン・ヘミングウェイ（Sanford, Marcelline Hemingway）　205
ジェイムズ、ウィリアム（James, William）　208
ジェイムズ、ヘンリー（James, Henry）　39, 97-104, 114-17, 119, 122, 128, 167, 197, 226
　「エマソン」（“Emerson”）　103
　『大使たち』（*The Ambassadors*）　97-98, 100, 102-103, 116-17, 119
　『鳩の翼』（*The Wings of the Dove*）　104
　『ホーソーン』（*Hawthorne*）　39
　『ボストンの人々』（*The Bostonians*）　98-99, 104
ジム・クロウ（Jim Crow）　145, 153, 170, 177
ジョンソン、ジェイムズ・ウェルドン（Johnson, James Weldon）　122, 128-34, 136, 140, 142, 145-46
　『この道に沿って』（*Along This Way*）　130, 146
　『元黒人男性の自伝』（*The Autobiography of an Ex-Colored Man*）　122, 128-30, 145
自由主義神学（liberal theology）　206-208, 214
人種隔離政策（segregation ）　→　ジム・クロウ

スカイラー、ジョージ・S（Schuyler, George S.） 122, 127
『ブラック・ノー・モア』（*Black No More*） 122, 127
世界恐慌（Great Depression, The） 175
セジウィック、キャサリン・マライア（Sedgwick, Catharine Maria） 85, 90
『貧しい金持ちと豊かな貧乏人』（*The Poor Rich Man and the Rich Poor Man*） 85
全国都市同盟（National Urban League, The） 136
『セント・ニコラス』（*St. Nicholas*） 210-11
全米黒人地位向上協会（National Association for the Advancement of Colored People, The） 136
全米創作科協会（AWP, The Association of Writers and Writing Programs） 227
創作科 → クリエイティブ・ライティング・プログラム
ソロー、ヘンリー・デイヴィッド（Thoreau, Henry David） 35, 88

【た・な行】

第一次世界大戦（World War I） 163, 175, 178, 216
大衆小説（popular fiction） 18, 27, 30, 40
大恐慌 → 世界恐慌
多文化主義（multiculturalism） 227, 229, 247-48
ディストピア小説（Dystopian novel） 22, 30-31, 36
テイラー主義（Taylorism） 103, 117
『デモクラティック・レヴュー』（*The United States Democratic Review*） 65, 67
デュボイス、W・E・B（Du Bois, W. E. B.） 143, 145-46
『黒人のたましい』（*The Souls of Black Folk*） 143
「二重意識」（“double consciousness”） 143-44
「伝道の書」（Ecclesiastes） 198, 208, 213, 222
トウェイン、マーク（Twain, Mark） 132, 197
『ハックルベリー・フィンの冒険』（*Adventures of Huckleberry Finn*） 197, 220
なりすまし小説 → 白人なりすまし小説
南北戦争（Civil War, the） 21, 63, 65, 71, 102, 153
ノヴェル（写実小説）（novel） 24-28, 30, 35-36, 38

【は行】

バース、ジョン（Barth, John） 225, 229, 231-32, 234, 237, 239-41, 244, 246-49
「尽きの文学」（“The Literature of Exhaustion”） 225
『びっくりハウスで迷子』（*Lost in the Funhouse*） 229, 232, 238

「エコー」（“Echo”）　231, 237, 239-40, 250
「自伝」（“Autobiography”）　231, 239-40
「タイトル」（“Title”）　231, 240
「びっくりハウスで迷子」（“Lost in the Funhouse”）　241, 246-47
「補給の文学」（“The Literature of Replenishment”）　225
『ハーパーズ誌』（*The Harper's Magazine*）　63
ハーレム・ルネッサンス（Harlem Renaissance）　121-23, 126, 128-29, 134, 139, 142-45, 158
ハウエルズ、ウィリアム・ディーン（Howells, William Dean）　25-26, 99, 100-102, 114, 117
『サイラス・ラパムの向上』（*The Rise of Silas Lapham*）　99
白人至上主義（white supremacy）　122, 125-28, 131-32, 137-39, 142-43, 145, 149, 152, 163, 165
白人なりすまし小説（passing fiction）　121-23, 125-28, 130-31, 134, 136-38, 143-44
パットン、ネルス（Patton, Nelse）　150, 178-80, 184, 190
パワーズ、リチャード（Powers, Richard）　253-64, 266, 275-78
「アイデンティティ、夢見るアメリカ人」(“Identity; American Dreaming”)　263
『ガラテイア 2.2』（*Galatea 2.2*）　253-54, 258, 260-61, 264, 275-77, 279
『黄金虫変奏曲』（*The Gold Bug Variations*）　257
『囚人のジレンマ』(*Prisoner's Dilemma*)　263-64
『舞踏会へ向かう三人の農夫』（*Three Farmers on Their Way to a Dance*）　256, 277
バンクロフト、ジョージ（Bancroft, George）　66
『アメリカ合衆国の歴史』（*History of the United States of America: From the Discovery of the Continent*）　45, 66
反ディストピア小説（anti-Dystopian novel）　30-31, 36
微笑　28-31, 38
ヒューズ、ラングストン（Hughes, Langston）　122
「パッシング」（“Passing”）　122
フォークナー、ウィリアム（Faulkner, William）　149-51, 154-60, 162, 170-74, 176-78, 184, 192-93, 241, 244
「乾燥の九月」（「ドライ・セプテンバー」）（“Dry September”）　150-51, 158-62, 170, 173-75, 177-81, 184, 188, 191-92
「黒衣の道化師」（“Pantaloon in Black”）　159
『サンクチュアリ』（*Sanctuary*）　151, 158-60, 170, 177-79, 182, 184

「ドライ・セプテンバー」 →「乾燥の九月」
『八月の光』（*Light in August*） 151-52, 158-60, 162, 170-72, 177-79, 183-85, 192
『響きと怒り』（*The Sound and the Fury*） 176
『墓地への侵入者』（*Intruder in the Dust*） 159
「ミシシッピ」（"Mississippi"） 176
フォークナー、ジル（Faulkner, Jill） 176
フォークナー、リーダ・エステル・オールダム（Faulkner, Lida Estelle Oldham） 176
フォーセット、ジェシー（Fauset, Jessie） 122
「眠れるものが目を覚ます」（"The Sleeper Wakes"） 122
『プラム・バン』（*Plum Bun*） 122
プロヴィデンス（Providence） 43-46, 48-52, 55-65
プログラム → クリエイティヴ・ライティング・プログラム
「フロンティアの消滅」（the end of the frontier） 152
ヘイマーケット事件（Haymarket affair） 101
ベトナム戦争（Vietnam War） 262
ヘミングウェイ、アーネスト（Hemingway, Ernest） 195-200, 202, 205-13, 216-17, 219-22
「医者とその妻」（"The Doctor and the Doctor's Wife"） 207, 209
『エデンの園』（*The Garden of Eden*） 197
「最後のすばらしい場所」（"The Last Good Country"） 195, 197-98, 205, 207, 209, 211, 213, 216, 218-22
「父と子」（"Fathers and Sons"） 204-205, 212
『ニック・アダムズ物語』（*The Nick Adams Stories*） 207, 212, 221
『日はまた昇る』（*The Sun Also Rises*） 208, 211, 213
「兵士の故郷」（"Soldier's Home"） 207
『老人と海』（*The Old Man and the Sea*） 222
ヘミングウェイ、クラレンス（Hemingway, Clarence） 205-206, 208-209, 212, 220
ヘミングウェイ、グレイス（Hemingway, Grace） 196, 207, 209-11, 220
ヘミングウェイ、マーセリーン → サンフォード、マーセリーン・ヘミングウェイ
ヘミングウェイ、マデレイン（サニー）（Hemingway, Madelaine "Sunny"） 196, 212
ヘミングウェイ、レスター（Hemingway, Leicester） 211, 220
ホークス、ジョン（Hawkes, John） 229, 232-37, 240, 246-49
ホーソーン、ナサニエル（Hawthorne, Nathaniel） 17, 20-22, 24-30, 32, 36-44, 46, 48, 62-64, 67, 73, 76-78, 263
「あざ」（"The Birth-mark"） 20
『イングリッシュ・ノートブックス』（*The English Notebooks*） 77

『七破風の家』(*The House of Seven Gables*)　17-20, 24-27, 30, 32-34, 36-38, 40-41
『創作ノート』(『フレンチ・アンド・イタリアン・ノートブックス』)(*The French and Italian Notebooks*)　64
『大理石の牧神』(*The Marble Faun*)　20, 37-39, 43-44, 46, 48, 62-65, 67, 78
『緋文字』(*The Scarlet Letter*)　17, 20, 22-27, 30, 38, 40, 57
『ブライズデイル・ロマンス』(*The Blithedale Romance*)　20, 37, 38
『フランクリン・ピアス伝』(*Life of Franklin Pierce*)　43, 63
『フレンチ・アンド・イタリアン・ノートブックス』 → 『創作ノート』
「優しい少年」(“The Gentle Boy”)　20, 24
「ラパチニの娘」(“Rappaccini’s Daughter”)　20
ポストモダニズム (Postmodernism)　229, 232, 247
ホワイト、ウォルター (White, Walter)　73, 122, 126
『逃亡』(*Flight*)　122, 126

【ま行】
マッガール、マーク (McGurl, Mark)　225-26, 229, 247-48
ミルトン、ジョン (Milton, John)　48
『楽園喪失』(*Paradise Lost*)　48-49
メルヴィル、ハーマン (Melville, Herman)　27, 41, 67, 69-74, 81-82, 85, 87-88, 90, 92-93
「コケコッコー！」(“Cock-A-Doodle-Doo!”)　82, 87-88, 93
「書記バートルビー」(“Bartleby, the Scrivener”)　81, 88, 93
「独身男たちの天国と乙女たちの地獄」(“The Paradise of Bachelors and the Tartarus of Maids”)　82
『白鯨』(*Moby-Dick*)　74
「貧乏人のプディングと金持ちのパンくず」(“Poor Man’s Pudding and Rich Man’s Crumbs”)　81-82
『ホワイト・ジャケット』(*White-Jacket*)　73
『レッドバーン』(*Redburn*)　70, 73, 75-76, 78-81, 84
モリスン、トニ (Morrison, Toni)　241, 244

【や・ら・わ行】
ユートピア (Utopia)　21-24, 35
ラーセン、ネラ (Larsen, Nella)　122, 128-29, 134-42
『パッシング』(*Passing*)　122, 128-29, 134-36, 139, 142
リンチの時代 (the lynching era)　149, 152-53, 155-56, 158, 163, 171

リンチ防止を求める南部女性の会（Association of Southern Women for the Prevention of Lynching, The）　178, 190
ロック、アラン（Locke, Alain）　121, 123-25, 134
　『新しいニグロ』（*The New Negro*）　124
ロマンス（空想小説）（romance）　20, 24-27, 30, 35-39, 47
ワシントン、ブッカー T.（Washington, Booker T.）　132-33, 140, 145-46

年表

本書で言及された作家の伝記的事実、取り上げられた作品の発表年、ならびに本書の内容に関わる歴史的事項等を表にまとめた。

西暦	事項
1819	経済恐慌
1828	ホーソーン、処女長編『ファンショウ』を出版、直後に回収、焼却
1836	セジウィック『貧しい金持ちと豊かな貧乏人』
1837	ホーソーン、『トワイス・トールド・テールズ』でデビュー
	経済恐慌
	エマソン講演「アメリカの学者」
1839	メルヴィル、リヴァプール行きの貨物船に乗り込む
1845	オサリバンの標語「明白な運命」、拡大主義を推進
1846	ホーソーン、セイラム税関に職を得る
	ホーソーン『旧牧師館の苔』
1849	ホーソーン、政変でセイラム税関の職を失う
	メルヴィル『レッドバーン』
1850	メルヴィル『ホワイト・ジャケット』
	ホーソーン『緋文字』
	1850年の妥協、逃亡奴隷法
	ウォーナー『広い、広い世界』
1851	ホーソーン『七破風の家』
	メルヴィル『白鯨』
1852	ホーソーン『ブライズデイル・ロマンス』
	ホーソーン『フランクリン・ピアス伝』
1853	ホーソーン、リヴァプールに駐英アメリカ領事として着任
	メルヴィル「書記バートルビー」、「コケコッコー！」
1854	メルヴィル「貧乏人のプディングと金持ちのパンくず」
1855	メルヴィル「独身男たちの天国と乙女たちの地獄」
1857	経済恐慌
1860	ホーソーン『大理石の牧神』
	ホーソーン、アメリカに帰国
1861	南北戦争（～65）
1883	ジェイムズ、一時帰国よりイギリスに戻る。以後1904年まで帰国せず

西暦	事項
1884	ジェイムズ「小説の技法」
1886	ジェイムズ『ボストンの人々』
	ヘイマーケット事件
	ジェイムズ『カサマシマ公爵夫人』
1890	「フロンティアの消滅」宣言
1892	国内でのリンチによる死者の件数最大に
1895	テイラー、科学的経営管理論提唱
1902	ジェイムズ『鳩の翼』
1903	デュボイス『黒人のたましい』
	ジェイムズ『大使たち』
1904	ジェイムズ、アメリカ訪問（～05）
	ジェイムズ『金色の盃』
1905	ディクソン『クランズマン』
1908	禁酒法（ミシシッピ州）（～66）
	ネルス・パットンのリンチ事件
1910	南部から北部都市への黒人の大移動（～30年代）
1912	ジョンソン『元黒人男性の自伝』
1914	第一次世界大戦（～18）
1915	グリフィス『國民の創生』
	ヘミングウェイ、アオサギを撃って狩猟管理官に追われる
1919	「赤い夏」人種暴動
	ハーレム・ルネッサンス（～30年代初）
1920	禁酒法（全米）（～33）
1925	ヘミングウェイ『われらの時代』
	ロック編『新しいニグロ』
1926	ヘミングウェイ『日はまた昇る』
1927	ヘミングウェイ、2度目の結婚とともにカトリックに改宗
1928	ラーセン『流砂』
	ヘミングウェイの父、自殺
1929	ラーセン『パッシング』
	ヘミングウェイ『武器よさらば』
	フォークナー『響きと怒り』
	ニューヨーク株式市場大暴落（世界恐慌）

西暦	事項
1931	フォークナー「ドライ・セプテンバー」(「乾燥の九月」)
	フォークナー『サンクチュアリ』
	フォークナー、「暴徒も時には正しい」という題で新聞に投書
1932	フォークナー『八月の光』
1933	ジョンソン『この道に沿って』
1936	スペイン市民戦争(〜39)
1939	第二次世界大戦(〜45)
1940	フォークナー「黒衣の道化師」
	ヘミングウェイ『誰がために鐘は鳴る』
1941	米国参戦(〜45)
1948	フォークナー『墓地への侵入者』
1952	ヘミングウェイ、「最後のすばらしい場所」を執筆しはじめる
	ヘミングウェイ『老人と海』
1954	ベトナム戦争(〜73)
1956	バース『水上オペラ』
1958	ホークス、ブラウン大学へ
1959	キューバ革命
1961	ヘミングウェイ、自殺
1963	フィリップス、カセットテープを開発
1965	バース、ニューヨーク州立大学バッファロー校へ
1966	ホークス、スタンフォード大学で「音声計画」授業(〜67)
1967	バース、テープと生の声のための朗読ツアー(〜68)
	創作科協会(AWP)結成
1968	パワーズ、タイに渡る
	バース『びっくりハウスで迷子』
1972	ヘミングウェイ「最後のすばらしい場所」(『ニック・アダムズ物語』)
1973	パワーズ、帰国
1985	パワーズ『舞踏会へ向かう三人の農夫』
	パワーズ、オランダに渡る
1986	ヘミングウェイ『エデンの園』
1992	パワーズ、イリノイ大学に客員研究員として戻る
1995	パワーズ『ガラテイア 2.2』

悪夢《あくむ》への変貌《へんぼう》 ——作家《さっか》たちの見《み》たアメリカ

2010年2月8日　初版第1刷発行　　定価はカバーに表示しています

編著者　福岡和子、高野泰志
著　者　丹羽隆昭、中西佳世子、竹井智子、
杉森雅美、山内玲、島貫香代子、
吉田恭子、伊藤聡子

発行者　相坂　一

発行所　松籟社（しょうらいしゃ）
〒612-0801　京都市伏見区深草正覚町1-34
電話　075-531-2878　振替　01040-3-13030
url　http://shoraisha.com/

Printed in Japan　　印刷・製本　モリモト印刷（株）

 ISBN978-4-87984-279-4　C0098